U0486795

有一种力量，叫文学；
有一种美好，叫回忆；
有一种感动，叫青春；
有一种生命，在鲁院！

鲁迅文学院「百草园」书系

低飞的诗意

王　韵 ◎ 著

DIFEI DE SHIYI

她从纸上和精神的故乡出发，棹舟放歌，桨声欸乃，田田莲叶间一只低飞的红蜻蜓，衔来的是明媚春天，曳过的是炽热夏日。

江西高校出版社

图书在版编目（CIP）数据

低飞的诗意/王韵著.—南昌：江西高校出版社，2017.5

（鲁迅文学院"百草园"书系）

ISBN 978-7-5493-5353-8

Ⅰ.①低… Ⅱ.①王… Ⅲ.①散文集－中国－当代 Ⅳ.①I267

中国版本图书馆CIP数据核字(2017)第100415号

出版发行	江西高校出版社
社　　址	江西省南昌市洪都北大道96号
总编室电话	（0791）88504319
销售电话	（0791）88595089
网　　址	www.juacp.com
印　　刷	北京一鑫印务有限责任公司
经　　销	全国新华书店
开　　本	700mm×1000mm　1/16
印　　张	15.5
字　　数	194千字
版　　次	2017年5月第1版 2020年7月第2次印刷
书　　号	ISBN 978-7-5493-5353-8
定　　价	42.00元

赣版权登字-07-2017-459

版权所有　侵权必究

图书若有印装问题，请随时向本社印制部（0791-88513257）退换

目录 Contents

仰天之光……………………………………… 1
阳台春色……………………………………… 4
哲理与谬思…………………………………… 7
人生若只如初见…………………………… 11
腹有诗书气自华…………………………… 14
半缘修道半缘君…………………………… 17
淡淡妆……………………………………… 21
难敌粉红诱惑……………………………… 24
与文字相约………………………………… 27
梦里无言自清欢…………………………… 29
今我来思…………………………………… 32
敬畏文字…………………………………… 36
路在何方…………………………………… 39
花开的声音………………………………… 41
白云深处…………………………………… 43
解读时光…………………………………… 46
感受孤独…………………………………… 48
美丽与姿色………………………………… 50
父亲的笑容………………………………… 52
生命的态度………………………………… 57
时光雕刻的容颜…………………………… 59

外面的风景	62
暖暖的问候	64
读书与等待	68
穿衣与作文	70
第一笔存款	71
温暖的斑马线	74
怒放的凌霄花	76
山海奇观虎头崖	82
一个人的世界	85
每逢佳节倍思亲	86
初恋,没有约会	90
生命的另一种体验	94
老吾老以及人之老	102
年华中一抹绿色的回忆	105
女人风采流年	109
独留青冢向黄昏	111
砧板上的美人鱼	113
一座城与一座山	115
何必珍珠慰寂寥	118
诗人不幸诗家幸	120
锦瑟无端五十弦	122
忍把浮名,换了浅吟低唱	124
一代文宗做女师	126
牵不住的红酥手	132
逼出来的英雄	135
一樽还酹江月	137
宁折不弯的大儒	139
寄情抒怀吴承恩	141
洛阳纸贵冯梦龙	143
独听寒山半夜钟	145

秋坟鬼唱诗	147
人生自是有情痴	150
浓抹山川写性灵	154
一代帝师翁同龢	157
隐去庐山真面目	159
才华卓绝外交官	162
求善到永远	164
当时只道是寻常	168
文学正道是沧桑	170
酒与人生	173
竹海烟雨	175
生命的歌者	177
岁月的痕迹	181
故乡的年味	183
黑松林的记忆	186
每个孩子,都是父母的天使	188
笔墨传神韵　诗海瀚逸香	190
夜读张申府	200
家　园	202
爱的河流	205
心怀感恩	208
寻找简单的快乐	211
孤芳且共赏　赏者受启迪	214
读《观刈麦》有感	217
从乡村记忆到城市经验	220
盛世百花齐放　艺海独领风骚	226
让生命和写作成为一棵树	235

仰天之光

重阳节，出青州城区，取道西行。路渐高渐细，绿意渐浓。山路的两边，是起起伏伏的丘陵、高高低低的树木、深深浅浅的村庄。不时有柿树擦肩而过，在深绿的乡野底色上，一树通红的柿子显得格外醒目，给原本寂静的乡野平添了几分喧闹。

一座山矗立在那里，就像一棵树，它是如此的丰茂端庄。盘根错节的山路，是它的一些须根。我们是小小的昆虫，在根须上蠕动着。

比起三山五岳来，仰天山并不显赫，却也非籍籍无名。初到仰天山，"仰天槽""摩云崮"这名字，就已让我震撼。不只是因为其山峰云林所呈现的险峻雄绝，而是觉得这称谓里，蕴集着一股冲天之气。闻"仰天"之谓，来自山中的"千佛洞"——深达500尺的溶洞，洞顶有一天然石隙，仰视可见天光。据说，特别是每年中秋月圆之夜，银盘当空，清辉尽洒，人叹"仰天高挂秋月圆"。或许，这也是宋太祖赵匡胤顿悟此为接天之山，于此敕建文殊寺的原因。和许多香火炽旺之地相似，因有神灵的喻示，更有皇帝的倡导，千佛洞、仰天山，便日渐为人瞩目。

我知道"天意从来高难问"，也没有膜拜神佛的激情，然而，我如此向往千佛洞，因为我向往那清辉遍洒的诗意。

忽然醒悟过来，不禁莞尔——已是九月初九，即便有月，也不过上弦之月，你还要去等什么"清辉遍洒"，岂不让人笑翻。

我知道，更多的人会笑我，倒不是因为这迟到的失误，而是因为这残存的"文青"心态。今人看来,"文青"的浪漫已属幼稚,功利是硬道理。比如,今天的仰天山,更令人崇尚的,似乎是它曾经有过的腾龙起蛟的魔力——明万历状元赵秉忠,传说即是参拜仰天山之后始得高中的。环顾左右,恍然大悟,何以行走于山路的人流中,多有莘莘学子和他们的长辈模样的人。

其实奔着"状元梦"的人,有几位读过赵秉忠的状元卷?今存青州博物馆的那张由万历皇帝御批"第一甲第一名"并钤"弥封关防"的长卷,是今存于大陆唯一一张殿试状元卷真迹。我曾在友人处见过它的复制件。鞭辟入里的策论,洋洋洒洒的文风,或应比他高中状元更有价值——"人君一天也,天有覆育之恩,而不能自理天下,故所寄其责者,付之人君。……用是所居之位,则曰天位;所司之职,则曰天职;所治之民,则曰天民;所都之邑,则曰天邑。故兴理致治,要必求端于天。……"诵读时我就想,有研究家称赵秉忠表述的是"君权神授"的思想,称之为"君责神授"岂不更准确?赵秉忠之言"天",是借天以言"君责体大",用以发挥他的政治主张。我不禁感慨,天子堂前的赵秉忠,或不免功名之心,但为文之道,并不仅只于功名,他"仰天"而务实,发心中积郁之声,献颓世重振之策,岂不是中国文人感时忧国精神的承继。为之人者,总是要"仰天"的,即使"高难问",又岂能折断精神飞升的翅膀。

"文青"的浪漫,又何尝不可作如是观。

周边是葳蕤草木,纷繁的鸟鸣此起彼伏,天空湛蓝如大海,流云逃匿,一派清净与幽雅。我终于来到仰天山得名之所——千佛洞。千佛洞体量宽阔,洞内1040尊佛像造型精美,无论从洞的容量还是佛像的数量来说,都是名副其实的天下第一佛洞。目光穿过尊尊佛像,已迷醉于肃穆中散发的仁慈与悲悯之氛围,忽觉头顶一闪,循光望去,山洞高远嶙峋,云峰最高处,一线天光流泻,神秘而幽微。"一窍仰穿,天光下射",原来就是这感觉的重现。顿时,错失"清辉遍洒"的遗憾早已跑到九霄云外。一起进洞的朋友中,早已有人惊叫起来。忽想,一座千年洞窟,仿佛我们内心的幽晦;一缕来自天宇的光,仿佛亮彻的呼唤。这呼唤看似遥不可及,却因为对视的专注,变得与我们如此接近。想到此，这一缕阳光，这一声呼唤，渐渐地使内心澄澈起来。不禁使人想起一句话："心是你的本原神祇，漂移在宇宙世界最深的地方，可以澄澈光明，也可以长夜漫漫。而宗教意义的修炼，其实就是把心打开，让心看见，最终回归人性深处，皈依那个等同于宇宙无限的自己。"

一缕天光，心门洞开。感悟的心，犹如走过了千山万水。

阳台春色

"春日迟迟,卉木萋萋。仓庚喈喈,采蘩祁祁。"春天在人们的翘首盼望中,终于姗姗而来。春天,透过阳台上秀逸明媚的迎春花、绿意盎然的吊兰和打开窗子时"吹面不寒"的"杨柳风",以及低头看到的婀娜艳丽的美女春装,真切地感受到了浓浓的春色、春意、春情。最先报到的春之使者,自然是温暖柔和的春日阳光。每天推开卧室门,阳台上春天阳光特有的气息,便会让人的心充满了馨香与惬意,饱含了诗意与柔情。

对阳光的执着和热爱,应该始于十多年前。那时的我刚刚结婚,没有赶上单位福利分房的末班车,刚刚成家又没有能力买商品房,于是寄居在娘家的一套单元楼里。当时哥哥也结婚不久,我与丈夫及哥哥嫂子住在一起。房子是二室二厅,向阳的两间,一间是哥哥嫂子的卧室,一间是客厅。我住在北边的卧室。直到女儿出生,依然没有买上房子,依然住在那间没有阳光的屋子。也就在那时,原本无忧无虑、不谙世事的我,开始迫切地渴望拥有一套自己的房子。白天哥哥嫂子上班了,我抱着孩子穿过客厅去阳台上晒太阳。太阳暖暖地射在女儿小小的柔嫩的身体上,我的心里却是彻骨的寒凉和无望。站在阳台上,抱着襁褓中的女儿,看着对面的阳台,心中充满了向往,想象着那个阳台里面应该有一户幸福的家庭,有温柔的女主人、能干的男主人和一个可爱的孩子吧。每当夜色降临,我抱着女儿外出散步,目光总是久久停留在小区里阳台后依次亮起的灯光,星星点点,闪闪烁烁，心里就会特别惆怅。不知何时，那些精致玲珑的阳台后才会有一个属于我的家。那时我最大的愿望是期待能够拥有一套属于自己的房子，拥有一个属于自己的温暖的阳台，能够让我娇弱可爱的女儿天天沐浴在温暖的阳光中，过一种安定的日子。一直在幻想一种生活：岁月静好，现世安稳。有一间不必太大却安静的房间让我写字，让我或喜悦或忧伤的情绪在夜里静静宣泄，在一张张纸上涂上斑驳的墨色。房子一定要有采光极好、宽敞明亮的阳台，站在那里，抬头可以看见天际，低头可以看到人潮，有阳光的温暖，有月色的冷寂。一张桌子，一台电脑，一对音箱，能够让我离我的梦想近些，再近些。能够给我的女儿一个温馨的家，一束温暖的光芒。

为了这个目标，我开始努力打拼。没有资金，没有经验，没有显赫的父母，没有曲里拐弯的关系。从曾经生活在充满希冀和幻想的象牙塔中，一步踏进了沉浮商海，一无所有，白手起家，凭借的只是一份责任与不甘。直到有一天，终于可以有能力为自己买一套房子。仍然记得，当我第一次看到这套房子时，正是一个春天的午后：可以盛放浴缸的宽敞的卫生间；宽阔明亮、十多平方米的阳台；一间能够安放下我绚丽梦想的书房。站在落地窗前，阳光透过窗子照射进来，温暖而又柔和，带着春天特有的暖暖的温柔气息。在窗前站定，沐浴着阳光，感受着春风的微微的气息，眼前浮现出《泰坦尼克号》中Rose与Jack在轮船甲板上迎风而立，衣袂飘飘的情景，恍惚间觉得自己也好像插上了翅膀，想要临风起舞。听到内心有一朵花瞬间开放，一个声音在对我说：就是它了。我知道，只要有温暖的阳光将我包围，纵然寒冷的冬天，孤独一人，我的心也会春意盎然。于是在历经创业的艰难与奋斗之后，我终于成了这套房子的主人。

而今，一年四季，每天早上，起床做的第一件事，就是从卧室信步来到阳台，把所有的窗子打开，呼吸一两口新鲜的空气，望一眼澄澈的天空，看一看穿梭的人潮。即使是寒冷的冬天，只要有灿烂阳光的日子，若你路过，抬头看到在所有紧闭的阳台中，掩映着几扇打开的窗户，那应该就是我的家了。然后开始一天的忙碌，把床上所有的被褥都搭在阳台栏杆上，把刚清洗的衣物晾晒起来，充分享受那种令人迷恋的阳光的味道，然后拖地擦窗，洗漱更衣。忙完这一切，看着明窗净几的家，望望素颜清爽的自己，再一次来到阳台，感受那种阳光独有的温暖的味道、干净的气息和辽阔的视野。此后的时光，端坐在电脑桌，或者阳台上白色的小茶几前，品一口酽酽的红茶，听优美的音乐，读清雅的文，写温暖的字，安守一份心灵的宁静。以书为伴，文字为友，纵一个人的世界，亦不会感到寂寞。心情郁闷烦躁时，站在阳台极目远眺，看高高的天空，望远远的山峦，瞬时心旷神怡，豁然开朗。间或趴在阳台的护栏上，看街道上满目的葱茏春色，鼻尖掠过春的气息，心底油然漫过清新、美好。

春天就这样，在春光中，在阳台上，在我的心里，点点滴滴，绵绵密密……

哲理与谬思

我们是读着圣贤书、被灌输着各种先贤理论长大的。那时候，从来没有产生过怀疑，认为真理总是颠扑不破的。世上总有许多的哲理名言，在一代代人中延续传承，于是这些真理和理论就成了指导我们做人做事的标准。

然而，随着阅历的丰富、思想的成熟，一连串的问号敦促人不由自主地去探究事理的本原。所有的事情都可以找到最初，尽管让人叹服的，未必是真实的本质。唯有像传说那样，追溯到一个开始，那么这个最初的开始，是不是就是真理的源泉？这个问题，就只能像世上先有了鸡还是先有了蛋一样，仁者见仁，智者见智，百家争鸣，莫衷一是。有一点毋庸置疑的是，如果这个蛋是金蛋，那么那个鸡就一定是金鸡。如果这个鸡是金鸡，那么它下的蛋便自然是金蛋无疑。所谓虎父无犬子，那就又会让人想起另外一句话：王侯将相，宁有种乎？世界上没有一成不变的东西，万事万物时刻都在变化。

用辩证唯物主义哲学去思考，其实细究起来，这世界没有绝对的对与错，真理总是矛盾重重，漏洞百出。"有志者事竟成"，"有意栽花花不开，无心插柳柳成行"。这两句话显然矛盾，何为真理？那只能具体看所面对的受众是谁。前者是对奋斗者的激励，后者是对失败者的安慰。西方有句名言"上帝给你关上一扇门，必然为你打开一扇窗"，恰和中国古训"天无绝人之路"有异曲同工之妙。

"追求公平与道义"和"一切皆是命，半点不由人"两句话似乎又是一个悖论。那么作为芸芸众生，又该遵从哪个？自古以来，传统社会以人的不平等为前提，臣贱君贵，民贱官贵。即使不符合他们的意愿，卑贱者也必须接受和服从这些预先确定的权威。奴隶和封建社会从其构建的出发点上即无公平可言，在这样的框架下寻求公平，无异于自欺欺人。况且，具体到大千世界中的每个生命个体，因为人的资质、潜力、受教育程度等的差异，人也不可能生来平等。所以有话语权的统治者才有所谓"追求公平与道义"的资本，老百姓要想安身立命，只能信奉命运。正所谓统治者的思想就是社会统治的思想。

两宋时期，学术思想界出现了一门以"理学"著称的学派。理学是佛教、道教思想渗透到儒家哲学以后出现的一个新儒家学。理学兴起于宋，周敦颐发扬光大，集大成者为朱熹。"存天理，灭人欲"为其理学思想最重要的观点之一。作为儒家思想文化的杰出代表朱熹却"纳尼为妾""家妇不夫而孕"，以至斯文扫地，声名狼藉。儒家文化讲究所谓"仁义道德"，朱熹理学的伪善，和人的本能的欲求是相悖的，结果造就了一大批伪君子，"表面上道貌岸然，骨子里男盗女娼。"

己所欲，勿施于人，己所不欲，强施于人。这是上层统治阶级用以愚昧人民，以使其为自己服务的愚民政策。这些伪善的理学其实质是只约束下而不限制上，只禁锢女而不控制男。所谓"只许州官放火，不许百姓点灯"，借此维系礼教秩序下的传统统治。

纵观历史，无论是周汉唐宋明华夏文明的发展，还是儒释道法墨诸子百家的争鸣，产生的时代都有其特定的因素，都是统治阶级借以维护社会稳定的工具。各家取其所需，或罢黜其他，或兼收并蓄，存在就是合理。你方唱罢我登场，各领风骚三百年，当然期间也有所发展。中国五千年的历史文化就是在这种纷繁复杂的浸染中一路走来的。

佛家甘于受命运摆布，相信因果轮回，听天由命。秉持"善有善报，恶有恶报"的向善理念，心态淡然，安身立命，信奉它的是一群最易受统治者摆布的普通百姓。

道家"无为而无不为"，讲究道法自然、天人合一，适于贵族士大夫"采菊东篱下，悠然见南山"的悠闲心境，有闲有钱，浪漫超然，无须为生活奔波，不必为五斗米折腰。

法家则是顺应了宗法封建制的解纽，即所谓礼崩乐坏，从而去建构新的社会政治秩序的时代要求而产生的。赏罚分明，严刑峻法，尊卑有别，代表的是最高统治者的思想：顺我者昌，逆我者亡。

儒家"穷则独善其身，达则兼济天下""万般皆下品，唯有读书高""三纲五常"，约束知识分子和平民，谨言慎行、循规蹈矩，以为统治集团服务。

墨家尚贤务实，兼爱非攻，非儒节用，吃苦耐劳。是中国古代完整版的辩证唯物主义及辩证唯物论。

只是儒家比较侧重于人生的社会性一面，强调处理好与自己有关的各种社会关系；而道教则更侧重于祈求生命的改良和永久；法家的特征是明刑尚法，尊主卑臣。赏罚分明，严刑峻法，尊卑有别。在高居庙堂执掌朝纲的儒士、严刑峻法役使天下的君王、飘然物外游戏人间的道士、安贫乐道屈从命运的普通百姓之外，总有一群身着简朴衣裳的墨者，为了天下安宁，劳作、奔走在大地之上，从广泛的知识领域去把握生命本来的含义。墨子谈科学，可惜人们宁愿相信虚无缥缈的奇门遁甲；墨子崇尚技术发明，在夸夸其谈的雅士眼里，不过是"匠人之作，奇技淫巧"。无怪乎统治阶层中有人讥评墨学为贱人之言，更是被荀子嘲讽墨学为役夫之道，这也造成了中国近代自然科学发展的滞后。然而，西方资本主义工业革命给人类造成的环境的污染、生态的破坏，却如一道难以愈合的伤口，痛楚阵阵。现代军事工业的发展更是让人不寒而栗。

符合上层建筑意识形态的，就是正确的，反之就是旁门左道。人类的个体生命在这样的炙烤中，已经失去了信仰，不知道最基本的做人的标准。人类的发展史其实就是围绕"利益"的争斗史，小到每个个体，大到每个国家，概莫能外。中国五千年中数十个朝代的更迭就是阶层利益的重新分配，也就是阶级矛盾达到不可调和的临界点，革命随之爆发。古今中外，出现了无数的思想家，探究适合人类社会发展的理想模式，产生了交相辉映的东西方文化，形成了意识形态各异的国家。"天下万物生之有时，应取之有度"，是否符合人类更健康地发展？

　　凡事追本溯源，其源恰不是后人看到的真相。有时候，真理，恰恰是披着虚伪外衣的谬论。社会在发展，人类总是要进步。自然界生物的进化是优胜劣汰，社会进步也同样是建立在尊重大多数人广泛利益的基础上。利益是检验事理真相的照妖镜，平衡利益是一种先进思想理论体系的体现。

人生若只如初见

　　一页信笺带着一颗沉沉的心远去了。今夜是雨夜，沉沉的黑暗中不时呼啸着狂风。本来这寂寞的黑夜可以不必来折磨你，然而现在，孤室里只有一个你，和他的来信。

　　"也许是无形中的一切促使的，也许爱好文学的人都是不幸的人，与你的交往，使我感到了道路的艰辛和机遇性。"他深沉的格调令你沉思。你本是个情感脆弱的女孩，他的笔力、他的文采、他成人般的深沉，你很欣赏。于是，你们彼此翘首盼望，鸿雁往来。

　　南方的竹林带着潮湿的气息扑面而来。他在林中，睿智的双眸，更显得洒脱。你用怯怯的笔，写下一首祝愿的小诗，夹着一片绿叶，寄去你深深的祝福："泣露光偏乱，含风影自斜。远友当知此，看叶胜观花。"你支颐沉思，忆起他第一封来信："让十二月过境的风，替你抚去昨日的泪滴。"清然的小诗，使你从众多来信中选择了他。其实，你们虽已通信一年多了，却彼此素不相识。仅仅是你在刊物上发表的一篇日记，有了这份十五岁的收获——第一次心灵呼唤的回音。在一个孤寂的日子，他"用心做了一枚八分钱的邮票"，飘到你面前，飘进你的心。从此，你的心中便有了一份祈盼：那一片南方的竹林。你不会写诗，但诗的激情在心中奔涌，你独自品尝它的甘甜，但愿有一天，能把它酿成醇醇的蜜。

　　他在罗霄山下攀援，你在渤海水中游弋。一条细细的飘带维系着高山与大海。你告诉他你的苦恼你的郁闷，世界这么大，心却这么小，一颗心怎能盛下整个世界。你把析出的结晶送给他，与他品味生活的酸甜苦辣，从中寻找感情的温馨。你悄悄珍藏着他的每一封来信，这便是你的秘密，一个梦幻与憧憬的心灵世界。你把你孤寂的心向他敞开，于是他说你"不该度着岑寂落寞的生活""既生在这龙的世界，就该有龙的气概。"你敏感你沉寂，时而活泼如水，时而冷寂如冰，唯有看到他的信，那遒劲飘逸的字体、洋洋洒洒的文笔，和着你悄悄滴落的喜悦的泪，流入你的心。你于是不再沉闷。

他的语言越发深沉，你的那份祈盼也越发强烈。人们说早慧的孩子早熟，由于世态的炎凉，书籍的影响，你过早地封闭了你的心。他的世界，却让你睁开了眼睛。"我的生命中充满了什么曲调，只有我和我的心知道。我在我的琴弦上反复调节——能与你和鸣的音符。"你想打破那因你的牢笼，但纯纯的生活，何曾给过你深刻的体验。你期待他的理解他的友情，等来的却是他为你的思想打上深深的烙印。你仍攻不下那坚实的牢笼。距离，现实迫使你承认这种距离，"得到我不索求的，索求我得不到的。"你试着写几首小诗，带着你幽幽的情愫，带着你隐隐的忧伤，飘到他的面前。

生活并不是一朵玫瑰，摆在你面前的也不是一条彩虹般绚丽的路。困惑早已缠绕着你，思维峡谷的迷惘，失败的苦痛，新旧观念的交叉与对峙，沉思反省时的阵痛，还有那面前一系列问题——你企图摆脱它们，却毕竟不能。你知道自己是一个柔弱的女孩，你希望"有一双有力的手，为我抚去鬓边的忧；有一道宽广的背，能担得起我沉重的头。"你实现了你的希冀，那纯洁的不带一丝尘埃的友情，也许有点 romantic？终于有一天，在那绿色的潇洒字体中，你读到一种别样的情愫。欣喜？惶惑？不知道。只是他说他要做你的保护神，他的居高临下的怜爱，伤了你的自尊。你感到一种危机，他以为你脆弱无依，你又何尝不希望如此。但你还是拒绝了。自尊心，强烈的自尊心，使你不能在一个自恃强者的人面前低下疲惫而又高傲的头。你拥有愤怒和狂喜的嘶叫声，拥有欢笑和血泪的天地，你并不需要别人的安慰和理解，正因如此，你才能长大成人，一个能够在这个世界立足的人。

于是,你们有了隔阂。终于有一天,他在隐晦中流露出无奈,你默默无言,独自吞饮这杯自酿的酒。它曾是那么甜、那么醇,可而今的滋味,你不知道!你蓦然明白,每个人都按自己的轨道前行,某一天他与你的路交于一点,便以为这就是永远的终点,但毕竟你们还要前行,于是距离越来越远——你寄上一份信笺,写下别离的小诗,那细细的纽带于是断开。一段飞向高峻的罗霄山脉,一段沉入幽深的渤海水中。

你于是不再幻想,可你分明仍在期待。也许生活本来如此,无始无终……

腹有诗书气自华

鞋跟很高，身材很好，气质很美，笑容很真。款款而来，眉宇间淡定从容，宁静自信。这就是我，一个知性的女子，一个优雅的女子，一个喜欢读书的女子。

可以说，我是伴着书本长大的。小时候，父母上班，没有人照顾我，小小年纪的我，就是枕着书抱着书，度过了孤独又充实的童年。可以一日无食，而不可一日无书。书是我最好的良伴，最知心的闺蜜。

问：什么是天堂？

博尔赫斯答道：天堂是一座图书馆。

这位浸泡在满是灰尘的图书馆里破万卷书、下笔有神的学者，曾无数次说过："我是一个作家，但更是一个好读者。"过去，无数个博尔赫斯式的优秀人才用成功经历为"读书有益"作了验证。而今，一百多个国家以时代对读书的呼唤做出回应——以色列人把读书放在首位，英国提出"打造读书人的国度"，法国人年均读书11本。温家宝总理在做客新华网时就提到："我非常希望提倡全民读书。我愿意看到人们在坐地铁的时候能够手里拿上一本书。因为我一直认为，知识不仅给人力量，还给人安全，给人幸福。对于国家民族而言，读书对于软实力的提升能起到滴水穿石的作用，他让我们在文化上、心理上具有更强的力量。"联合国将每年的4月23日定为"世界读书日"，鼓励人们发现读书的乐趣，并对那些推动文化进步的人们做出的贡献给予感谢和嘉奖。

　　古人云：腹有诗书气自华。这句话很好地诠释了读书之于一个人的气质、修养的重要意义。曹操貌不出众，自惭形秽，就让仪表堂堂的卫士代替自己来接待匈奴使者，他站在后边冒充卫士。后派人问使者，你以为魏王相貌如何？使者答曰：魏王果然玉树临风，但他身后那位真有帝王气势。由此可见，一个满腹经纶、饱读诗书之人，无论怎样遮掩，那种儒雅的气质、奕奕的神采，也是挡不住的。读书不仅可以陶冶个人情操，亦能涵养一个人的气质。如果用传统的审美观点看，孔子、鲁迅、莎士比亚、托尔斯泰都是相貌欠佳的，或五短身材，或乱发蓬松，但他们伟大的作品使他们成了美的化身，学习的楷模。这就是男人的姿色、男人的资本，使万人敬仰，傲立于天地之间。

　　"关关雎鸠，在河之洲。窈窕淑女，君子好逑。"自古以来，爱美，追求美，是人类生活永恒的主题之一。女人对美的追求，更是千百年孜孜以求、亘古不变的话题。"一个人的审美修养对人生尤为重要。"要提高一个人的审美修养，需要通过丰富自己的内涵来使自己更美，读书是最关键的渠道。正如一句话所说，外在的美只能取悦一时，内心的美方能经久不衰。教养，就是女人的第一妆容。教养之于女人，就像化妆品中的精华素。最美的女人永远是由内到外都焕发光彩的，追求灵魂的精致与曼妙，优雅而自信。精华素是滋养女人的最佳化妆品，不是一日便见功效，需要日积月累，需要长久坚持，就像教养一样，需要女人博览群书，汲取营养，潜移默化，方能光彩明丽，熠熠生辉。古人云，知书方达理，温柔才贤惠。说的就是女人的教养。她不仅能映亮一个女人年轻时的光彩，更能让一个女人收获到别人看不到的尊崇和体会不到的尊严。古代才女谢道韫、李清照；近代写下"若论女士西游者，我是支那第一人"的康同璧；中国现代第一位大学女教授超才女子陈衡哲；当代中国共产党第一位新闻发言人龚澎；"翻手苍凉，覆手繁华"的著名华人女作家严歌苓。掩卷向往，总有那么多才女芳华，过往岁月的沉淀于她们和她们的文字，都是分外增添魅力，使古典的美丽穿透岁月，在岁月的长河中活色生香。

　　像所有的女人一样，我也天生爱美，天生喜欢那些美丽的事物与美好的感觉，而世界上恰恰有这么一种东西，契合了我敏感而细腻的内心，那种唯美与知性令我为之沉迷，为之流连忘返，让我丰富了自己的内心，使整个身心都丰盈优雅了起来——那就是读书。读书可以使自己的心胸更宽广，眼界更开阔，一个有知识的女人会游走于文字与生活之间，成就一份美丽的事业，沉淀着文化的底蕴，去塑造一个积极向上的自己。

　　女人是水做的，纯美柔情，淡淡地来，淡淡地去，淡淡地相处，给人以宁静之感，以淡淡的欲望满足心灵。以淡淡书香的魅力，宣扬自己独特的美丽。

半缘修道半缘君

子夜，秋日的雨绵绵密密。她独对电脑，心绪亦如秋雨般缠绵。这深深的雨夜，了无睡意。她在等一个人，或者说，在等一个闪烁的头像。寂寂的夜里，很静，唯有敲击键盘的声音，噼里啪啦落在心头。眼泪，就不由自主落下来了。突然记起他的话："以后不要发这种图片了，我见不得女孩子流泪。"那是他的话，一声声敲打着她的心。那时的她多么幸福啊，每天都会看到他，他很忙，总是三言两语，却软软的，熨帖着她的心。她发给他图片，一个清秀的女孩，泪眼婆娑，伏在爱人肩膀——"我想你了"。那个女孩，就是她啊，就是思念中痴情的少女。他不忍心看一个图片中女子的泪水，又怎会舍得让她流泪？

她在等他，他很忙，总是在夜深人静，端一杯茶，送一个拥抱。于是她便耐心地等，等着他午夜出现。不为别的，只为一杯清茶，一个拥抱。原本她对医生不感兴趣，更不懂得医学。可是近来，她如饥似渴，恶补相关医学知识，为的是更深入地接近他，更懂他。爱屋及乌，说的就是这个道理吧。女孩子对一个男子动心，必是从崇拜开始的。她与他，始自何时？

她是一个安静的女孩，表面波澜不惊，内心却情感丰富、心思细腻。在她很小的时候，父亲去世，她随着母亲生活。母亲是一家事业单位的会计，一个人含辛茹苦地供养她上完大学，参加工作。虽然母亲非常宠爱她，甚至为了怕她受委屈，一直不肯再嫁。但是她的心里，却始终有种孤独落寞的感觉。

她26岁，是一名银行职员。一个女孩子，只要不是长得太难看，身边就不会缺少欣赏、追求的目光。何况，像她这样一个风姿绰约、气质娴静、又有着不错收入的女孩。但是，面对那么多青春面孔和热辣辣的目光，也许是母亲的宠爱，也许是内心的孤傲，也许是与同龄人相比的早熟，她却始终心如止水、波澜不惊。也许冥冥中，她如那个睡美人，在情感的世界中，始终静静地眠着，等待那个梦中的王子吧。时间久了，朋友们都戏称她"冷美人"。没人会想到，当自己喜欢的人出现时，她这样一个安静的女孩子，内心久贮的情感居然如洪流般喷涌而出，无法自抑。

与他相识，是一个偶然。那天，她陪一位同学去医院看病。同学因感冒患了急性肺炎，挂的是专家门诊，接诊的是一位男医生，好听的声音，亲切的笑容，气度儒雅，高大俊朗，一副邻家哥哥的样子。两个女孩子对视了一眼，悄悄吐了吐舌头，在他们心里，专家门诊应该是叔叔阿姨甚至爷爷奶奶的样子，没有想到，居然会有这么年轻的专家。只瞥了一眼，她的心，无来由地，扑通通剧烈地跳起来。他看了她一眼，礼貌地冲她点点头，示意她坐下。她的脸刹那红透了，嗫嚅着说："我是来陪同学看病的。"她不知道，一向矜持的她，怎么会一下子乱了分寸。同学惊奇地看了她一眼，意味深长。

她渴望看到他，期待有机会与他在一起。于是总是很殷勤地记着同学就医的日子，每一次都相伴左右陪同学去医院。专家果然不虚，虽然年轻，医术却精湛。同学的肺炎很快痊愈了，此时三个人俨然成了相熟的朋友。为表达谢意，同学邀请医生一起吃饭。她觉得自己像一朵花，氤氲了很久，瞬时间，想要灿然开放。为了这个晚上，她似乎已经等待了很久、很久。她去买了漂亮的手提包，风情的长裙，新做了发型。仿佛一朵花，妖妖娆娆地盛开，心底里，早已是暗香浮动。没有想到，那天晚上，气度风雅的医生居然带了一个五六岁的小姑娘来参加，而且反客为主，为她们点菜买单。他告诉她们俩，他出生于八十年代初期，32岁了，妻子也是一名医生，两个人是高中同窗，可谓青梅竹马、两小无猜。不幸的是，在孩子一岁多时，一场车祸夺去了妻子如花盛开的生命。他不愿意孩子受委屈，更是忘不了与妻子多年虽然没有轰轰烈烈却也是刻骨铭心的感情。就这样，他一个人把孩子带大。好在他是医生，比一般的父亲更懂得照顾孩子。因为不舍得孩子自己在家，所以下班后直接把孩子从幼儿园接了过来。小姑娘长得白白净净，精致而乖巧，很有礼貌地叫了两声"阿姨"，一看就是个家教良好的小女孩。医生看女儿的眼神，专注而安详，掩饰不住的娇宠和溺爱。她和同学对望了一下，恍惚间，想起了儿时的自己，想到了记忆中那个遥远而模糊的父亲的身影。莫名地，她看到了内心那个忧郁深邃而细腻柔软的自己。

他是聪明的，隐约读懂了她的心，于是，他不动神色地以这样一种方式婉拒。因为他不愿意耽误这样一个清纯女孩的未来。可是她，却越发深陷了进去。她对他，从起初的喜欢、崇拜到最后的依恋、思念。每晚，她都要上来看看他，看看他的女儿，等待着那个头像亮起。而他，却始终礼貌而客气，保持着距离。她却始终不肯放弃，在他的身上，看到了父亲的影子，而那个乖巧的小女孩，像极了小时候的她。

机缘终于来了，金秋十月，阳光晴好，他去岛城培训学习。那天晚上，她给他留言，她第二天要出差去他所在的城市，她让他去接她。下了长途车，远远地，她看到他的那辆车早已在车站出口静静地等候。他开车带着她从海边驶过，白浪扑来，从小生长在海边，看惯了蓝色海浪的她，惊奇地发现，眼前拍岸而来的，居然真的是"白浪逐沙滩"，碧蓝的海水，白色的浪花，晴朗的天空，安静的海边滩。两个人如同孩子，迅速下了车，向岸边走去。脚下的沙滩如此地松软、干净，正是涨潮，风很大，白色的海浪扑面而来，雄浑却又温柔。此时，她好想在这海的环抱里，在这松软的沙滩上漫步、依偎。不知不觉中，轻轻地，他牵了她的手，慢慢向岸边走去。她感觉到了，心怦然激烈跳动起来，心里的幸福，瞬间如花儿般绽放。那个稳健沉着、风度翩翩的他，此时竟也有了一丝羞涩，而这，最能打动她的心弦。很默契地，两个人牵手在海滩漫步，风很大，吹起了她的长发，他低下头，用身体为她遮挡呼啸的海风，小心翼翼地为她梳理头发,她抬眼看去,看到他那双温柔的眸子里满是爱怜。她突然想起张爱玲的一句话:见了他,她变得很低很低,低到尘埃里。但她心里是欢喜的,从尘埃里开出花来。高傲如张爱玲,在她所爱的男人面前的低微姿态,在这之前,她是不屑的,甚至嘲笑张爱玲的痴情。可是现在的她,比张爱玲还要低,她是如此迷恋和崇拜眼前这个人。她是如此喜欢他,他的有血有肉,有情有义,他的高大俊朗,父亲般的柔情。从那以后,她的心有了归宿,她愿意为这个男人,默默守候,静静地为他等待,包括他那个娇弱可爱的女儿。

他们一起吃了午饭,餐桌上,两个人都不说话。一顿饭,吃得很沉闷,然后他驱车把她送到她要去开会的地方。微笑,挥手,道别。他目送她远去,她没有转身,却能感觉到身后灼热的目光。回来以后,几乎没有了他的消息。她在网上等着他,期待他会突然出来,给她一个拥抱。晚上她不敢睡觉,清晨早早醒来,打开电脑,为的是希望出现奇迹,生怕耽误了他的消息。每次手机铃声响起,她都希望那是他的电话,或者一个短信。可是,什么也没有发生。也许他很忙,也许他无暇顾及,她想让自己忙碌,可是脑海里无时不是他的影子。她去他的博客,读他的文章,看他和他女儿的照片。打开他的博客、看到他的文章,她的心剧烈跳动,眼泪不由自主流下来了。原来,他一直在犹豫,那些时光与俗世的生活横亘在他们面前,他与她,无法跨越,他不愿意让这样一个单纯善良的女孩子以这样的形式迈进婚姻的门槛。他想慢慢疏离她,让她忘了自己,去寻找一份简单纯净的感情。可是她知道,自己已经不能自拔,他,已经深深刻在她的心里。也许成长的过程中,人生至少有一次,为了某个人丢掉矜持,放下自尊,毁掉自己的全部原则吧。

爱,原来如此折磨,她的安静和清高呢?在他的面前,一切都失去了意义。取次花丛懒回顾,半缘修道半缘君。她的人生,从此尘埃落定。

淡淡妆

寒冷的冬夜，独对电脑，突然想对自己说点什么。于是脑海里浮现出这句词："淡淡妆，自然样，就是这样一个汉家姑娘。"

第一次听到这句词，应该是1978年，我五岁。那时"文化大革命"刚刚结束，正是文艺界百花齐放、百家争鸣的时期。记得当时家里订了《人民文学》，我没有上幼儿园，自己在家啃字。每天晚上母亲下班回家，我便缠着让她给我读书。曹禺的历史剧连载《王昭君》就是发表在那个时期。当时我还不会写字，识字也是半认半猜。纵然如此，读起书来却十分投入。难过时泪水涟涟，高兴时喜笑颜开。小小的心，早已飞进了书中，自己也成了故事中的一员。记得当母亲用标准的普通话读到这句时，我的眼前便出现了这样一位古代少女：薄施脂粉，淡扫蛾眉，娉娉婷婷，不媚不卑，款款而来。一时间，风华绝代，仪态万方，震动了大汉朝堂，征服了大汉天子汉元帝和匈奴呼韩邪单于的心。在那个以女人的悲哀造就辉煌的年代，挽救了一场生灵涂炭的战争。时代赋予这样一个弱女子如此重的责任。也唯有她，一个淡淡妆容的丽质佳人，才能担起如此重任。历史，也从此有了这浓墨重彩的一笔。与这句话同时记住的，还有一句"长相知，不相疑"。只是在当时的年纪，单单记住了一句话而已，对其含义的理解，则是多年之后。和亲的意义，对当时政局的影响，这一切，对于一个年仅五岁的稚嫩女童，根本无法深解其含义。但是那种淡妆自然的美，却在幼小心灵里接受了关于美的最早启蒙，种下了一颗爱美的种子。

也许是早慧的孩子早熟，也许是女性爱美的天性使然。从那以后，这句话就常常萦绕在我的耳畔，这个形象，也常常出现在我的眼前。于是我也成了那个喜欢淡淡妆自然样的女子。

因着这一份对美的执着与感悟，我从小便是一个爱美的女子，尤其对长发情有独钟。记得小时候，我一直期待着，等到将来长大，一定要留一头飘逸的长发，长发飘飘，长裙飘飘。但是直到初中毕业，我留的始终是娃娃头，黑黑的头发，齐齐的刘海，白衣黑裙，气质温婉。因为经常随父母工作调动转学，记得每当来到一个新学校，站在教室，老师向同学们介绍时，总会引起一阵小小的轰动，大家都会交头接耳，说来了一位日本女孩。其实我觉得，像一名五四新文化运动时期的女学生更恰当一些。后来上了高中，我开始慢慢留起了长发，大学时，真的已经是长发飞扬。长发飘飘，带给了我许多少女时代美好的回忆。记得一位同学给我的信中写道：喜欢远远地看你，看你飘逸的长发；渴望慢慢走近你，欣赏你天然的略带娇气的风韵——长发就这样陪着我度过了许多年，期间随着心情、场合、季节的不同，演绎着衬衣牛仔的清纯，T恤短裤的靓丽，连衣裙的端庄，连体裤的洒脱，旗袍的婉约典雅——而唯一不变的，始终是这头顺直亮泽的长发。发型犹如服装，每个人都有各自的风格。我不适于马尾的活泼，短发的清爽，卷发的风情，唯有长发，才是属于我的宁静与柔美。

曾经的我，最喜欢的是简单黑白。黑发如瀑，白衣胜雪，身姿婀娜。纵娴静不语，亦掩不住夺目的青春。日子渐行渐远，倏然发觉，自己居然开始慢慢喜欢上了曾经自认为俗气的彩色。不是喜欢，而是适合。开始搭配出碎花的优雅、红色的妩媚、黄色的明艳、粉色的娇柔及紫色的神秘。简洁单纯的黑白，穿在身上，慢慢找不到曾经的感觉。终于明白，那时的青涩，衬不起绚丽的色彩，而那时的青春，也无须斑斓色彩的点缀。而今，岁月早已把一个生活在象牙塔中不食人间烟火的单纯女孩变成平凡日子中的成熟少妇，面容仪态的变化，已经如性格阅历一样，不再幼稚任性，也不再娇弱纯美。开始可以慢慢包容，包容更多的情绪，也包容更多的色彩。始终未变的，是依然玲珑有致的身材和飘柔顺直的长发及骨子里不染尘埃的气质。常常在商场试穿新衣时,被年轻的店员羡慕着包围起来,问我的身材何以保养得曲线曼妙,是否做过人工的处理。这样的问题问得多了,已懒得解释。身体发肤受之父母,除了结婚时打的耳洞,全身再无加工的痕迹。没有文眉漂唇,更没有丰胸提臀。不会无谓地浪费银子,更不会无端地虐待自己。内心独白:我就是这样本真自然的一个人。我的衣服,亦不会盲目追求潮流,只是挑选适合自己的风格:修身与简约。也因此,常常虽身着旧衣,却被朋友夸赞好看并问起在哪里才能买到时,唯赧然相答:此乃十年前的旧时裳。也依然如少女时代一样,常常被初见的人指像日本女子,我想这应该是现代快节奏的生活,使大多数女性身上少了一份女性特有的含蓄与平和,多了一份躁动与凌厉吧。这要感谢我的夫君,结婚数载,始终给予我年少初识时的理解与尊重、宽容与宠溺。总是尽其所能给予我支持和鼓励,从来没有给过我太多的压力,使我没有变成湮没在柴米油盐中的庸常小妇人,而能安于清贫的生活,固守着那份丰富的内心世界。于是,我还是那个被温暖呵护着,喜欢撒娇喜欢做梦情怀浪漫不失童真的小女子。

美丽是一种态度,细节能彰显品位。美的仪态仪表,是对自己也是对别人的尊重。人生的每个阶段都有各自不同的美。只要有一颗爱美的心,便会让自己的美焕发出不同的光彩。

静夜,此时,电脑前端坐的,依然是这样一个淡淡妆容的女子。

难敌粉红诱惑

从来东君爱风流,遍惹桃花娇。

如果给一年中的每个月都分配色彩,那么春末夏初,在这个充满阳光和浪漫气息的日子,应该是最多表情的季节吧。它有自己的色彩,也有自己的情绪。在我的心里,阳春三月,万象更新,它是属于绿色的,那一抹翠绿,带给大地勃勃生机;人间四月天,"霸桥四月花如雪,古道年年草不同。"那样的繁花似锦,它的颜色应该是属于碎花的姹紫嫣红吧;春暖花开的浪漫五月,灿烂柔美,在这样一个充满阳光与鲜花的季节,它的色彩,自然当属粉红了。

记得以前有部电影《街上流行红裙子》,年轻的女孩子穿着热情的红裙子,飞扬的青春与张扬的个性,伴着火一样的颜色在春风之下飞舞,好美的感觉。只是那样的艳丽与娇媚,总是觉得有些与我的年龄及性格不符,我更偏爱的,是淡淡的粉色。打开衣橱,四季的衣服,就像四季的色彩,张扬着各自的美丽。我的五月,最多的就是淡淡的粉红。粉色棉质T恤,散发着浓郁田园气息的粉底碎花阔腿长裤,波西米亚风格的粉底印花及踝长裙,或深或浅或短或长的粉色裙装,还有那件刚刚买来的淡淡粉红的蕾丝长袖连衣裙。衣服是季节的语言,也是人的表情。仔细想来,我也已是很久没穿过这种浪漫婉约的颜色了。其实,真的是很喜欢。盛夏之前,春日正浓,粉色属于多变的颜色,添一丝白,就变成了淡粉色;融入一点黑,就是深粉。纯情的白色与诱惑的黑色,在与粉色调和后,体现出的也是不同的色彩感，诠释着衣服主人不同的心情、别样的风情。淡粉色浪漫、含蓄、温柔，衬托得人更富有女性特有的韵味；而深粉色则浓烈、热情、神秘，穿起来明艳妩媚，人的心情也格外舒畅。

粉色，一直是我的最爱。记得还是小女孩时，我就对粉色情有独钟。小学四年级暑假，爸妈上班，家里只有我一个人，我又像以往一样开始翻箱倒柜，把妈妈的衣服不厌其烦地一件件拿在身上试穿。妈妈年轻时曾经有很多漂亮的布拉吉，但是从来没见妈妈穿过，还有一些漂亮的衣料静静地躺在衣柜里。那天我发现了一块粉红色的衣料，淡淡的粉色，上面还有星星点点的图案，柔美的色彩，细腻的手感，我一下子喜欢上了。妈妈下班回家，告诉我那是一块真丝衣料，年轻时看着喜欢信手买来，等到想起来穿时已经过了适合的年龄。我缠着妈妈给我做一条超短裙。那时街上还没有穿超短裙的，我也只是从书上看到过。妈妈拿着那块衣料带我走遍了所有的缝衣店，人家都摇头说没听说过做不了。那条想象中的超短裙让我无法释怀，于是我决定自己做。妈妈让我先拿一张报纸裁出样子，如果可行，她再用缝纫机给我加工。想的简单，真裁出来就难了。因为我设计的是上下修身，在报纸上没法用松紧绳或者拉链演练，又不舍得轻易在衣料上下手，不是裁肥了就是腰部合适臀部提不上去。几番折腾，我终于泄了气，听从妈妈的建议做了一件收腰微摆的小上衣，下面配了一条白色的太阳裙。"少女情怀总是诗"，高中时，留起了长发，我为自己编织了许多漂亮的发带配各色不同的丝巾和衣服。印象最深的是高二冬天自己织了粉色的发带和围巾，雪后的中午，阳光正好，一路走来，倒也粉雕玉琢，心情格外靓丽。后来，渐渐长大，开始觉得粉色显得过于稚气，年少轻狂的年龄，偏爱上纯粹的黑白。

但是近几年，心情与仪容的变化，再穿简洁的黑白装时渐渐找不到感觉，反而是幼时喜爱的粉红，又穿出了与以前截然不同却同样满意的效果。其实，只要搭配得当，粉红未必是少女的专利，成熟的女子同样可以演绎出不一样的魅力。淡红、玫粉——一系列粉红色系的点缀为知性优雅的女性气息表达注足了马力，增添了无尽的温柔。充满女性温婉气质的元素，带来了柔软细腻的视觉感受。

如果把女人比作一首歌，歌词便是她的内涵，而旋律则是她的外表，只有当人们先被她的悦耳旋律吸引之后，才会细细品味她的歌词内容。赏心悦目的形象外表不仅能获取人的视线，增加自信，更能提高一个人的品位。根据时间、场合、特点来选择装扮，才会仪态万方，举手投足尽显女性的优雅与风韵。

　　五月是所有季节中最美丽的季节，也是女人一年中最明媚的日子。每个人都会按捺不住内心的喜悦将自己的心情展现出来，那就来一袭粉色衣裙，将那漫天的活力与浪漫披在身上，释放自己彩虹般的灿烂心情，让自己成为晚春街头一道不可或缺的美丽风景。

　　就让暖暖的粉色，尽情绽放吧。

与文字相约

《黄帝内经》记载：女子"二七天葵至，四七天葵盛，五七天葵衰，七七天葵竭"。由此可见，女人的生命是以七为周期的。对于围城之中的男女，人们也习惯以七年之痒来形容婚姻关系的变化。七年，说长不长，说短也不短，生命就是在一天天不易觉察的细微变化中悄悄发生着由质到量的改变，人与人之间的变化也是在这样一个个七年中拉开了距离。有的浑浑噩噩一事无成，有的崭露头角事业有为。每一个生命个体看似大同小异，却又千差万别。人生有几个7年让我们回味和等待？

回首自己走过的五个七年，沉浮不定。人生苦短，我该如何度过这漫长而又短暂的人生？

记得小时候，我已经是一个书虫了，小小年纪早已读了很多书。当许多同龄孩子在嬉戏玩耍时，我却可以沉浸在一本书中静静品味。书之于我，是小时候不可或缺的伙伴。从十几岁开始，我已经在学生刊物上发表作品，然而正当自己崭露头角踌躇满志时，生活却与我开了一个巨大的玩笑。

此后经年，我为生存疲于奔命，渐渐远离了我的文学梦。然而，那颗蛰伏于内心的种子却不肯沉寂，悄悄萌芽。于是，历经生活的多重变故，终于又开始笨拙地回归我的天空，生锈的笔尖再次吐出一篇篇文字。在文字的王国里，如驰骋疆场的大将军，信马由缰，纵横捭阖。在那里，没有喧嚣，没有浮躁，面对的只是文字，那种文字的清香，那种心情的愉悦。缱绻温暖，深邃明亮。就这样，我用了三年的时间，重新找回了自己，出版了个人散文集，加入了中国作家协会，并被评为山东"首届齐鲁书香之家"。我的付出得到了回报，这是文学女神给予我的丰厚馈赠。

度过了人生的五个七年，属于我的机会已经不是很多了。今后的七年，我依然会与文字相伴，规划好自己的人生。加快脚步，把浪费了多年的光阴补回来。

希望今后的我，和我的文字，能得到更多人的认可，实现自己的夙愿。我愿在痴爱的文字里取暖，相伴终生。在目力可及的生命长度中，尽可能挖掘人生的宽度和深度，使生命和写作变成一棵树，永远存活下去。

梦里无言自清欢

总觉得自己是与文字有缘的，而这个缘还要来自于一个梦。记得小时候，我已经是一个书虫了，小小年纪早已读了很多书。当许多同龄孩子在嬉戏玩耍时，我却可以沉浸在一本书中静静品味。书之于我，是小时候不可或缺的伙伴。

与书的奇缘，至今最无法解释的，是小学二年级时的一个梦。那时候虽然读了很多书，却很少涉猎国外读物，除了几本《格林童话选》《安徒生童话选》和《伊索寓言》。那时候还没有听说过海伦·凯勒这个名字。但是有一天晚上，突然做梦梦到一本书，那本书的名字叫作《假如给我三天光明》。书的内容忘记了，但是书的名字却印象深刻。最巧合的是，就在第二天，我居然看到了这本书，因为梦里强烈的印象，我把它借来细细品读。那以后，我才知道了世上有一个叫海伦·凯勒的女子，出生19个月就因一场重病，双目失明，两耳失聪，而就是这样一个女子，却活到87岁，终身致力于残障人事业，并且留下了这本震撼世人的励志书。从那以后，总觉得自己与梦、与文字，是有一种奇缘的。

此后经年，文字总会夜夜入梦来，即使在我曾经为生存奔波，在生活中远离书籍的那些日子里。我所钟爱的文字，依然不离不弃，像一个忠实的恋人，会夜夜带着它特有的温馨，与我约会。那时候，每当拖着一天的疲惫与苦痛进入梦乡，梦中总是在读书写字看文章，醒来仍沉浸其中，意犹未尽，咀嚼着梦中特有的书香，文字的甘甜，陪伴我度过了十年漫长奔波的时光。

  那十年，做得最多的梦，除了读书，就是梦到一直有人追。在梦里很累，总是被人追着，身体无着无落在空中旋飞，却没有翅膀。常常在噩梦中醒来，心里充满了焦灼与不安。梦里的自己曾经是追赶太阳的少年，跑过了春天，跑过了秋天，跑到了悬崖，坐在悬崖边歇息，迎来的却是漫长的黑夜，跳下悬崖，身体变成叶子，在空中飘荡，一个人整个地浮在空中，拼命挣扎连浮尘都不如，想要停歇却无处落脚，就那样一直在被人追着。潜意识的梦境呈现与精神状态有关，更是生活环境对心灵世界占位挤压的结果。它源于对现实问题的反思，从事业、生存等各个层面彰显出的生命中不能承受之重的挣扎现状和无奈境况。梦见飞是失意、焦虑、迷惘的人生经历，和寻求超越的精神境界，是生存感受的惊慌失措、彷徨无助，暗示的是生存境遇和突围路径的探寻。那种精神倍受煎熬而难以逃脱困境，就像空中随风飞舞盘旋的一脉枯叶，无法像鸟那样长了翅膀高空翱翔。

  梦里无言自清欢，万字千文入境来。梦或多或少、或大或小都发自内心，梦中的梦与我们心中的梦那么吻合，所见有所梦，所思有所梦。既暗示了弥漫人性的焦虑，又建构了美好世界、精神追求，是心灵纠结、现实困惑的精神出路。梦中的自己，总是如驰骋疆场的大将军，在文字的王国里，信马由缰，纵横捭阖。或者读到好文章爱不释手，醒来意犹未尽，只觉得回味无穷，仍想沉浸于梦中咀嚼文字的芳香。在那里，没有喧嚣，没有浮躁，面对的只是文字，那种文字的清香，那种心情的愉悦。其实梦中所读所写，都是自己心底情思的挥洒。潜意识中，对文字的驾驭，情感和更多的思想一直存在着，并加深、加重着，痛和记忆、希望在心里继续连接。常常于梦中，灵性脱颖而出，洋洋洒洒，下笔千言。

  "浮生梦欺书不欺，情愿生涯一蠹鱼"（傅月庵《生涯一蠹鱼》蠹鱼，蛀书虫，对书的痴迷）。文字是梦中飞翔的翅膀，更是寻找精神家园出路的暗道。梦中读书，与其说是在享受一种遥不可及的事物之间相联系的感受，不如说是一种无法用理性掌握，无法用言语形容，却在心上、心底荡起一层层的涟漪。那种无可取代的惬意、遐思，是潜意识里存储的知识和积淀的情感在萌生巨大作用。它在追求心灵的充实，追求梦想中的境界，追求理想化的环境，缱绻温暖，深邃明亮。梦是抛开理智的最原始的思想，最荒诞不经却最真实。记得无聊时做过一个心理测试，测你的前生是做什么的。我的测试结果是一介书生，我是相信的，也许前生里，我便是那个青灯古卷、皓首穷经的读书人，享受那夜半读书、红袖添香的雅趣，而且必是那怜香惜玉、细腻婉约的情种，于是此生，便始终对美女、美文心生亲近与爱意。

梦是个玄妙的东西，它让我觉得梦里的我是我的一部分。我和我的这一部分却迥然不同地生活在两种空间中。我相信，会有那么一天，我会和梦里的我相见或者重合。

今我来思

这几天，小城一直笼罩在淅淅沥沥的雨中。街面因为一场场雨显得宁静温馨。处暑已过，白露将至。望着窗外飘洒的雨丝，脑海里涌现出《诗经·采薇》中的一句诗："昔我往矣，杨柳依依；今我来思，雨雪霏霏。"诗中的意境暗合了季节的交替、时光的流转，也是自己文学历程的写照。其中的"往"与"来"，正是我与文学的久违与回归。昔日的眷恋，今日的执着。我与文学，惜别在芳草萋萋的春天，重逢在细雨蒙蒙的秋季。一路泥泞而来，为了心中那个恒久的梦。

与文学结缘，始于童年。我的整个童年至少年时代是与书为伴度过的。鲁迅说："童年的情形，便是你将来的命运"。书籍将小小年纪的我带入了另一个世界，书中所包含的诗情画意和对于人生的深刻理解，使我丰富了对世界的认知，受到文学的熏陶。文学本身的活力中，很重要的一部分来自于语言所产生的活力。我迷恋语言，迷恋语言之间碰撞发出的悦耳的声音。从小喜欢安静的我，沉浸在那种寂静中，在无边无际的孤独里，开始最初的写作。尤其初中时习作在全国级刊物《中学生之友》上发表后，这个愿望更是一发而不可收拾。从中学时代开始至踏上工作岗位之初，我已经写了十几万字，陆续有文章发表。写了青春的记忆，成长的历程。写了珍珠般温润的童年和夏日般多雨的少年，写情怀如诗的少女岁月，写青春期的魅力与危险。写了青春成长的主题，写了懵懂的心路历程，这些成长故事中不可或缺的元素。"每一个人的一生都是一条路,每一条路的一生都铭刻着一个座右铭。"我把那些青春的文字结集整理,起名为《夏日的云》,自己整理分类,配画插图,设计封面,并在扉页上写上:"愿我的蹒跚步履,能踏出一条彩虹的路"。那时的我,对未来充满了希冀。

就在此时,我的生活发生了逆转。母亲去世,曾经的单位被私人老板收购。失母之伤,失业之痛,几年的时间,天翻地覆的变化踏碎了一帘幽梦,我对未来前途命运充满了绝望。心田干涸了,甚至写不出一个字来。囿于巨大的生活压力,每天为基本的生存疲于奔命,没有安全感,没有归属感,温饱成了最大的问题。携着失重的生活与超重的苦痛,跟跟跄跄在满世界奔走。无法拯救,遍体哀伤。痛苦的挣扎直入骨髓和灵魂,却被强大的外力所遮蔽,一切都是无声无息、无人留意,却痛彻心扉。在每一天每一年之中,因为生活中的失意而茫然,因为缺乏信仰而内心浮躁。在最灿烂的年华里,度过了最黯淡的岁月。忘记了自己来时的路,更找不到自己的未来。岁月的班车载着许多许多时间周而复始,关于理想关于奋斗关于未来在时光中渐渐流失,湮没无痕。然而,"只要人类存在着,文学就不会死亡。"每当拖着一天的疲惫与苦痛进入梦乡,梦中总是在读书写字看文章,醒来仍沉浸其中、意犹未尽。咀嚼着梦中特有的书香、文字的甘甜,想到第二天又要踏上奔波的旅程,没有静下心来写作的时间和空间,常常泪落潸然。

独处时,我会长久地注视着自己的内心,我应该是一个织梦者,我的人生不应该仅仅只是这样,这种生活只会让我枯萎。常常,内心涌动着不甘和倾吐的热望,心里那种倾诉的欲望翻涌而来,兜头将我淹没。我看到了自己,获得了生命力。我苏醒,我珍视自己,珍视亲人,渴望在寻找内心的过程中体现生命的价值。于是再一次融入书中。读书的人有自己的宇宙,其他的事,都因此而微不足道。人要有道心,这道心就是文化的内核。一个人若用已融入生命体的文化来寻找适合自己的生活,就不会患得患失、忧心忡忡,人生便会充实安然坦荡无碍。当你沉浸于书中时,那些琐碎的不快、那些尘世的哀伤,就会在瞬间忘却，进入另一个只属于你，和你的书的世界。

我喜欢阅读一些国外作家思想类、哲学类书籍和古典文学作品，借以寻找思想的厚重和语言的感觉，感知文学的存在与力量。因为文学，有限的生命得到无限延展，人生有了聊以安放灵魂的意义。终于发现，只有写作才是最能让我感到接近幸福的一件事，它能够在最黯淡的时候为我带来信心。对于心理压力与生活压力过重的生命来说，生存绝非易事，在艰难之中，只有反复追寻生命的意义，把痛苦、希望，以及全部的精华和梦想，输入文字之中，使之丰富充盈，才能够借以摆脱孤独存在的命运，与文字近处关照，相互梦见。

历经生活的多重变故，终于又开始笨拙地回归我的天空。生锈的笔尖再次吐出一篇篇文字，于坚硬的冰冷中拥抱那抹希望的晨曦。追求不动声色地表达，希望在自然的表达中蕴含一些强烈的情感，于平淡中动人心弦。不回避生活的阴暗，在作品里寻找一种温暖的东西，是所有不幸尽头的希望和明亮。于是我再次提笔，厚积薄发，将这些感悟的花蕾，化为清新的文字，得到了诸多文学前辈的指导与肯定，从不同角度善意指引，使我能够看得更宽广，达到更远的地方。

早在20年前准备写书的我，终于再次站在了这里，一些植埋心中的情思悄然滋生，重新找到了方向，明确了自己未来乃至此生的目标。文学来源于生活，写作需要心情和时间，需要激情梦想和充沛丰腴的文思。将自己对生活的感悟，用心意和文字包装起来，组合成许许多多对社会、人生的认知。因为我们生活在这个社会中，每个人都是社会一分子。关注自身，就是关注社会。

写作是一件寂寞的事情，不能耐得住寂寞的人，也就难以触及自己心里埋藏着的那个世界。严格说，我还不是真正意义上的写作者，只是单纯地"写"，与"作"还有着长远的至今尚未跨越的距离。本质上讲，一切文学都是回忆，都是往日生活的复活。有对人生历练的感悟，有对行走方向的眺望，在这些感悟与眺望中，文学始终是最为温暖的坚守，是一个人精神之所在，是在找寻内心渴望的过程中体现出来的生命的价值。

人生有许多一闪而过的契机，能够把它握在手里，并且竭力劳作，默默穿行，把自己所有的积累、理解和想象一点一滴付诸文字。这样的过程对于写作者来说，就是幸福。"佛祖拈花，迦叶微笑"，人与文的契合，便在这会心一笑之间。

感谢文字，让我们在这里相遇。

敬畏文字

记得《百年孤独》的作者马尔克斯曾经说过:"写作恐怕是这世上唯一越做越难做的行当。"这位蜚声世界的文学巨擘,诺奖得主,之所以感到写作难做,不敢写作,就是为了实现对自己的不断突破。好作家所必须具备的素质,就是要有天赋,有激情,有耐心,如沈从文所说的一样:写作要"耐烦儿"。好的文章不止要有诗意的文笔,更需要丰厚的文化底蕴和深邃独到的思想。能够让自己沉下心来写作,既是对读者负责,更是对自己负责。真正的写作,不是追求虚名的急功近利,更不是攫取利禄的不择手段。写作是沙漠的孤旅,也是焚燃与灰烬的过程。要耐得住孤独与寂寞,更需要天分与勤奋。好的文字就是要仔细斟酌反复推敲,如工匠般需精心雕琢修改,要先打下墨斗,砌完了之后还要抹得光滑均匀。亦如裁缝制衣,要先量体裁衣,下好尺寸,做好了之后还要钉上纽扣剪掉线头,一丝一毫马虎不得。更像画家,要先备好墨选好纸,打出框架,然后做细细地勾勒。

几乎每一个初学写作者都有这样一个过程,最初觉得写作很容易,灵感来了,文字就会从心底倾泻而出,而随着写作水平的不断提高,会越发感觉其难,甚而不敢轻易动笔。一个真正的写作者,对文字不只是热爱,更需要畏惧。人,一旦懂得畏惧,便会付出责任和严谨。刚学写作的人,往往无知者无畏,洋洋洒洒。待写作达到一定水平后,会慢慢停顿下来,如同启动一笔生活的存款,刚刚写作犹如动用利息,多年的沉淀信手拈来,没有觉得有多么吃力。待利息消耗殆尽，要动用存款时，才发现自己原来是这么空乏贫瘠，没有多少资本。这时才会冷静下来，为生活为知识的储备做踏实的积累。去年九月份，我的散文集《尘埃里的花》与出版社正式签订合同即将付梓时，我感到如释重负。然而此后，我整整四个月时间没有提笔，没写出一个字，仿佛内心世界被掏空了。没有了灵感，遭遇了困顿与困惑，有种洗劫般空落落的感觉。不敢轻易下笔，不想在惯性下驾轻就熟，希望自己再提笔时会有所突破，让自己的思想、文章的意境变得充实而丰盈。心灵的酝酿和成长是一个极其漫长和复杂的过程，需要个人生命中的艰难归纳、总结和沉淀。真正的写作，需要在生活中积累原料，进行沉淀提升。要敏于捕捉，勤于动笔，善于提炼。要先有论点，再结合论据，写出丰满而有深度的作品。文学就是一场倾诉，在生活中经历了欣悦和痛苦之后，会在敏感的内心聚集和沉淀，而后不得不倾吐出来。多舛的命运会刺痛心灵，使人的表达更加锐利深刻。这样的文字自然天成，具有感人的力量。

勤奋是才华的组成部分，一个激越不安的灵魂，其天才的敏感与深入的探究会使其一生不得安歇，在对文字炽烈的热爱中，她的一生只能是一场剧烈的燃烧。鲁迅曾经说：文学应该疗救灵魂，他探索人的可能性，使人成为健全的人，捍卫人的光荣。在整个人类争取光明未来的斗争中，文学应该成为前行的火炬。追溯人类历史，有文字记载的年代里几乎都伴随着文学。那些包含了真善美的作品常存下来，就这样被一代代传承下去，滋养着后代。

法国当代文学大师巴塔耶认为："对于人来说，最重要的行动就是文学创作。在文学中，行动，就意味着把人的思想、语言、幻想、情欲、探险、追求快乐、探索奥秘等，推到极限。"人的一生中，最值得一提的就是文学创作。因为它不只是对美的享用，还是对美的创造与体验。它是人生最美好的行动，是审美生存本身。好的文字，需要人品的支撑、学问的养成、才情的展现、思想的深邃。"一个人就像一个脑细胞，沟通起来就有了思想，储存起来就有了传统"，而把他们连缀起来的，就是文字。只有真正通向自我，才能真正通向世界，真正与文字相伴，写人性写人生，写芸芸众生，写浩浩穹宇。因为文学是一个人面对世界的方式，是当下生活和生命情态的理性思维。它源自生命本真的一份感动，一份站立在山巅之上的向往。文字是承载人类文明的地方，是一个国家一个民族最有底蕴的生命处所，历久弥新，令人沉醉留恋。

高尔基曾经说过：文学即人学。文学永远是人类心灵的需要。敬畏文字，它会带给我们温暖和快乐，感受文字之美对心灵的滋养。

路在何方

　　列表，解方程，排列，组合——对人生，我是这样看的。我看什么都不太顺眼，看什么都不太喜欢，用自己的话来说：我不爱解脱。

　　我不爱解脱，所以喜欢做梦。

　　我曾经做过许许多多的梦，梦大多由欢笑与泪水构成。醒来时，却已忘了许多。

　　人生需要梦，就如生活需要阳光。他们都需要真诚、勇气和信心。有梦的人生就是一场游戏，追求不同，也就有了大千世界中，芸芸众生的世态百相。望着这七彩魔方，热闹的场面，我曾叹息：孤单，不知你属于谁？

　　梦本身并没有价值。做得多了，只不过回味一番，却不值得告诉别人。梦本身也充满了太多的荒诞与不确定。但只要天上还有月亮和太阳，地上还有一个我，我就要做梦。

　　头顶着蓝天，脚踏着大地。远处是大山，近处是大海。仰望天地之大，俯首思忖自己，不禁悲哀地发现，天地之大，却没有属于自己的位置。于是扪心自问：路在何方？

　　我应该出生在这个世界上，我时常这样提醒自己。我并不是不知道世界是个矛盾的统一体，是个弱肉强食的角斗场，也不是不知道，人与人之间还存在着倾轧的呻吟。是的，世界是不公平的，就如我在这个世界所遭遇的无奈与不公。

　　小时候，因为没有人照顾，我离开了上班忙碌的父母，随爷爷奶奶生活。黄昏的夕阳下，我曾问过门前的大山：山的那边是什么？山的那边是另一个世界，那边应该有一条路，通向自己脚下的路。谁也没有理由拒绝走向它。

我是不幸中的幸运儿，我拥有自己的选择和自由。我拥有日历的嘶叫声，我拥有欢笑和血泪的天地。我并不需要仅仅依靠别人的安慰和理解，正因如此，我才能成为一个在生活的踩踏中挣扎生存的人。

梦，还是要做的，希望我的蹒跚步履，能踏出一条彩虹的路……

花开的声音

小碎花，多么温暖柔媚的字眼。长一张清新的美人脸，轻轻一捻，吐气如兰，如光滑的绸缎，似香甜的奶糖。每念及此，就不由得心旌摇曳。

喜欢物什，就如同喜欢一个人，情有独钟。不相信一见钟情，却独独逃不脱一种，那，便是碎花。很少抽出大把时间去逛街，也并非每次逛街都有收获。本就是个非常挑剔的人，款式、衣料、颜色、价格、品牌，很少能一见倾心。只是每每遇到碎花，便全失了矜持与优雅，眼睛放光，迫不及待地奔上去，瞬间跌进星星点点的花海中，内心暗自欢喜着，手触碎花，小心翼翼，视若珍宝。似乎它千里迢迢赶来，就是为了赴这一场约会，享受这份倾心相遇带来的悦然。我是个一看到碎花，就会让眼睛和脚部停住、呼吸也瞬间急促的人，甚至即使是上网，只要看到碎花，满心满眼便全是温柔，右手轻轻一点，便只等着快递送来最心仪的礼物了。那种揣了宝贝抬头看天空的欢喜，正是那一刻的心情。就这样一件件收藏，一路看下来，全是时光的痕迹。每次回味，内心柔软而甜美，这些时光赐予的礼物，是生命曲折的路途中，种种美丽的牵绊。碎花是鲜美的、惊艳的；生活是残酷的、坚硬的。唯面对碎花，心便会柔软起来，也因此对生活心生美好，心怀憧憬。时光轻捷，如马踏飞燕，那些曾经路过心上的东西，始终如初见时的模样，便是心底最熨帖的温暖。

每天早上更衣，拉开衣橱，检阅满目的碎花，那柔软而美好的内心，便在那星星点点之间，缓缓释放开来。温婉，端丽，晕着太阳一样的温暖七彩。每天的喜悦，便先已从那几朵碎花获得，如同他人每天清晨抬头看一看云、低头浇一浇花一样，想一想都浪漫美好，更何况碎花如云和花一样，养眼又养心。

走进房间，满满的都是碎花。碎花长裙、碎花连衣裙、碎花连体裤、碎花旗袍、碎花衬衣、碎花长裤、碎花高跟鞋，甚至沙发罩、抱枕、被套、床单、发带、睡衣、拖鞋，也是碎花的。宛如进入花海，淡然悠远，星星点点，朵朵盛开。仿佛已融入于自然，一声一息，一颦一笑，一如那些花红柳叶的生命，一切都清雅、婉约。那清，无染，无浊。你会忍不住，在盈盈暗香中，轻触浅吻，因了怜惜。那种对碎花收藏的癖好，犹如古代皇帝之于美女，后宫佳丽云集，珠环翠绕。那心情，亦如皇帝般，似乎掌控了世间繁花似锦，情怀如诗，内心满满充盈着温馨美好。

多的是碎花，却不是花与花的搭配便可以出门。穿了花裙便不可以拎花包，而穿了碎花的高跟鞋，便只能着一件与鞋子碎花中某颜色同一色系的连衣裙，优雅简约，万不可满身的柳绿桃红。碎花与其他花相比，本就是低调、内敛、含蓄的，把碎花穿在身上，理应合了碎花的气质，温婉、浪漫、清新、田园。大朵大朵的花团锦簇、珠光宝气，只合那些牡丹一样的女子吧。

苏轼笔下的清浅，便像极了这淡雅柔媚的小碎花："细雨斜风作小寒，淡烟疏柳媚晴滩，入淮清洛渐漫漫。雪沫乳花浮午盏，蓼茸蒿笋试春盘，人间有味是清欢。"这种清欢便在于十分清淡，美好着，却不张扬，轻吟浅唱，唇齿生香。

把花种在心里，在这样明媚的春日，聆听，那些轻轻浅浅的花朵，在心底，开放的声音。

白云深处

金秋十月,又是橙黄橘绿时。每年十月的最后一个周日,是莱州市枫叶节。这一天,默咏着"霜叶红于二月花"的诗句,离开喧闹的市区,我与文友走进传说中杜牧笔下的"寒山",即今天的莱州市寒同山,去寻找诗人笔下的"寒山、石径、枫林、霜叶、白云、人家"。

走进寒同山,秋烟横吹,秋风流岚,满目金黄丹红,流光溢彩,万山红遍,层林尽染。蓝天白云,松翠枫红,似丹青之手随意泼墨溻开的一轴赤橙黄绿五彩斑斓的秋风画卷。枫叶丹霞,野菊明黄,是山水画里最精彩的渲染。正所谓"丛林花木争娇,峰高奇石兀岩;清脆绿浅红尽染,枫叶赤如火焰"(静明先生《西江月·寒同秋色》)。

始近山林,远远就感觉到一丝禅意,肃静庄严。寒同山自古是一座道教名山,这里山清水秀,环境清幽,向为道家修真圣地。全真教著名六师、七真人中的丘处机、刘长生等都曾在此坐观修真,并从这里率徒周游全国。遥想当年丘处机、刘长生修行于山水之间,胸中无日月流转,眼前唯天地无垠,那是何等的境界。离红尘越远的地方,离禅意越近,晨钟暮鼓,萍聚萍散。心念一转,躁动的心在与神奇的自然和厚重的人脉及禅意的浸淫中,自然而然卸下那份生命的沉重,回到本真的自我。

一位当地的文友邀我们去家中做客。顺山而下,缓缓向南,有一座不大的小山村坐落在山脚下。山脚下的农家仿佛躲开了尘世,一幢幢农舍没有任何声息。小桥流水、高山田野与他们相伴。文友的父母已是八旬老人，依然精神矍铄，身板硬朗。看到我们前来，远远地出门迎接，热情纯朴，豁达自足，带着山里人特有的朴实，又有着道教文化修身养性的底蕴"上善若水"。"故人具鸡黍，邀我至田家。绿树村边合，青山郭外斜。开轩面场圃，把酒话桑麻。待到重阳日，还来就菊花。"孟浩然《过故人庄》笔下描绘的，就是此情此景吧。

从主人家信步踱出，房前是一池清水。水池边停靠着一只木头小船，生机盎然的水草和湿地的蒲草在风中摇曳，与清风轻语。花临水岸，树影交衬，那硕大朴实的鸡冠花、明丽的菊花和艳丽的美人蕉就那样兀自旁若无人地盛开着，清明无碍，静谧美好，随性自在，散发着清冷芳香。几株藤蔓斜挂在墙头，沐浴着阳光畅意舒展。田地里，白菜和萝卜恣肆伸展，蝴蝶在谈情，蚂蚱在拥吻。蓝天碧水白云，远山村舍溪流。草长莺飞的田园风光，染蔻着碧绿的水墨画卷，构成人、植物与动物和谐相处的绝美图画。感受道教的天人合一道法自然，静静体会岁月安然，融合幸福的归属。在这样一片宁静的天地，不争艳，不浮华，真真实实，平平淡淡。

"枯藤老树昏鸦，古道西风瘦马。夕阳西下，断肠人在天涯。"脑海里突然浮现出马致远的《天净沙·秋思》，一样的秋色，在诗人笔下如此肃杀苍凉，而今日此时：苍松丹枫古寺，小桥流水人家，温馨宁静，诗意浪漫。境由心生，行走在人生的路上，匆匆而过，早已习惯在万丈红尘中穿梭。而今，微风过处，花香缕缕，陌上花开淡淡香，一样心情别样娇。一切静谧安好，人也变得灵动而柔美。

与一群相通特质、共同爱好的人在此闲暇把酒问农桑，依稀听见心灵无声的交汇，闻到了秋天的花香，听到了秋天的妙律，触到了秋天的灵魂。蓦然明白：只有将身心融于其中谛听山的脉搏，才能让灵魂与山水共舞，吸纳山魂水韵，清洗红尘污浊。当你远离喧嚣，停下脚步，等一等灵魂，给心灵一处憩息的家园，舞动笔尖，就能敲落点点心语。

金风细细，吹来阵阵花香；放眼望去，静静感受寒同之秋的美好。行云缈缈，碧海晴空。原来，释怀如此轻松，没有刻意的渲染，没有无意的点缀，一切来的自然，去的必然。

　　白云轻拂，清风微吻。离开寒同，告别友人，回眸伫立，溪流淙淙而歌，野花婆娑起舞。风，摇曳生花；心，澄澈飞扬。

　　尘归于尘，土归于土。我——归于我们。

解读时光

在我的人生字典里，时光是很具禅意的一个词。时光，能让世间的一切生物风光、光彩；时光，能让世间的一切灰飞烟灭、空空如也。时光就是这样辩证地奇妙。就像一面镜子折射着世间万物、人生百态。

日出月落，斗转星移，潮涨潮落，春夏秋冬。在不经意间，分分秒秒的时间便在指缝间游走。蜉蝣不才，朝生暮死，神龟虽寿，犹有竟时。万物皆有自然法则，概莫能外。"离离原上草，一岁一枯荣。"这是一棵草的宿命。"不知明镜里，何处染秋霜。"从亭亭玉立的少女到白发如雪的老妪，也不过几十载的光景，这同样是一个人的生命历程。富于情感的人啊，却在生老病死的轮回中，追名逐利。天有多长？地有多久？日月当空，青山不老，溪水长流，那可是一种永恒？我觉得更是一种宁静与淡定。就像佛语中的禅机——空，空则灵，灵则悟，岁月的风尘才不会迷失你的慧眼。

每当斜阳淡淡地射入窗帘，空气中舞动的尘埃便若隐若现，多像是滚滚红尘中的芸芸众生，四处游荡着奔波着，不知哪天哪个时刻会飘落到某个角落，一阵风带过，又会随风飘散。世界因有了人类而充满精彩，精彩之处在于人用思维打破了一种茫然。商品让人产生了价值观，创造推动了生产力的发展。万事皆有度，可怕之处就在于无休止的贪婪。人生短暂，在有限的时光里，能坚持做好一两件事情就是一种成功。好的标准就是不断超越自己，把事情做到极致。

农人的极致在于春播、秋收、冬藏，一粒种子生根、发芽、开花、结果。汗水的浇灌带来的是丰收的喜悦；艺人的极致在于用精湛的演技，调动起观众的情绪与剧中人同喜同悲；文人的极致在于用笔辛勤耕耘，重新塑造着人类的灵魂……日出而作日落而息。时间左右着人类，人类安排着时间，正是这千千万万、各行各业的人共同劳作，推动着社会向前发展。

时光在悄悄地溜走，在一转身时，在一投足间，在一次次不经意的回眸中……

感受孤独

　　一本书，一杯茶，一个人，一间房，成就了一种氛围。

　　世界关在门外，静静地坐，幽幽地想。任你的思绪天马行空，上下五千年，纵横八万里。

　　"念天地之悠悠，独怆然而涕下。"拨开浮华的烟云，穿越历史的时空，我们见证了孤独。

　　帝王的孤独是与生俱来的。"高处不胜寒"，历朝帝王，处在权力斗争的风口浪尖，独断朝纲是注定的孤家寡人。

　　雅士的孤独是一种悲剧。曲高而和寡，一次先秦琴师俞伯牙在荒山野地弹琴，樵夫钟子期竟能领会这是描绘"巍巍乎志在高山，洋洋乎志在流水"。伯牙惊曰："善哉，子之心与吾同。"子期死后，伯牙摔琴断弦，终身不操。故有高山流水之曲，知音难觅之悲。

　　隐士的孤独是一种享受。晋时陶渊明隐居庐山南麓，高风亮节，不染风尘。与山间之明月为邻，以江上之清风为友。孤独带来了"采菊东篱下，悠然见南山"，一种令人神往的意境。

　　谋士的孤独来自于英雄之间的惺惺相惜。《三国演义》中的诸葛亮"出师未捷身先死，长使英雄泪满襟"，闻知诸葛亮死讯，司马懿是先喜后泣，唏嘘不已。因少一劲敌，心中倍感遗憾，了无生趣。

　　凡人的孤独是伴随失意而生的，是一种落魄之后的寂寞。现代社会，人们的生活节奏快，职场竞争激烈，生存的压力很大，人生不如意之事十之八九。难得独处一室，远离城市的喧嚣，去寻求一份安宁，享受一份孤独，孤独能够清心。身处世外，洗尽铅华，你会发现一个真实的自我。审时度势，未雨绸缪，你会拨云见日。知己、知彼、知天下，运筹帷幄，决胜千里。孤独可以明志，尘埃落定，纷乱的思绪渐渐理清，躁动的心境归于平静。不再为事物的表象而迷惑，不再为世事繁芜而烦恼。心境淡泊而志向弥坚。"宁静而致远，淡泊以明志。"

可以说孤独与成功是如影随形。成功的人忍得住寂寞，接受了孤独，享受了孤独。最终让孤独拂去了岁月的风尘，使生命流光溢彩。

美丽与姿色

阳春三月，春的季节。路边的大树摆脱了岁月的枯黄，和田间的桃枝一起绽放出了新叶。日子在春雨与春晴、春寒与春暖中，一页页飞去。一个新的奔赴，已经进入了轨道。大街上，到处是褪去臃肿冬装、婀娜摇曳的美女身姿。衣着艳丽，环佩叮当，真个是"回头一笑百媚生""梨花一枝春带雨"。欣赏着满街的美女，感受着春的气息，心情也为了这绿绿的春天溢满了暖暖的温柔，那些诗一般的语言便在心底氤氲绽放。

看着这满街的美女，突然想到了两个词：美丽、姿色。美丽的女人是越来越多了，就像一本书说的，中国已经进入美女如云的时代。然而，那样的美丽，却总感觉少了点什么。"美丽"应该是一个静态的描绘吧，精致漂亮，却总觉得少了一些内涵。"姿色"，则更生动一些。姿是动态，色是静态。"姿"当是一种"态"；"色"，才是容颜。所以说一个女人长得美丽，只是一种五官的精致，却未必会有一种神韵。如果说一个女人很有姿色，那应该是动静皆宜、形神俱备的美，兼具了风情与美貌吧。单纯的美丽总是感觉有些寡淡，而有姿色的女人却让人的视觉和内心感觉更加丰盈。美丽的女人像清泉，让人看了赏心悦目，却一眼望穿，而有姿色的女人，则更像一杯红酒，醇厚幽香，韵味悠长；一个长得美丽的女人，因为阅历学识环境的缘故，仪态谈吐上未必称得上是一个有姿色的女人，而一个有姿色的女人，却总是美丽的，即使不是特别的靓丽，一言一行，一颦一笑间，风姿绰约，亦别有一种神秘的魅惑；一个只看到女人美丽的男人，总是流于肤浅，应该还不够成熟，不懂得欣赏有姿色的女人散发的那种优雅的气质，而单纯美丽的女人，也应该是很年轻，还未有那种"态浓意远淑且真"的姿色。李渔说，媚态之于人身，犹如火之有焰，灯之有光，珠贝金银之有宝色。有姿色的女人，集品位修养魅力于一身，优雅而不失亲和，知性而不失风情，妩媚而不失端庄，"翩若惊鸿，婉若游龙"。

"自是那一低头的温柔，似一朵水莲花不胜凉风的娇羞。"做一个美丽的女人，更要做一个有姿色的女人。有姿色的女人应该是那些走过青春的年华，坐看岁月的涟漪，经过时光的沉淀，酝酿成的一盏香醇的美酒，含蓄绵长，活色生香。

父亲的笑容

她已经很多年没看到父亲的笑容了。

小时候，她文静懂事，从小就是父母的乖乖女。加之她是最小的女儿，自然格外受到宠爱。哥哥姐姐年纪比她大许多，看到父母都宠着她，有时半开玩笑地说："咱们家儿女双全，你这个三儿，就是一个'多儿'啊。"她听了，立刻紧张着一张小脸跑去问父亲："爸爸，哥哥姐姐说我是'多儿'，是真的吗？"父亲看着她，脸上溢满了慈爱的微笑，"谁说我们家小朋友是"多儿"，要我看是'少儿'呢。这么可爱的小姑娘，怎么会是'多儿'呢？"说着便怜爱地把她拉到身边，给她掏耳朵。那时候，她是个特别娇气的小姑娘，不放心让任何人给她掏耳朵，包括细腻温柔的母亲。唯独父亲才让她放心，因为一向脾气暴躁的父亲，为她掏耳朵时，总是小心翼翼，从来没让她有任何一丝不舒服的感觉。

她知道父母喜欢她，也就更在意这份感情，总想做一个最乖的孩子，让父母高兴。全家人都知道父亲最宠她，甚至宠得没有原则。父亲是极干净的，他一向寡言少语、脾气暴躁，哥哥姐姐都怕他。有一年暑假，刚上初中的哥哥在家鼓捣无线电实验，房间里一团糟。还未来得及收拾，恰好父亲下班回家了，看到满屋狼藉，眉头立刻紧皱起来，猜到是调皮儿子所为，就要冲儿子发火。母亲朝她使一个颜色，乖巧的她立刻跑上去，对父亲撒娇："爸爸，对不起，刚才我找玩具，把房间弄乱了，爸爸别生气啊。"父亲低头看到小女儿，眼神立刻柔和了许多，怒气早已烟消云散。姐姐丢了东西碰坏了物什，也会紧张地跑去找小妹。善良的她，不愿意看到父亲生气、姐姐挨训，也总是把责任揽过来。甚至父母闹矛盾了，她也会跑去对着爸爸妈妈撒撒娇。看着这个娇憨可爱的小女儿，父母的怨气立刻化为乌有，于是家里减少了很多硝烟的味道。甚至有时候，哥哥姐姐想买课外读物，怕被严肃的父亲拒绝，也会请她去做小说客。只要她出马，必然皆大欢喜。母亲和哥哥姐姐常把她抱起来，边逗边说："果然是个'少儿'啊，想不到还能做我们家的灭火器和传声筒呢。"

　　父母工作的地方距离奶奶家90里地，那时还没有摩托车，更没有私家车。每个周末，父亲都要带着她回老家看爷爷奶奶。大金鹿自行车前面叮叮当当挂满了给爷爷奶奶的东西，她坐在后面的车座上，那里有一个父亲特意为她安装的小椅子。她两手抓住小椅子的扶手，一路唱着歌，间或给父亲讲刚看的小人书里的故事。90里路，父亲要骑上大半个上午。父女一路走着，说着，她像一个清脆的小铃铛，带给父亲一路欢声笑语。那时候，路上极少有汽车，更很少见到小汽车。偶尔父亲也会搭乘大卡车带她一起回老家。记得在一个暖春的周日，父亲和她一路说笑着往奶奶家赶，忽然，一辆吉普车从后面飞驰而过。她指着疾驰的吉普车，仰起小脸，撒娇地对爸爸说："爸爸，我想坐小汽车。"爸爸听了，居然停下车子，在路边东张西望起来。那时候，整个县级市也很难见到小型汽车，吉普车更是凤毛麟角。父亲站在路旁，边用手扶着车把，边看着路上偶尔驶过的车辆。这时，一辆半新的吉普车从后面驶来，慢慢在他们面前停下。车上一位伯伯探出头跟父亲打招呼，一向不肯求人的父亲见到熟人，竟破天荒地推着自行车走到车子前，打听车子的去向。可能是巧合吧，吉普车正去往奶奶家方向。父亲说明意思，车上的伯伯下了车，把她抱了起来，热情地招呼她跟他们一起上车。就这样，那位慈爱的伯伯一路与她说着话，把她送回了奶奶家。父亲则一直骑着自行车，紧紧跟在后面。

　　随着年龄渐长，她由一个胖乎乎的小娃娃长成了一个清秀苗条的小姑娘，模样也越发长得像父亲了。人们见了都会对父亲说："老王真有福气啊，女儿聪明懂事，而且越长越漂亮，越来越像你了。"父亲听了呵呵笑，低头看看女儿，虽不说话，那种骄傲早已溢满眼角眉梢。

夏天的晚上，父母要到院子里乘凉，她会轻轻给父母搬来小椅子，请父母坐下。然后还没等父母说话，她早已飞身进屋，顷刻，她就把大蒲扇就塞在了父母的手里。然后，自己搬一只小板凳，双手托腮，坐在父母面前听故事。那时候，仰望天空闪烁的星星，父亲就会给她讲用肉眼比中国科学院天文台早2小时发现天鹅星座新星的段元星；换一条新裙子，母亲会给她讲从黎族人那里学会运用制棉工具，并回家乡教人制棉、传授和推广织造技术的黄道婆；以及"淡淡妆，自然样"的汉家姑娘王昭君……文学的启蒙在她幼小的心灵深处植下一粒种子。沉浸在父母浓厚的文化氛围中，渐渐长成为一个散发着书香气息的娴静女孩。

她家里有很多藏书，从小生活在浓郁的书香之中。那时候她认不得几个字，读书总是半认半猜。即使如此，却没有丝毫减少读书的兴致。每天晚上入睡前，是她最开心的时刻。那是属于她的固定的读书时间，无论父母多么劳累，工作多么繁忙，总要给她读一段书。《暴风骤雨》《青春之歌》《王昭君》《钢铁是怎样炼成的》……就这样，每天晚上，她都会伴着书香甜甜睡去，梦里仍沉浸在书的意境中。那时候，她就是以这样的方式接受了文学的启蒙与熏陶。父母为酷爱读书的她订了很多文学读物，《中学生》《儿童文学》《少年文艺》《东方少年》等好多文艺期刊。在属于她的小屋里，父亲专门帮她建了一个图书角。每个周末，同学们都会来她的家里借阅。父母就成了她最好的助手，帮助她做好借阅记录，为她包书皮。这时候，父亲会把同学们借阅翻破的书页耐心裱糊好，教育她读书人要懂得爱书的道理。也因此，直到现在，她都对文字对书本有种特别的感情，爱惜书本，敬畏文字。

眨眼间，她已成了一名高中住校女生。高中三年，父亲每周都要骑自行车跑30里地去学校看她，给她送刚刚包好的饺子。无论刮风下雨、酷暑严寒，每周二和周五上午的课间操时间，校园里都会准时出现父亲高大的身影。每次见到她，父亲都没有太多的言语。那种沉默的爱，却深深镌刻在她的心里。依然记得，那一天，校园的天空高而深远，绿树就那么站着，眺望着遥远的白云。教室门前，她安静地站在那里，看绿树，又看云的游移。在她把脖子看得酸痛的时候，同班的女生在喊，她的声音真清脆，就像小鸟在浓荫里叽叽喳喳："阿韵，你父亲在校门口。"许多年后，她回忆起这声音，不知怎的，耳边总响起那个校园的鸟鸣。

初中毕业那年的暑假，她突然萌生了给杂志投稿的念头。于是，她人生中的第一篇稿件，载着她的梦想和希望，随着八分钱的邮票一起寄走了。高中开学两个月，翘首企盼的她渐渐淡忘，以为早已泥牛入海。然而就在那个飘着秋雨的下午，刚下课，身着单衣的她正准备跑回宿舍添衣，一抬头却看到一个穿着雨衣推着自行车的熟悉身影向这边走来，雨下得这么大，而且父亲刚来了不到两天，难道是父亲又来了？正犹豫间，父亲已经急促又兴奋地喊起她的名字来，然后躲在一间教室檐下，激动地打开用塑料袋仔细包裹的手提包，从里面拿出一本刊物。原来是她的文章发表了，爸爸居然冒着雨给她送来了。那一刻她有点恍惚，有点激动，甚至有点小小的埋怨和心疼：一向沉稳冷静的父亲，却像一个孩子，下着雨，骑自行车跑这么远，就是为了告诉她作品发表吗？

她的学习生活一直非常顺利，成绩优异，懂事乖巧，是父母和老师眼中的宠儿。然而，也许上帝是公平的，总要在一个人的一生中增加一些磨难。她毕业参加工作那年，刚退休的母亲身患绝症匆匆离世。尚未从失去母亲的痛楚中恢复过来，她又遭遇单位改制。仿佛一夜之间，命运在这个不谙世事的单纯姑娘面前露出了狰狞的面目，她几乎被击垮了。下岗无业，居无定所，好不容易借钱筹资联系工程又遭遇拖欠，工人接连出现安全事故，真是祸不单行，欲诉无门。租房，搬家；要债，借钱，这就是十几年她生活的全部。她的处境成了父亲最大的心病，父亲的担心，又成了她这个做女儿的最大愧疚。在最灿烂的年华里，却过着最黑暗的生活，不能为父亲分担什么，反而成了父亲的累赘。那些日子里，一向严肃寡言的父亲变得絮絮叨叨起来，如祥林嫂一般，总是忍不住絮叨女儿的困境，女儿多舛的命运尘封了父亲的笑脸。

苦难会使人成熟,生活的打击使一向娇气脆弱的她坚强了起来。她要努力改变自己的处境,让父亲少为她担心。无论发生了什么困难,她都会咬紧牙关,不对父亲吐露丝毫。每次回家,她都要先调整好情绪,尽量掩饰自己的疲惫与无助。报喜不报忧,虽然没有什么喜事可报,至少不能告诉父亲坏消息,不能让他跟着自己担心,少让他上火。这,就是她唯一能报答父亲的吧。

对于心理压力与生活压力过重的生命来说,生存绝非易事,在艰难之中,只有反复追寻生命的意义,把痛苦、希望,以及全部的精华和梦想,输入文字之中,使之丰富充盈,才能够借以摆脱孤独存在的命运。历经生活的多重变故,她终于又开始笨拙地回归文字的天空。她发现,只有文字才能取暖,才能带给她力量。只有写作,才是最能让她感到接近幸福的一件事,它能够在最迷茫的时候带来信心,也会给忧心忡忡的父亲带来一丝希望和慰藉。看到她终于又开始有了适合自己的生活,父亲由衷地高兴。他会一遍遍抚摸她发表作品的刊物,然后一个字一个字地认真阅读。把她发表文章的所有杂志、获奖证书都精心收藏起来,时不时拿出来看看。让父亲第一时间看到自己发表的作品,看到自己出版的文集,看到自己获得的荣誉证书,向父亲汇报自己哪怕一点点的成绩,也成了她写作的强烈动力,她只是想让他放心。每天她都会回家看看父亲,每一次,都希望带给父亲一点好消息,让父亲稍感欣慰。那天,她像往常一样回家,看到几位邻居坐在客厅沙发上,面前的茶几上摆满了她的资料。她的各级会员证、获奖证书、出版的散文集、发表的作品,还有一些媒体关于她的报道和照片。她不禁有些难堪,正要阻止,却迎面看到父亲含笑兴奋的眼神。她什么也说不出来了,甚至不敢面对。自从母亲去世、自己下岗,已经十几年没看到父亲笑过了。这些年,父亲明显衰老了许多,精神状态也大不如前,每天都是一副郁郁寡欢的神情。一生不喜欢说话的父亲,十几年没有笑脸的父亲,此刻却像一个快乐的孩子,沧桑的眼神变得清澈而欢快,久违的笑容绽放着希望的光辉,正在对邻居们絮絮讲解着每一本杂志、每一个证书的来历。

她回过头去,轻轻拭去悄然落下的泪滴。

生命的态度

"文化大革命"期间,一位老音乐家被下放到偏僻的农村割草喂牛。十几年过去了,人们惊讶地发现,他竟不见一丝憔悴和衰老。震惊之余问他如何熬过这漫长岁月,心中是否痛苦时,他却笑着说:"怎么会呢?我每天都是按照3/4拍割草的呀!"

我为这位老音乐家的乐观、从容而叹服,更为他热爱音乐、热爱生活而感慨。生活给他关了一扇门,他却为自己开了另一扇窗。即使是再痛苦、再艰辛的事,他也能让自己心中充满阳光。他没有因生活艰辛而退缩,没有因条件艰苦而放弃,没有因身世坎坷而怨天尤人。他爱音乐,更爱生活,他用自己独特的方式度过那一段也许是黑暗的岁月。但他更懂得:也许生活不够偏爱他,那么就只能爱上生活,并且乐在其中。

同样是音乐家,我不禁为女音乐家顾圣婴扼腕叹息。她经历了人生的起起伏伏,却还是在光明到来前选择了自杀。她不是不爱生活,而是爱自己胜过了爱生活,当心中的美好被践踏时,她便毁了自己。

其实换一种思维方式、生活方式又未尝不可,著名诗人雪莱说:"冬天来了,春天还会远吗?"短暂的黑暗过后便是盛大的光明,太阳每天都是新的,既然生活选择了我们,我们又何必固执原来呢?何不爱上生活,尝尽生活的酸甜苦辣,使自己乐在其中。有一天你会发现,原来生活也是如此偏爱你的。

阳光的温暖不会放弃任何一个微弱的生命,她总带给人希望和光明。思想主宰着一个人的行为，心态决定一个人的一生。勤奋努力的人，沉重的生活会变得有声有色；消极抱怨的人，平静的日子也会黯然无光。每一个人的一生都是自己的，走怎样的路只能由自己决定。幸福与心态的积极与否密切相关。改变自己的心态，就会改变自己的世界。

爱是奇迹，爱是信念。如同甘露，滋润着每个人的心田。当你为生活滴下甘露，终有一天，生活会为你洒下喜雨。

爱生活，就是爱我们自己。

时光雕刻的容颜

今年夏天我去北京办事,那是一个酷暑的午后。公交车上,人不是很多。我选了一个靠窗的位置坐下,悠闲地观赏着外面的风景,等待发车。突然售票员对着我的方向喊了一声:"那位女孩儿,车快开了,劳驾您把车窗关上好吗?"环顾四周,邻座是一位男青年,并没有年轻的女孩子。我疑惑地向售票员看去,售票员正对我点头,微笑着说:"谢谢啊,姑娘。"

自从做了母亲,虽然内心也还常有些小儿女的心态,却总是提醒自己稳重,为人处世要克制理智。唯有心底深处仍偷偷保留着一点对自己小小的宠爱。好多年没被叫作"女孩"了,几乎忘记了自己曾经也是一个被娇宠着的、简单快乐的小姑娘。

是从什么时候开始变的?突然想起,记得刚结婚时,提到女人这个词感到特别羞涩,叫不出口。那时候,自己骨子里依然是个小女孩,青涩,矜持。看到陌生人,总是没有开口,脸已先红了。生命就是这样,需要时间去衬托,也在生活中不断消耗。现在,那个连女人两字都羞于出口的女子,被叫作女孩居然感觉惊奇。如此巨大的心理、生理变化,却不自知,时间真的能让一切变得面目全非。记得初为人母时,对着襁褓中的婴儿,新鲜而又好奇,看着那粉嘟嘟的脸蛋,似乎一时还没有适应母亲的角色,偷偷对着那个小小的生命说一句:"叫妈妈。"瞬间便脸红心跳,似乎怕被人听见。孩子渐大,我慢慢开始自然地适应母亲这个角色。那一年,女儿上小学四年级,像以往一样，我牵着孩子的手去童鞋店买鞋，结果服务员说，这里只有童鞋，没有你女儿合适的号码。当下茫然，没想到孩子要买成人的尺码了；也是那个时期，带女儿乘公交车，习惯性地要给孩子打半票，结果乘务员说孩子的身高已经超过了1米2，需要打全票。我恍然大悟：原来孩子已经长大了，不再是那个懵懂的小小孩童。此刻蓦然领会到，自己也许要慢慢变老了。人的心态、容颜就这样在悄无声息的时光流逝中慢慢变化着。还记得孩子上幼儿园大班的第一天，放学后去接孩子，却被刚来的实习老师，用狐疑的眼神挡在门外，怎么也不肯相信眼前这个年轻的女子会是一个六岁孩子的母亲，直到让女儿确认，然后请班主任证明才终于把孩子交到手中。那时候，面对别人诧异的目光总是暗自得意，骄傲地宣布自己是孩子的妈妈，看着对方怀疑的眼神时，心里总是有种恶作剧般小小的满足。现在，即使不带孩子单独出门，也常会被人问起孩子多大了。就这样，慢慢接受了时光的赠予，那个年轻活泼的女子渐渐成了一个温婉成熟的母亲。

  那天听一位相识不久的朋友说，偶然看到一位十多年前的同学，一位昔日的美女，现在居然认不出来了。朋友感叹对方老了的同时，怀疑自己是不是也老了。我听了只好安慰人家，说你不老，清秀可人呢。可是心里却想说，我认识你时就是这个样子，一个齐耳短发、满面沧桑的中年女人。原来，人都是在别人的眼神里，在孩子的成长中，在生活的磨砺下，心老了，眼神老了，皮肤松弛了。

  记得有人说过，三十岁前的面容是父母给的，三十岁后的容貌是自己给的，人生的境况都写在脸上。岁月是把刻刀，无论光彩熠熠还是憔悴潦倒，刀柄都握在你自己手里。同龄人中，依然有人眼神清澈、皮肤娇嫩、声音清丽，宛如少女，有的则由一个曾经天真娇羞的女孩变得庸俗不堪、不修边幅，那必定是经历了颇不如意的生活，体会了同龄人所没有经历的艰辛。人的容貌，更多体现的是人生的境况和自身的心态。所谓的老去，是相对而非绝对。时光的载体，有着私人的感情和爱恋，带着沉静的珍藏和倾诉，会把一个历经千万困境的女子，锻造成一个韧性的人。这样的女子必然智慧聪颖，清楚地获知生命的本相，忠实于自己的内心。她可以经历过流年无法忘却的回忆，却把那些挫折变成人生宝贵的财富，吸纳、消融，越发光彩照人，柔和温润，眼神纯美，独不见岁月的痕迹。其坚定与柔韧，似溪涧细水，长流不息。

生命是一场追随，一场逃离。偷走了多少热情，又虚度了多少年华。繁华与躁动触目可及，荒凉和寂寞亦不遥远。选择怎样的生活，常常在你一念之间。时间其实是一种宿命，一切都在时间的笼罩和覆盖中变换，一切都在岁月的洪流里积淀升腾，沧海桑田，白云苍狗。"时间是单轨的，它一去不返，但它不是白白过去的，在它走过的地方，便留下深深的痕迹。使人感到世界是在怎样的不断变化，怎样的改变了容貌。"（林默涵《狮和龙》）女人真正的美丽，需要用善良去着色，用修为去滋养。与其刻意改变容貌，不如努力扮靓人生。唯其如此，美貌与高贵才不会因岁月而黯淡，即便老的不能再老，亦有着惊人的风姿。一个女人只要美丽着，便不会暮气缠身。从容淡定，是一种靠岁月才能洗练出的优雅和智慧的美。

成熟的女子，早过了轻吟浅唱、薄恨闲愁的年龄，却依然可以心思单纯，情感丰沛。原来时光并不仅仅是流逝的，它被心灵雕刻过，它一天天积累着情感，它只属于那些懂得生活、善于在生活中撷取养料、懂得珍惜的人。她会把对这个世界的体验，对自己家庭的责任和爱写下来，沉潜在心底，修养自我。虹影散文里提到一位喜欢写作的女士临终前对儿子说，她想把骨灰埋在公园里，还有她写的小说，也要埋在土里，在上面种一棵树。只要她的孩子看到这棵树，就能感受到母亲的存在。她是聪明乐观的，她把生命和写作变成了一棵树，永远存活下去。

其实，人内心的时间在于你自己，"一样的生活，就是有人能够在湍急肮脏的河流中不沉地盛开，由不得你不对她格外珍视。"

外面的风景

早上起来,天阴沉沉地,依然淅淅沥沥地下着小雨。像往常一样,打扫完卫生,我坐到电脑桌前,打开电脑。不知怎么回事,宽带连接不上了。我的心烦躁起来,觉得像少了什么,怅然若失。仔细想想,是因为无法上网的缘故。阴霾的天气和突然罢工的电脑,使我突然感觉自己像是被这个世界隔离了。蓦然想到,从什么时候起,自己已经离不开电脑离不开手机,已经习惯了远离外面喧嚣热闹的世界。

喜欢安静的我,对于内心的感受,相对于语言,原本就更偏重于文字的表达。自从有了手机和电脑,更是为这种习惯找到了最好的理由。能打电话不见面,能发短信不通话,能留言不聊天,这已经成了生活的方式。除非有什么非出门不可的事情,否则总喜欢宅在家里。慢慢地,已经不习惯与人面对面的交流,成了一名与世隔绝的"居里夫人",沉溺于"庭院深深锁春闺",习惯了这个无声的世界。

待在家里,只要有一本书,有一杯茶,有一台电脑,就觉得生活是那么充实和满足,安然享受这静谧恬淡的世界。可是突然,当电脑不能上网,手机忘了带在身边时,就觉得自己似乎被这个世界抛弃了。原来的惬意与宁静消失了,取而代之的,是一种深深的沮丧和孤独。

原来,我也是离不开这个世界的,只是方式不同而已。恍然明白,自己已经形成对通信工具的依赖。电脑和手机,成了联系外界的唯一方式,早已经形成了一种惯性。一旦失去,便一切都变得无所适从。连一向喜欢的蒙蒙细雨的天气,而今看来,也是那么阴沉灰暗,像极了此刻的心情,闷闷地,透不过气。正准备给维修人员打电话,心念一闪:如果离开它们,能怎样呢?为了让自己刻意摆脱这种依赖,我放下电话,关掉电脑。信步走到阳台,深深地吸一口新鲜的空气。看看街道上穿梭的汽车和匆忙赶路的行人,偶尔会有时尚的年轻女子打着伞在雨中慢慢行走着,我的视线便追随着美女离去的脚步,心情明亮了许多。脑海里浮现出了戴望舒那首著名的《雨巷》:她是有丁香一样的颜色,丁香一样的芬芳。是啊,每天躲在自己无声的世界,很久都忽视了那些美丽的景色,忽略了那么美好的意境,很久没有在雨中"撑着油纸伞,独自彷徨在悠长,悠长又寂寥的雨巷。"

想到这里,心情骤然欢快起来,穿上自己刚买的心爱的碎花连体裤,撑一把透明的雨伞,去寻找那个丁香一样的姑娘,体会丁香一样的忧伤。"你在桥上看风景,看风景的人在楼上看你。明月装饰了你的窗子,你装饰了别人的梦。"走出这无声的世界,去寻找我眼中的风景,也不吝于做一道别人眼中的风景,为这个世界添一抹亮色。

那,应该是属于我的最美的风景吧。

暖暖的问候

明天三月八号，妇女节。其实对于"妇女"这个词，她是非常不喜欢的，不如叫它"女性节"，哪怕叫作"女人节"。而且多年以来，从不过这个节，也是源于对这个名字的排斥。然而，从那一年开始，她开始喜欢这个节日，甚至开始期待这个节日的到来。

那年，她在城南经营一个预制件厂，同时接些土建工程。白天忙碌一天，为了保证休息，每晚十点准时关机，早上六点开机，开始一天的工作。3月8号早上六点，像以往一样，打开手机。看到一个熟悉的号码发来的一条短信。"祝你节日快乐"下面署上了名字"言武恭祝"。这时她才记起今天是妇女节，这个自己从来不喜欢也不在意的节日，却因为这个短短的问候带来了如许的温暖。每一个节日，都会收到来自朋友们的祝福，但是这个祝福却带她走进了一段回忆，想起了与一位友人的相识。

那年10月，她正在市区的施工现场，接到厂子里工人的电话，说有客户过去看路基石。她急忙赶回厂里，一进厂区，就看到一辆部队标志的越野车停在院里，车旁站着两个军人。年轻的军人介绍他们是某部驻莱部队，那位三十出头的军人是他们的领导，姓文。简单的商讨后，他们订了货约定当天下午送过去。下午装车后，她带着工人准时来到部队。文队长亲自出来迎接，请她到他的办公室等待工人卸货。等待的过程中，他们聊起了部队建设的下一步工程，并且达成初步意向。卸完车后，已经过了晚饭时间，出于礼貌，她请文队长一起吃饭，被婉言谢绝。让她没料到的是，那天是周末，又已过了上班时间，原想材料款恐怕最早也要到周一上班再结算了，可是文队长早已安排财务开具了支票。与地方单位合作多年，这样的事情是从来没有出现过的。感谢之余，她不禁问起，文队长告诉她，部队要求高效率，也没有周末概念，只要不休假，每天都上班，与地方群众发生账目往来，从不欠账，更不允许吃请。他们就这样认识了。虽然彼此留了电话，但始终没有联系，除了新年时发过的祝福短信。那年年底她全家决定去上海过年。因为第一次见面时约定春节后有一个营房改造工程，怕耽误施工，行前她给文队长发了一个短信，简单的春节祝福同时告知行程。年底结完账后到上海时已是腊月廿九下午，出火车站刚刚坐上出租车，就像冥冥之中有什么感应，短信来了，打开一看，文队长的信息，问是否已经安全抵沪。心里第一次，有种温暖和感动。

正月十八从上海回来后，她去了一趟文队长部队，作为节后的探望，同时送自己刚刚精心制作的投标计划书。文队长的事迹，曾经在《解放军报》做过专题报道，报告文学《中国特种部队纪实》也有写他的报道文章，还两次在中央电视台《东方时空》和《实话实说》节目做过专题片。见面还是像第一次一样，中等的个子，气质儒雅，态度谦和，全然没有想象中带兵训练的军人那么粗犷雄壮，更没有领导的居高临下、盛气凌人。淡淡的，没有过多的寒暄。

四月的某日，她又收到了文队长短信，说要休一个月的年假。发短信时，他已在回家的路上。五月，文队长回来了。她第三次去部队，签施工合同，这也是他们第三次见面。出乎意料的是，两手空空而去的她，却收到了文队长送给她的礼物，一条马头图案的长鞭。他说这条马头皮鞭是他们那里送给最尊贵客人的礼物，代表着权力、吉祥和祝福。她很感动，交谈中得知，文队长工作之余酷爱读书，尤其喜欢读商务图书馆出版的历史典籍，《史记》《资治通鉴》《二十四史》等都曾熟读。合同顺利签订，没有任何仪式，甚至没有吃一顿饭。

工期两个月，文队长为工人们安排了吃住，每天晚上，施工结束后，文队长都要去工人宿舍，看看是否缺什么东西，嘘寒问暖，让他们有什么困难尽管提。正在她为资金周转不灵伤脑筋时，文队长的短信又来了，如果资金周转有问题，可先支付部分工程款。那种雪中送炭的惊喜，是她做过所有工程中没有过的。她让施工队长过去办手续，同时代她送去感谢。文队长对施工队长说，你们王经理很有能力，一个女人做工程很不容易也很让人佩服，所做的一切，也只能是在能力所及的范围，尽力而为吧。

第四次见面，也是最后一次见面，是在施工结束验收后，她过去结算款项。同以往一样，没有握手，也没有太多的寒暄，依然是淡淡的，却那么温暖而自然。她照例请文队长吃饭，同时邀请部队其他几位领导成员，意料之中的，文队长再次婉拒。

后来他们的联系依然是断断续续，没有电话，没有见面，只是偶尔发个短信。短信的内容，往往是讨论某一首诗，或者是前往某地开会，描述一下沿途的景致。记得他们讨论过戴望舒、徐志摩和辛弃疾，谈起最多的应该是台湾女诗人席慕蓉，因为她也是来自内蒙古大草原，在她的诗中，常常提起魂牵梦绕的"父亲的草原母亲的河"。再后来的某一天，他来短信要调到另一处。升迁了，自然是好事，作为部队驻地领导，通常都是在一个地方呆两三年即换防的。只是依然觉得，时间还来得及，以后还会有见面的机会。于是，她回复说，走前记得给我消息，我去送行。但是，当再次接到短信时，又一次的，已经在离开的途中了。

两年的时间，两次合作，却只见过四次。第一次，在她的厂区，依然记得，金秋十月，天气晴好。她穿了一套佐丹奴的运动服，"毒药绿"的颜色，飞扬的长发，优雅的气质，凹凸有致的身材，模特般完美的比例。他一身橄榄绿，阳光下明朗干净的眼神。另外的三次，都是在文队长的办公室。没有送礼，甚至没有一起吃过饭。

想想人真是奇怪的缘分，没有太多的交流，没有过多的接触，刚刚认识，便给了你如此的信任。工程的签订，款项的支付。所幸，他的那些关心与付出，因为质朴而显得平淡。这份朴素到极致的温暖，使她对人性、对生活都增添了很多的热爱。没有酒桌上的觥筹交错，没有金钱与权力的交换，没有世俗的欲望的驱使。一切都那么自然，那么默契。也许彼此都是心思细腻、心地善良的人，以及都喜欢安静的个性，和共同的对诗词对文字的热爱，使他们相识，彼此无须客套无须表白。也因为都是喜欢安静的人，所以彼此的交流只能是通过短信这种无声的语言，怕一个唐突的电话铃声或者一个热闹的饭局，惊扰了这种静谧美好的氛围吧。因为施工的关系，她无数次地请过客，也无数次地被人请。然而与文队长，却似乎有了某种约定，从来没有想过酒桌上的应酬，却依然一切合作完好。以前她没有接触过部队、接触过军人，在她的印象中，对军人总是有种成见，感觉豪放有余、细心不足，也向来都是敬而远之。与文队长的接触，他的低调谦和、沉静好学以及严谨自律，让她对军人有了新的认识，对军营有了一种向往和情结。

独上江楼思悄然，月光如水水如天。鲁迅曾经说过：人生得一知己足矣，斯世当以同怀视之。所谓朋友，其实无须朝夕相处、耳鬓厮磨，有时也许仅仅是节日的一个暖暖的问候吧。

读书与等待

"人的一生中要经历多少等待。等待一个人，一段情；等待一次成功，一片繁华……"

曾经，你的生活中，总是充满了等待。等别人的电话，等别人的消息，而又常常，最终是失望。太多的食言，却从来没有人为你等待。后来，你终于知道，因为你太渺小，太微不足道，太恪守信用。你总是为别人生活，却没有属于自己的生活。总是把自己的命运交托在别人的手上，等待着别人的赐予，默默地、无望地、傻傻地等待。因为你不能为别人去做点什么，所以没有人需要你，也就没有人在意你的等待，更不会有人为你等待。终于有一天，你发觉时光的沙漏迅速流过，回首时，你的世界却一片空白。时光的利刃，将你的心刺得血肉模糊，你才发现，你已经没有时间等待，你已经等待不起太多的等待。

终于，你静下心来，让自己沉浸在书的海洋，广泛阅读，提升自己。在深入的阅读中，你收获一种难得的平静和慰藉。读书借着自己的存在，使个体认识到整体的存在，一个人的生命一旦与无数人的生命发生关联，便会充满活力，便会发现生活中有那么多的精彩。一个人一旦与一个更明朗、更丰富的世界结合为一体，便更能成为他自己，去打拼属于你的未来。终于发现，原来你有那么多的事要去做，有那么多的梦要去实现，你感觉时间总是不够用，想到了齐白石嫌时间不够用，幻想有根长绳能拴住光阴，想到了著名的

"系日斋"。终于知道，等待是一种姿态，不是寄希望于别人，而是静下心来，寄希望于自己。默默耕耘，终会使一个默默盛开的女子璀璨成一片光华。

蓦然发现，匆匆忙忙，充实紧张中，你已经不需要再去等待，你已经没有时间再去等待。

穿衣与作文

每一个女人，拉开衣橱，总是觉得柜子里缺一件衣服，如同，每一个写作者，在翻检自己的作品时，总是觉得缺少最满意的一部（篇）。都感觉少了一件，都感觉总是不够。

穿衣与作文有一个相同的特点，就是都需要美的素养和深厚的文化底蕴。都需要长期的积淀，厚积薄发，所谓功夫在诗外，而绝非一日之功。环佩叮当、光彩夺目未必会有最佳的着装效果，犹如语言华丽、辞藻堆积未必能够打动人心。文如其人，只有和谐的，自然的，才是最美的，才能给人以视觉的享受，心灵的启迪。"文化大革命"期间，丁玲的"一本书主义"曾遭到批判，但是古往今来，作品改变命运，却是毋庸置疑的真理。一部优秀的作品能够使你迅速崭露头角，甚至改变终生。犹如在一个关键的社交场合，穿对了衣服，就可以让你从芸芸众生中脱颖而出。文学的地域性也像北方过冬必需的棉衣一般，在特定的季节来临时，必须穿上它才能度过严冬。

作家迟子建曾说："我每每写完一部小说，激情洋溢，可是很快就会从作品中找出不足。于是寄希望于自己的下一部作品。可是下一部作品出来，你可能仍不满意。就在这种不满足中，我始终是个走在文学路上的旅人。"作文与穿衣一样，只有不断地修正自己，才能不断前进，光彩照人。

第一笔存款

  小时候，我与所有的孩子一样，最盼望的是过年。因为过年，可以穿新衣服，拜年做客，最重要的是，可以拿压岁钱。

  记得小时候，爸爸妈妈上班，一到放寒假，就把我送回乡下奶奶家。到了大年三十的晚上，爷爷就数好了崭新的票子，准备第二天给孩子们发压岁钱。刚上小学的那一年春节，大年初一拜完年，我跷着脚、昂着头，等着爷爷给压岁钱。爷爷又像往年一样，拿出两张一元的纸币给我和姐姐一人一张，却给了哥哥两张崭新、刮刮响的一元新纸币。农村老人就是这样，总是对自己的长子长孙格外宠爱。以前一直懵懵懂懂的我，那年突然发现了这个不是秘密的秘密，于是严正抗议起来，怪爷爷不公平。于是，从那以后的每年春节，爷爷就给我和哥哥姐姐数目一样的新钱币了。起初是两张一元，后来是一张五元。再后来，到了80年代末，哥哥姐姐都上班了，我的压岁钱随着生活水平的提高，也涨到了10元。

  那时候还没有存钱罐，我把每年积攒的压岁钱放在一个妈妈用紫色毛线为我钩织的小钱包里，随身带在书包里。每年的压岁钱都不舍得花，包括平时父母给的零用钱也积攒起来。天天捏捏钱包，享用那荷包一天天鼓起来的感觉，就是当时最大的满足吧。当时爸爸妈妈都上班，每天放学回到家，妈妈也刚下班忙着做饭，姐姐哥哥跟着打下手。上街买油盐酱醋的差事就落到我的头上，而这也正是我巴不得的，于是我总是主动请缨。记得当时，打一瓶醋八分钱、一斤酱油九分钱，妈妈怕我辛苦，总是给我一角纸币，吩咐剩下的零钱不用找了，让我买糖吃。那时候，夏天的冰棍五分钱一根、雪糕一角一根。妈妈每天总要给我一角钱，让我自己买雪糕。可这些零钱我都不舍得花，既不买糖，也不吃雪糕，把钱悉数存了起来。我的那个小钱包，就每天带在身边，看着鼓鼓囊囊日渐丰满的小荷包，成了一件开心的事。

记得小学四年级的寒假，刚过完春节，我正躲在自己的小房间数钱，清点自己拜年的收获。爸爸突然推门进来了，发现了我的秘密。那满满一钱包的毛票、钢镚，数了数，居然有 37 块钱之多，可谓是一笔巨款了。要知道，那时候，妈妈每个月的工资才只有 43 元。爸爸妈妈商量，整理了 30 元钱由他们替我保管，剩下的 7 元钢镚仍交由我自己打理。

听到爸爸妈妈表扬，说我懂得节约不乱花钱，心里别提多高兴了。于是我又攥着我的小钱包开始了新一轮的存钱之旅。只盼望着钱包快快鼓起来，准备攒到一定数目，再给爸爸妈妈一个惊喜。

时间很快到了初中毕业。中考结束的那年暑假，我第一次收获了人生中的两笔劳动所得。第一笔是假期里跟同学们结伴，为一家针织加工厂缝毛衣袖子和领口。缝一件 7 分钱，炎热的季节，坐着不动，都汗流浃背，可我坚持缝了 100 件，第一次，用自己辛勤的汗水，收获 7 元钱。另一件事更有意义，自幼酷爱读书的我，那年暑假第一次尝试着投稿，居然被刊用了，而且很快收到了稿费，也是 7 元钱。那时候，一个住校生每月的生活费才只需 10 元钱。开学前，我把暑假挣的 14 元钱连同平时积攒的零花钱，全部交给了妈妈，请她保管。那时候，没有电脑和手机，唯一的联系方式就是八分钱邮票的书信。开学后，我读高中住校，因为发表作品，几乎每天都会收到来自全国各地笔友们的来信和明信片。学习紧张，没有时间回复，可又不忍心让那些陌生的朋友们失望，于是爸爸妈妈成了我的信函秘书。妈妈刻钢板为我油印复信，填写姓名，爸爸负责买信封、信纸，填写地址、投寄信件。记得当时大约回复了有四五百封吧，我的存款这次派上了用场。钱包瘪了,但是心里却充实起来。

至今,我仍记得那个鼓鼓囊囊的钩针钱包,记得那一封封,来自全国各地同龄人,用心贴了一枚枚八分钱邮票的来信。这也是后来,促使我走上文学道路的原动力吧。

温暖的斑马线

　　虽然已经是阳春三月，这几日却寒风凛冽。路上的行人依旧穿着棉衣，戴着口罩和帽子，匆匆忙忙地穿行着。周日下午，和先生送女儿返校。车西行至十字路口，红灯亮起。等待的过程，很自然地，又开始四面环顾，似乎每一天、每一处，都隐藏着数不清的风景。

　　果然，马路北侧的一对老妇人吸引了我的目光。一个穿深绿色棉衣的老太太正拉着一个穿暗红衣服的老太太的手，似乎在絮絮地嘱咐着什么。两位老太太应该都是70多岁的年纪，干瘦矮小的身体，核桃般沟壑纵横的面孔，灰白的头发，包裹得如一枚严严实实的粽子。暗红衣服的老太太拉扯了一会，终于摆脱深绿棉服的老人，踏上斑马线，向南边走去，步子缓慢，但是很沉着，稳稳地没有回头，一步一步穿越十字路口。天很冷，北风吹着老人灰白的头发，矮矮的枣核一般的身体，佝偻着，让人担心一阵大风吹来，会把老人刮走。终于走到路南侧的人行道上。路北，深绿棉服的老人一直站在那里，两只眼睛盯着前面那件矮小的、步履蹒跚的红衣，眼神专注、紧张，仿佛眼前的世界只有那片暗红。老人一动不动，眼神时而焦急，时而轻松，随着那个暗红身影的动作，无意识地变换着表情。老人全神贯注地盯着眼前那片暗红，不会意识到，有一个人，正同样紧张而又好奇地注意着，她眼中的那片暗红和全神贯注的她。

　　天很冷，风很大，穿过斑马线的老太太，默契地回首，仰起菊花般的笑脸，挥舞着胜利的手势，对马路对面的老太太大声喊着什么。

隔着这么远的距离，呼啸的风伴着汽车的鸣笛，根本听不到声音，但是她一定相信，马路对面的绿衣老太太能听得到，就像虽然此前她一直没有回头，但是一定能感觉到对面老太太那双关注的眼睛。

看到暗红老太太终于安全地穿过了马路，绿衣老太也挥起了手，手臂在寒风中如一段干枯的树枝，那笑容也如菊花般，层层叠叠。两位老人各自站在马路的一侧，互相挥着手，大声地喊着什么，眼神是那么明亮那么开心，如一对单纯可爱的孩子，似乎在放学时向对方挥手道别。然后暗红衣服的老太太转过身，步子轻快了很多，悠闲地甩着手，继续向前方走去。路北侧的绿衣老太太又盯了一会，似乎突然意识到了寒冷，肩膀缩了起来，搓着两只手，缓缓转身离去。

绿灯了，车启动了。我对女儿描述着刚才看到的一幕，心里涌起了一股暖意。女儿说："妈妈你观察得好仔细，想必他们是一对老闺蜜吧。"是的，他们一定是一对要好的朋友，也许从女孩时，两个人就在一起，一直相互搀扶着，磕磕绊绊走到这苍老的暮年。他们的眼睛里，没有人性的狡黠与世故，却有一种返璞归真的率性和天真。那位暗红衣服的老太太，一定是穿过了人流如织的马路，去看望对面的闺蜜，或许在那里开心地聊了一天，谈论他们的丈夫、儿女，甚至会回忆起年轻时一段甜蜜的记忆，甚而流露出少女般的娇羞。吃过了午饭，绿衣老太太不放心，执意要送闺蜜穿过马路，暗红老太太摆脱了她拉扯的手，安慰说不用送她自己能走。为了让朋友放心，老人过马路时故意走得镇静而从容，甚至不肯回头去看老朋友一眼。因为她知道，有一双温暖的眼睛，会一直陪伴着她前行。

人生苦短，云卷云舒，看似相同的每一天，都在不经意间发生着不一样的故事。若在风烛残年，尚能记起有一抹亮色闪耀，寒冷的冬天，还能感受到明媚的阳光在远处期待。那人生还有什么悲苦让你畏惧不前？只需一个轻轻的、温暖的眼神，那便是无比美丽的容颜。

怒放的凌霄花

一

2012年7月7日，距离卢沟桥畔的枪声，整整过去了75年。

有乡亲自湖南来，自故乡来。

带来了故乡的泥土和清泉。

在江苏徐州市柳新镇陈塘村，刚没脚踝的玉米覆盖四野，一座坟隆起在葱绿的玉米地中，坟边一棵大柳树像是怕沉睡的她被日晒雨淋一般，忠实地撑起浓密的伞盖为她遮阳挡雨。

人们在坟前撒泥土、扬清泉。亮晶晶的泉水清洌甘甜，浸湿了地面，渗入了泥土，她也一定喝到了，像儿时俯下身子并拢双手，掬一口一饮而尽，回味不尽绵绵的甘甜。这是来自故乡的泥土和泉水。

她上路了，一路被捧着、搀着，走在回家路上。

那年，她18岁；今天，她仍然18岁。

她像蝴蝶流连花朵一样，眷恋着自己的18岁，薄亮的翅膀停留在了18岁上，永远，一直，不朽。

在常德市新兴乡军刘村，唢呐吹响，鞭炮齐鸣，香烛点燃，纸钱纷飞。她的母校长沙稻田中学的学生，手捧她的遗像走在最前头。像中的她眉宇端庄清秀，掩藏不住英气和坚毅，留着那个时代特有的发型。她侧身斜躺在草地上，这是她暂时宁静的校园，身后是一棵雪松，再往后是一堵围墙。她清澈恬淡的双眸凝视着前方，那儿有如花似玉的原野，有缠绵轻盈的炊烟，有她和妹妹承欢膝前的咯咯笑声，也有渐渐沦陷堕入黑夜的土地……

一双纯净美丽的眼睛，一个年轻鲜活的生命。此刻，她朝气蓬勃的学弟学妹们靠拢着她，拥抱着她，他们可以感受到她吹气如兰的青春气息，扑面涌来她萋萋芳草的盎然生机。曾经，她和他们一样年轻，光彩照人；如今，却阴阳两隔，生死孤悬。

少先队员齐刷刷地举手致礼，她的族人——军刘村全体刘姓村民磕头跪拜，以迎接至亲和英雄的礼仪，一路恭迎她回家。

"风在吼，马在叫，黄河在咆哮，黄河在咆哮……"《黄河大合唱》气吞山河的旋律骤然响起，如滔滔河水冲决涌出一泻千里，永远18岁的她一步一步地走在回家路上，走在她曾经熟悉的这片土地上，走在泪水的白色火焰和纸钱的黑色灰烬中……

二

她叫刘守玟。

家道殷实、蔚为一方大户人家的刘父精通文墨，面对呱呱落地的她，好生欢喜，为之赐名"守玟"。

玟乃玉之纹理。他是期许与热望爱女一生沿着玉美丽绚烂的花纹，守望自己怒放的生命，温润高贵，平安幸福。

玉贯穿和连缀了她短短的一生。

1935年，时年15岁的少女刘守玟考取"湖南私立周南女子中学"。这所30年前由革命教育家朱剑凡创办的学校，是湖南省最早的一所女子中学，向警予、杨开慧、蔡畅、丁玲等著名革命志士都曾在这所学校求学。这儿是女性解放的乐园，更是先进知识分子的摇篮，早在二十世纪二三十年代就有共产党地下工作者在校内活跃地开展革命工作，后来很多学生在老师们的引导和鼓励下，悄悄地离开学校，奔赴陕北革命根据地，投身革命事业。

如果不是因为那场挥舞东洋刀切向中华民族腹部的战争，刘守玟也许会像她的父母亲期望的那样，顺利地读完学业，然后嫁一个如意郎君，相夫教子，度过幸福美满的一生；如果她愿意远离战争，逃脱战火纷飞的故国，她富足的家庭同样有条件帮助她轻而易举地远渡重洋。然而1937年那场战争，彻底改变了她的命运，从此，世上少了一个温婉如玉的女子，却多了一个永远不屈的战士。是啊，当偌大的祖国竟然安放不下一张安静的书桌时，怀揣一腔热血的青年们，又有谁会甘心蜗居于象牙塔间和温柔乡里做亡国奴呢？

1937年8月，刘守玟攥着家里给的伙食费，来到学校报到后，毅然放弃学业，瞒着家人，报名参加了她的同乡丁玲女士率领的女学生战地救护队，开赴上海淞沪战场，成为一名战地护士。她进入高中第一学期学校就开设了"护士训练课"，此时恰好派上了用场。

刘守玟所服务的湘军第22军在激烈的淞沪战役中损失惨重，初上战场就频繁地深入阵地救护伤员的她，作为幸存者，随军撤回湖南后，转到了第50师。

经过战争血雨腥风的洗礼，曾经稚气未脱的刘守玟成熟了，眉宇之间愈显刚毅与坚强，一股浩然英气悄悄地在她体内萌生扎根了。她回忆着战场上经历的一幕幕，仿佛就在昨天，壮怀激荡如巨石相撞，内心汹涌澎湃起来。

重新回到三湘大地，离故乡已经很近了，自开赴上海她就与家里断了音信，此刻她正好可以请上几天假，回家看看因惦念她而五脏俱焚的父母亲。但是她不能，她清楚自己回家也许就回不来了，再说在这危急关头她也不能轻易请假离开她的队伍，那样无异于一个逃兵，她是多么渴望在战场上做一个战士，一个真正的战士，哪怕最终马革裹尸也在所不惜。

她拿出钢笔，在昏黄如豆的灯光下，开始写那封思忖已久打了无数遍腹稿的家书："敬爱的父母大人：你们好！女儿已离校参军，事前没告知父母大人，叫父母大人挂怀了，很对不住你们。但值此国难当头，为抗日救国，女儿就不能忠孝两全了……"

这时行军号嘹亮地吹响了,她拧上钢笔,收好纸张,快步冲出帐篷……

三

1938年5月,中日双方集结大量兵力,血战于台儿庄地区。刘守玟随第50师卫生队,加入鲁南兵团孙连仲部开赴前线。5月10日将士们进入阵地后,即与日军发生激烈战斗。将士们五天五夜没合眼,有力地阻击了日军矶谷师团南下合围,掩护了主力部队突出包围圈。

趁着难得的战争间隙,在浓重硝烟的笼罩下,刘守玟继续趴在那儿写那封家书:"作为堂堂一中华青年,女儿自有自己无法逃避的责任,我愿'生在湖南,死在山东!'台儿庄一战之惨烈,实在惊天地、泣鬼神,现在女儿随时都有可能身死他乡,望父母大人不要悲伤。现将身边的两块银圆和在校时的一张照片寄回留作纪念……"

刘守玟所在连队在台儿庄东18里处遭遇日军袭击,战斗进入白热化状态,战士们死意已决,纷纷与日寇拼起了刺刀。一位连长中弹倒在血泊中,刘守玟见状前去抢救,却被一块石头绊倒了。没等她起身,一个日本兵突然冲了上来,端起刺刀嗷嗷叫唤着残忍地刺中了连长的心脏。

刹那间,平素在学校不大爱讲话、性格温和的刘守玟被激怒了,她奋力举起那块石头,向那个日本兵砸去,日本兵没想到这个柔弱女子的身上竟然蓄积着如此大的力量,心中竟然埋藏着如此深的仇恨,猝不及防地被当场砸倒了,刘守玟又抱起石头连砸数下,把他的脑浆都砸了出来。不料她刚站起来,一颗罪恶的子弹击中了她的左胸……

刘守玟身负重伤,被抬到当地一位老乡家里治疗。她穿着崭新的军装,没戴军帽,乌黑的头发纷披如云,一张看不到血色的圆脸,被鲜血浸透的胸脯激烈地喘息着,像一座时起时伏的山峰。她清楚自己将不久于世,微微睁开眼睛,攒了好半天劲,吃力地从衣兜里掏出染血的家书、两块大洋和那张她在学校时的照片，嘱托女房东想办法帮她转交远在湖南的家人。

她的眼前仿佛出现了家乡的山、水和稻田，她的哥哥领着她和妹妹在田埂上扑蜻蜓，那些蜻蜓真淘气啊，她明明蹑手蹑脚地已经接近栖息在水稻上的它们了，可等她探出手去，它们却跟她捉迷藏似的，一挣身就飞到了不远处的另一株水稻上；那些蜻蜓真红啊，就像她最爱吃的朝天椒，千万只它们一齐飞起来，将整个天空撞成了一片红彤彤的火烧云。这时妈妈唤他们回家吃饭的声音响起了……

她的眼角流出了一滴滴清亮的泪水，洗亮了母亲因日夜思念她而憔悴的面容和单薄的背影，她声音微弱地抽泣着："妈妈，妈妈，想妈妈，想妈妈，回家，回家……"

缓缓地，阖上了那双美丽的大眼睛。

18岁，一个人成人的年龄，一个敢叫皎月苍白的年龄，一个女人一生中最灿烂怒放的年龄。她的成人礼刚刚开始，却被死神伸腿绊住戛然止步了，像一根猝然断裂的琴弦。

余音仍不甘心地萦绕在台儿庄上空。

那晚，天幕低垂，残阳如血。

四

时隔74年，经过有心人的反复奔波和寻找，刘守玟——这位被誉为"中国抗战最美的女兵"，终于回家了，回到了生她养她的三湘大地！

一名战士归来了！一个女儿回家了！

在距离台儿庄不远的那个接纳过她的小山村，她曾经的坟头依然年年柳色青青，而她已踏上回家之路，许多人目送着她永远年轻的背影，将定格在黑白光影中的她永远地珍藏在了心间。从徐州到长沙，从运河到湘江，载着她的车子一路驰骋、跋山涉水，人们像当年那场全民族同仇敌忾的抗战一样，穿过大半个中国，以最广阔的故乡、最厚重的泥土，深情地安葬自己勇敢地担当民族大义责任的战士。

"送战友，踏征程……"《送战友》苍凉悲壮的歌声激荡在灵堂内，四下一片哭声，一路送她进入湖南革命陵园雄魂阁的长安苑内。

都说湘人尚武、湘女多情，身为湘女的刘守玟肯定是多情的，她也有着自己对爱情的美好憧憬，有着自己对生命的热切期待，但在一个民族生死存亡的关口，她像她的那些男同胞一样投笔从戎，决然走进硝烟和战火，不再回头。

1938年，台儿庄，在那场中华民族扬威不屈的战争中，有一朵自由之花永远地绽放在了她含苞初放的18岁。

作为女儿，她是一朵百合；而作为一名战士，她应当是一朵咬破自己血管，将一腔沸腾热血洒向大地的凌霄。

质本洁来还洁去，她是一块美玉，在一刹那，愤怒的她高举起自己，用力掷向大地，粉身碎骨地守住了一种精神，一种品格。

山海奇观虎头崖

  白露时节，秋高气爽。应友人之邀，我第一次踏上了莱州市虎头崖这片神奇的土地，去领略了这里旖旎的风光。

  驱车出城，沿着掖虎路西行十多公里，视野豁然开朗，满目的绿色温润了干涩的眼睛；泥土的芬芳沉寂了躁动的灵魂，让我的思绪随着大自然的辽阔而灵动起来。

  莱州西南部的丘陵山系，东西走向，像一条连绵起伏的游龙。渤海有容，龙归大海，虎头崖既是山之余脉，又是海之突岩，因其形如卧虎昂首而得名。正是这尊虎头石崖，在逶迤远行的黄金海岸线上见证了千百年来的山海交响，岁月更迭。在龙头之处的海岸线上虎视眈眈，它听涛观日，栉风沐雨，矗立起虎头的雄威和传奇。证日月之变幻，察人世之沧桑。

  大唐盛世，戍边固国，一座占地五十余亩，四门巍峨的城堡曾在岭上矗立。人拼战刀马嘶吼，历经风云变幻，载入历史的厚重。如今，城门和砖墙已泯灭在尘封的烟云中，只有高高的废丘遗址诉说着往日的峥嵘。这里曾出土过一尊锈迹斑斑的铁炮，它雄踞海岸，傲视群雄的怒吼只能在人们的想象中浮现。遗址南侧的山坡，当地人叫它"得胜坡"，传说明朝大将施大耐曾在此驻防。海边的巨岩上，古人的书刻历历在目。上书"双凤台"，下书"山海奇观"。传说是清末重臣、主管北洋水师的李鸿章，在巡视虎头崖沿海防务时，有感于地势之险要，风光之秀美，即兴而书，挥毫泼墨留下的真迹。

清末同治年间（1862）虎头崖开埠，此后虎头崖商埠繁华，商贾如织，带来了全国各地的不同习俗。其中中国北方不多见的妈祖庙就建在村中，可惜新中国成立后被拆除。往事如烟，唯有一座1946年修建的灯塔还完好无损，指点着航帆的归程，照亮了渔家的迷茫。更为神奇的是，虎头崖南北的崖下，分布着两眼水井，尽管紧邻大海，却冒着汩汩的清泉，世代滋养着这里的居民。历史愈来愈远，"东临碣石，以观沧海"，曾经的点点滴滴，自有专家去论证。翻去史书厚重的一页，吸纳和传承的，却是那浓浓的文化脉源和不屈自强的精神遗产，泰然自信地迎来鲜亮明快的今天。

临近虎头崖，首先映入眼帘的是一座气势恢宏的石牌坊，"虎头崖"三个镏金大字在阳光下熠熠生辉，不远处的住宅楼鳞次栉比，与石牌坊的壮观相得益彰，彰显着山海生态与现代气息的美丽。走近观看，可见园林假山，路灯绿茵，可谓错落有致，匠心独运。岭下的民宅红瓦白墙，树影婆娑，村中的水泥路上几只小狗嬉闹着，不时追逐着鸡鸭发出"嘎嘎"的惊叫，换来的是人们严厉的呵斥声。三三两两的老人聚在一起谈着家长里短，说着柴米油盐，偶有兴致者摆下棋局，重复着永远的"楚汉之争"。村里的中老年妇女似乎难有闲暇，树荫下，成帮结队补结渔网，抑或怀抱孩子，相互交流育儿心得。站在崖上，放眼望去，远处的大海碧波浩瀚，苍茫浩渺，勤劳的渔民在耕海牧渔。近处是海水养殖区，田字格形整齐排列，仿佛是江南的水田。由于滩涂上的贝类丰富，大对虾、文蛤、梭子蟹和竹蛏更是这里的特产。此时恰逢落潮，吸引着人们前来赶小海，提筐携篓，也有的带着孩子全家出动，拾贝海边，与大自然进行着亲密接触。漫步海滩，脚下的鹅卵石以黑色为主调，间杂浅灰色花纹，似妙手丹青，浑然天成。成群的海鸥在海边翱翔盘旋，悠然自得地与人们分享大自然的恩赐。

然而，听村里的老人讲，从前的虎头崖，只是一个贫瘠偏僻的小渔村。新中国成立前，来此居住的人来自全国各地，有六省十八县之多，达四十多个姓氏。人们有的是经商而留居此地，有的却是因生活所迫，而逃难至此。这里虽然物产丰富，却也恶浪成灾，三五年一次小灾，二十年左右就要发生一次大潮灾。风暴潮来时，转眼间盐垛被卷走，小船被砸碎，大船被打翻，房倒、人亡、庄稼淹——满目苍凉。

"沧海横流，方显英雄本色"。合理地利用自然，改造自然，正契合了新中国人那种不屈不挠的"龙马精神"。如今，分割陆地和海洋的是一道东北起于虎头崖西南止于土山镇海仓的"海上长城"——防潮坝，全长40公里，莱州老百姓叫它"海潮坝"。海潮坝于1975年5月动工，1979年春天全线竣工，先后分两期工程。掖县县委、县政府（莱州当时称掖县）发动全县24个乡镇，前后动用10万人工修建而成。梯形坝体蜿蜒挺拔，自东向西设有九座排洪防潮大闸，坝顶上两辆汽车并行也绰绰有余。每当汹涌的海浪惊涛拍岸，后人仿佛看到、听到了那红旗招展、人流如潮、机车轰鸣、号子震天、挥汗如雨的场面。站在崖上，长坝气势壮观、宛若游龙。龙是中华民族的图腾，"真龙显身"必然带给人们安逸和吉祥。大坝建成后，不仅保住了沿海5万亩农田，又围出了10万亩养殖区，沿海居民从此安居乐业。

"不经历风雨，哪见得彩虹。"如果说虎头崖过去历尽沧桑，那么它今天的风光，正是自然与人文的完美契合。科学发展，兴港兴市是莱州市委、市政府近年来施行的海洋战略一大决策。借力山东半岛蓝色经济和黄河三角洲高效生态经济开发"一蓝""一黄"发展机遇，再一次给虎头崖带来了蓝黄叠加的空前发展机遇。

双龙相拱，有凤来仪。虎头崖宛如一颗璀璨的明珠，闪耀在充满生机和活力的莱州湾畔。

一个人的世界

今晚的月亮很圆,散发着淡淡的黄色光晕,像一只漠然的眼睛,冷冷地注视着人间,洒下一抹清辉。在这样的夜晚,这样静谧的空间,想起了李白的诗:"花间一壶酒,独酌无相亲。举杯邀明月,对影成三人。月既不解饮,影徒随我身。暂伴月将影,行乐须及春。我歌月徘徊,我舞影零乱。醒时同交欢,醉后各分散。永结无情游,相期邈云汉。"

举杯邀月,对影三人,这样的空旷,想起了一位同学曾经问我的一句话:"等到将来,谁会耐得住与你一生的寂寞?"

生在斯世,熙熙攘攘,却总是在无意间感到,自己常常只是处在一个人的世界里。把思想、心境裹挟起来,一个人幽幽地冥想,静静地独处。希望这就是永恒、永远。

想起了朋友的一句话:"永远"只是一种美好的愿望,一个代表虚幻的字眼。是的,什么都是浮云,又谈何永远。永远只是一种阿Q式的自欺欺人吧。人生来是孤独的,也必将孤独地离去。"所以,如果有一天,你们离开我,离我最近的,还是我自己。"为了免受伤害,为了让自己被包裹得紧一些,再紧一些,唯有掩藏自己,保护自己。

距离与客套,有时候是一种安全的信号。脆弱的神经、细腻的情感,经受不住被欺骗与轻慢,唯有保持距离。心底是热热的,外表却是冷冷的。

也许我的表面让人觉得冷漠,但是内心,一样的重情。关心我的朋友,都被我记在心里。比那些长袖善舞、热情洋溢的人,我更珍惜友谊。只是,用我独有的安静的方式。

每逢佳节倍思亲

过年了,听着外面的鞭炮声声,感受着过年的气息。每当这个时候,最盼望的,是期待有一份工作,能够让我在节日值班,名正言顺地远离过年的氛围,离开喧闹的拜年的亲友。

尤其是正月初三,这个出嫁女儿回娘家的日子。这是一个难挨的日子,因为自从母亲去世,早已经没有娘家可去。于是这样的时刻,只想把自己关在屋里,那种节日的喧嚣与热闹,对我是一种无法忍受的折磨。那年,也是春节,1994年正月十六晚上,我和哥哥在医院值班,照顾重病的母亲,准备次日若没有什么特别情况,由姐姐换班,我们回单位。然而就在凌晨时分,与疾病抗争了三年的母亲,终于离开了我们。终年55岁,刚刚退休。

一直想写一些关于母亲的回忆,可是始终在回避,因为太沉重。任何言辞都不足以表达我深埋心底的对母亲的依恋和无尽的思念及这些年来的无助与委屈。

16年来,我始终不曾中断对母亲的思念,往事无穷无尽。遥遥远远的地方,有我远去的母亲,岁月抹去了她的归程,留下了永不回头的背影——

母亲出生在一个清代官僚兼资本家的家庭。母亲的祖父,是前清的举人,因在家排行老四,又在清廷为官,人称"四官",直到多年以后,母亲回老家,依然被当地老人称"四官的孙女"。因为当时自己年纪小,对母亲老家的事,只是断断续续听母亲、亲戚及老家邻居说起过。母亲的祖父是当时清朝驻中俄边境的地方长官，在东北多年。听母亲说当时哈尔滨的最高建筑就是他老人家在东北任职时督造的。后来告老还乡，土改时被当地民兵组织枪杀，说是误伤。在当时那样的时代背景下，又有谁会去追究这样一个成分复杂者的生死呢？母亲的祖父育有四个儿子一个女儿，二儿子早夭，大儿子和三儿子都在东北开公司办实业，四儿子和女婿则毕业于黄埔军校，我的外祖父，是家里的老三。外祖父有两房夫人，我的外祖母在老家，是大夫人，只有我母亲一个孩子。二夫人一直跟随外祖父在东北生活，生了五个孩子，听母亲说，最小的舅舅只比我大两岁。土改时期，按照政策，外祖父在牡丹江的公司被公私合营，外祖父做了经理，按照当时刚刚颁布的推行一夫一妻的新《婚姻法》规定，回来与外祖母办了离婚手续。母亲老家的田产房屋，在土改时被分，马厩成了生产队的饲养室，几座平房成了贫下中农的家园。唯留下一座四合院的五间大房，成为祖孙三代栖身的地方。青砖灰瓦，雕梁画栋，门前的两座石狮子，默默诉说着主人昔日的辉煌。母亲的祖母是远近闻名的美人，一向养尊处优惯了，经不起这一连串的变故，哭瞎了眼睛。我的外祖母离婚不离家，遣散了家里的长工女佣，一个足不出户的大家闺秀从此承担起了照顾瞎眼婆婆、稚龄女儿的责任，祖孙三代，孤儿寡母，开始了艰难的生活。记得母亲讲过，每年春节家家点红灯，而母亲家只能挂黑灯。每次批斗，外祖母这个已经离了婚的女人，便要以地主、资本家及国民党反动派家属的身份被拉去陪斗。当时家里珍藏的许多照片字画，包括母亲祖父在任时的照片、母亲的四叔父及姑父黄埔军校时的留影和一些收藏的名人真迹，都在"文化大革命"期间扫"四清"时被付之一炬。珍玩玉器，也在红卫兵打砸抢的狂潮中，所剩无几。即使一些铁器铜具，在1958年大炼钢铁的洪流中，亦在劫难逃。

即便如此，外祖母也没有放弃对母亲的教育。外祖父则建议，当时社会政治背景复杂，怕母亲受到更多伤害，为稳妥起见，一个女孩子只要上个师范，有一份稳定的职业就可以了。于是母亲成为那个一千多户的大村子里第一个上掖县（莱州当时称掖县）一中，也是第一个上莱阳师范的女学生。在莱阳师范，母亲是第一个骑上自行车带上手表的人，那应该是外祖父作为对女儿的一种补偿吧。母亲能歌善舞、多才多艺，毕业后被分配到莱阳农学院担任图书管理员。在那样的年龄，"恰同学少年，风华正茂"，热情活泼的母亲怎会安心做一名图书管理员，于是自学大学课程，并且积极要求入党，可是入党申请屡屡因复杂的家庭背景而未通过政审，自学又被认为不安于本职工作，当时要求的标准是"要做革命的螺丝钉"。就在这个时候，因为都是掖县老乡，父母被学校党组织介绍交往。当时的父亲在莱阳农学院求学期间，四年蝉联学生会主席，又是学生党员，毕业留校在教务处，踏实本分，是学校重点培养的接班人。母亲对性格内向、沉默严谨的父亲并不十分认可，在母亲那颗"小布尔乔亚"浪漫的内心，一直想找一个志趣相投的伴侣，憧憬一份罗曼蒂克的爱情。这时上级出面干预了，婉转批评了母亲的小资产阶级思想。终于在组织的关怀下，于1962年一个初夏的周六，两个人把各自的行李搬到一处，在学校提供的一间单身宿舍，由当时的校党委书记做证婚人，准备了一些糖果花生，举行了简朴的革命婚礼。多年以后，当时的结婚纪念品，学校送的一本写着两个人名字和农学院签名的《青春之歌》和一面半身衣镜，我还见到过。那本《青春之歌》一度是我幼儿时期自学的读本。后来，因为母亲不满足于做一名大学职员，一直想重拾自己的专业做教师，再加上外祖母年已老迈需要照顾，于是拖着当时已是教务处副主任马上要接任教务主任的父亲回到了老家。回来之后，父亲离开了原本熟悉的环境，一切重新开始，再加上性格耿介，工作并不顺利，在公检法转了一圈直至退休。母亲的一生，物质条件优越，又有一份在外人看来令人羡慕的工作和家庭，内心的痛苦却无人体会。因为家庭出身问题及对父亲事业的愧疚，也因着自身才华得不到施展，始终郁郁不得志，以致疾病缠身，早早离开了人世。母亲去世后，外祖父虽然来过几封信，但因为对外祖父当年抛妻弃女的怨恨，我们兄妹始终未曾回应，慢慢失去了联系。不知外祖父而今怎样，想来已是九十高龄，或许已经离开人世了吧。沧海桑田，物是人非。随着母亲的离去，曾经人丁兴旺、风光无限的徐氏家族在莱州老家成了一段尘封的往事，湮没在历史的烟云之中。唯一值得欣慰的是，虽然早已中断联系，但听母亲说过，母亲的大伯、四叔及外祖父的二支，均繁衍生息，在台湾和东北枝繁叶茂。

母亲去世后，为了母亲的愿望，也为了寻求家庭的温暖，我很快结婚生子。因为没人帮忙照看孩子，产假多续了一年。就在此期间，单位改制，我由一名事业单位的文员变成了一名企业下岗职工。母亲去世，自己失业，人生在短短几年发生了重大逆转，而我也从此由一个不食人间烟火的单纯女孩变成世间一粒卑微的尘埃、漂泊的浮萍，饱尝了人情冷暖，阅尽了世态炎凉。也许上帝是公平的，给了你无忧无虑的童年和少年，就要给你一个饱经磨难的青年和中年。母亲，你可知道，三个孩子中，曾经最钟爱娇宠的小女儿，却经历了最多的折磨和苦难，度过了人生中最黑暗的日子。没有什么可以依靠，就像行驶在茫茫黑夜中的一叶小舟，崎岖颠簸，找不到方向，随时都有被惊涛骇浪吞噬的可能。终于深刻地体会到一句话：没妈的孩子是根草。这十六年，我经历了一般人难以承受的挫折和打击，学会了忍耐和坚强。一向敏感脆弱被称为"林妹妹"的我，之所以能够坚持走了过来，源于骨子里的那份高傲，和对家庭的责任。

长歌当哭，世上最疼爱我的那个人，再也不会回来了。在这样安静的夜里，伴着外面的爆竹声声，悲从中来，放声痛哭。为我的母亲，也为自己。

人生是一条曲线，总是高高低低起伏不平。十六年，我经历了创业的艰难，事业的失意，生活的困窘，疾病的折磨。爱恨情仇，悲欢离合，天灾人祸。走过最低的深谷，早已是风轻云淡，宠辱不惊，还有什么可畏惧呢？珍惜自己，好好活着，为了我的女儿。我相信，走过阴霾，一定会有一片属于我的阳光。

一直想写一段关于母亲及其那个家族的历史，那段铭刻着鲜明时代烙印的过往。只是以我的阅历学识，深感力不从心。但我还是要纪念我的母亲。这份回忆，是当时那个特殊时代小人物的缩影，也是中国知识分子生存境地的一个折射。

谨以此文，献给我的母亲。

初恋，没有约会

那一年，她刚刚毕业，分配到一所乡镇中心小学教课。她教两个毕业班的数学，与她对桌而坐的，是这两个班的语文老师皓。他比她大两岁，白净的面孔，戴一副近视眼镜，很文弱的样子，但眼睛很亮。迄今不忘的，是他看她时那双亮晶晶的眼睛。

因为他们两家都住在市区，在校食堂吃饭的总有他们两人。不约而同的是，他们总是吃完饭一起回办公室相对而坐。从分配到调离那所学校，只有短短两个月，却是一段令她终生难忘的日子。

她对他起初有点好奇，因在那所乡镇小学，青年教师多，而且都是出双入对。他是唯一不谈恋爱的人。无论谁为他介绍对象，一概不见。学校有几个对他有好感的女老师，他也是礼貌而有分寸，始终保持距离。听人说他决定在二十八岁以前，事业未有建树之时，不考虑婚姻问题。

他的课讲得非常好，讲一口流利的普通话，写一手好字。喜欢唱歌、绘画、练硬笔书法，而且样样出色。当时已是省硬笔书法协会的理事。更是代表学校进行各种观摩课教学的不二人选。

她那时正是情窦初开的年龄，刚刚毕业来到社会，碰到这样一个与众不同的大男孩，又有着很多共同的喜好，自然多了一种情愫。

他们每天去食堂吃完午饭后，很默契地，一起回到办公室。那一个炎热的夏天，他俩都未回宿舍睡过一次午觉，却每天都精力充沛、兴致高昂。他为她唱歌，他的歌唱得非常好，嗓音浑厚，节奏准确。

从那时起，不懂音乐的她，开始对歌曲产生了浓厚的兴趣。他们俩形影相随，一起骑自行车去市里看画展，去艺品店买文房四宝，晚饭后一起散步，闲暇时一起去食堂做饭。端午节，谁也没有约谁，不约而同的，两人谁也没回家，前后走到食堂，一起包饺子。做饭的阿姨回家休班，两个从来都不会做家务的人，却忙得津津有味。一顿饺子，连包带吃，不知不觉地，从上午十点一直忙活到下午三点，却觉得时间过得好快。

他让她喊他哥哥，并举出充足的理由，比如他的年龄、阅历，以及对她的骄纵。的确，同他在一起，她感到好轻松。她总是任性而为，无理取闹，而他总像个宽厚的大哥哥，包容着她。有的人相识三年陌不相知，有的人相识三天却已心意相通。连自己都摸不透的性格，常被他一语中的。那时的她，敏感而娇弱。一个眼神会让她浮想联翩，一句无意的话又常会惹得泪水涟涟。于是他就会手足无措，用那双能摄人心魄的眼睛看着她，温柔地说："别这样，我最怕看到女孩子哭了。"有时他画画，她坐在旁边看，看他那么专注忘我的神情，竟不知何故，无名火起，去撕他的画，扔他的纸笔。他总是不愠不恼，笑眯眯地看着她说："撕吧，画撕了可以再画，你能解气就行。"别人都说他俩恋爱了，可一直到她离开，他们都从未提及。他曾画了两幅画，写了一幅字送她，那幅字是王国维的词："昨夜西风凋碧树，独上高楼，望尽天涯路。衣带渐宽终不悔，为伊消得人憔悴。众里寻他千百度，蓦然回首，那人却在，灯火阑珊处。"她不知道，那是不是一种暗示呢？

当时他对她非常好，但总有一种大哥哥式的宽容与呵护。记得一次去外校监考，正值下雨，他借来一件雨衣帮她穿在身上，陪她一起去。走到半路，娇气十足的她因淋雨赌气不走了。她站在雨里，把雨衣撕开扣子后要脱下来扔掉，他一面为她重新穿上雨衣，一面态度温和却语气坚定地说："不要任性，淋了雨会感冒的。再坚持一会，前面马上快到了。"并从地上揪起几根野草，拧成细绳，小心地给她系好，权当纽扣。她只好像个理亏的孩子，乖乖地跟着他走了。

时间转瞬即逝，她调离的日子很快到了。他骑车送她回家，然后又带她回学校驻地的小镇看电影,结果因去得太晚没看成。他俩又重新回到学校。在她的宿舍,他们第一次那么近的相对而坐。因她没在学校住过宿,没带蚊帐。他回宿舍把自己的蚊帐解下为她挂起来。那天晚上,他们相对而坐,相互注视,说了许多无关紧要却莫名其妙的话。后来不知为什么,她又哭了,他突然紧紧抓住她的手攥在他的胸前。这是第一次,被一个异性握住手,也许过于纯情浪漫,她认为自己受到了侮辱。因为她一直想听他明明白白告诉她,是否喜欢她,可他什么也没说。她以为这不是自己追求的爱情,以为这是对神圣的爱的亵渎。毕竟,那时的她,只是沉浸在爱情小说中的,追求一种柏拉图式的精神恋爱。他的这一举动,对当时的她来说,完全出乎意料,与平日冷静谦和的他截然不同。她抽回了手,非常生气。那晚,他们相对着坐到凌晨三点,竟都不知困倦,却似乎什么也没说。然后他告辞回宿舍睡觉了。第二天早上她醒来时,却发现他正站在她的房门外,一脸憔悴,眼睛通红。原来他一夜未眠,五点钟就站在房门外,他在等着送她回家。

此后,她调到另一个单位上班了,他给她来过几封信,但没有主动来单位找过她。后来她回信告诉他,说有人各方面条件都很好在追求她,她的本意是想试探他,可也许刺激了他当时高傲又失意的心,他回信祝她幸福。

三年后,又是一个夏天的中午,他突然打电话到她单位,说已调进市委工作,想去找她。并说当时之所以没有明确,是因为以他当时的情景,怕没有能力带给她一个满意的未来。此刻的她,已有了真正的男朋友,正享受着那份来自男友热烈坦白的爱,不想再去伤害别人的感情,她没有回答。

十年过去了,他们已是使君有妇、罗敷有夫。彼此就像两条平行线,行驶在各自的轨道,从来没有交集。然而曾经沧海难为水,她始终不能忘记那两个月的相处,并一直耿耿于怀。不知他是否喜欢过她,如果是,为什么不主动一点呢?独自无人时,常常回忆起那段让人心动又伤心的时光。他是个聪明高傲、理智含蓄的人,而她则感情丰富、浪漫矜持。现在想一想,如果当时的她不要总那么刁蛮任性,给当时失意的他一点温暖和关心，或许不至于徒留遗憾吧。那时，他曾一次次留她陪他去看电影，而她每次在留下时又突然骑上车子回家，他拽住她的自行车，她却竭力挣扎，直至他终于无奈地放手，而她一路上又怨恨他为什么不肯再挽留她，全然没有顾及众目睽睽下，她的执拗离去，留给他孤独的尴尬；她过生日，他希望她能留下与他共度，她却故作骄矜离他而去，而后又神不守舍地想象与他共吹蜡烛的情景；炎热的中午，他出去买了西瓜送给她吃，她却把宿舍门关起来，一任他在外面一遍遍叫着她的名字，一任同事们在旁边的笑闹起哄，一任他在骄阳下晒得汗流浃背。他终于走了，把西瓜送给同事，他们俩最终谁也没吃。她又怪自己为何不出去，又恨他为什么不坚持再叫下去。也许当时爱情小说看多了，耽于幻想，总希望自己的爱应该轰轰烈烈，希望他一直在外面站着等她，无论是黑夜降临还是星辰隐去，直到她出门……

　　他是闯入她心扉的第一人，可也许这份感情越强烈，也就看上去越无情。她喜欢他，然而出于少女的矜持，一直希望他向她表白，因为得不到明确的答复，便折磨自己也折磨他。从没想过要去珍惜那份感情，追求自己的幸福。

　　初恋时，他们不懂得爱情。她不知道，这是否就是初恋，甚至不知他是否喜欢过她。

　　初恋，没有约会。

生命的另一种体验

一

"韵,韵,醒醒,听到了吗?"朦胧中听到爸爸急促的声音,睁开眼,看到一双双焦灼的眼睛。我想说话却没有力气,想要起身,却传来一阵剧烈的疼痛。"别动,别动!"只听到几个声音异口同声地喊道,这才想起自己刚刚做了手术。"醒过来了,我还活着。"一个念头闪现了出来。此时是下午三点半,如电影胶片般,术前的一幕幕浮现了出来。上午十点五十分,正在进行术前输液,手术室的车子来了,就要奔赴"刑场"。匆忙换上手术衣,被工作人员推着进入专用电梯去手术室。推过走廊推进楼梯,只看到面前一个个匆忙拥挤的身影,接受着围观者一双双探询的目光。那目光里有同情、有怜悯、有好奇、有漠然,头顶的天花板似乎随时要倾压下来,逼仄的空间,沉闷的空气,让人无处可逃。虽然穿着手术衣盖着被子,却像赤裸裸地暴露于大众之下,无法挣扎,无从逃避。

原本就是一个喜欢安静的人,喜欢一个人默默地悄无声息地活着,不愿在大庭广众下抛头露面,不希望自己成为目光的焦点。何况在这样的环境、这样的时刻。手术车推着我从11楼病房穿过走廊进入电梯,再从电梯出来穿过三楼走廊进入手术室。这一路是那么漫长，此刻的心境，与其说是对手术的恐惧，不如说是尊严被侵犯和弱势者的无助与绝望。只盼望立刻进入手术室，麻醉后沉沉地睡去，什么也不知道。"人为刀俎，我为鱼肉"，一句话在心里蹦了出来，眼泪便不由得落下来了，无声无息。委屈、害怕、无助、悲哀，各种情绪潮水般涌来。手术室门前，又过来一辆手术车，躺在上面的也是一位年轻的女子。相视一笑，侧过脸去，不希望被别人看到满脸的泪水。

得病其实很多年了，多年为生计奔波，长时间的肝气郁结，情志不畅，终成痼疾，又因经济困难，没有能力也没有心情医治，终于错过了最佳治疗时机。向来是一个完美主义者的我，总是信奉"身体发肤受之父母，不敢毁伤"，始终无法接受手术方案，抱定宁可任其发展也绝不手术的原则，无法接受身体的残缺。尤其是一想到鲜血、手术台、无影灯那阴森森的恐怖画面，仿佛听到手术刀剪开皮肤的声音，麻木、冷汗、战栗，无一不感到切实的存在感。想想都不寒而栗，而今如何面对磨刀霍霍的手术台？

可是想到女儿豆蔻年华，正需要母爱的呵护，父亲年事已高，正需要儿女的照顾。没有选择放弃的权利，只有坦然面对。

二

打着吊瓶，架着氧气，挂着镇痛棒，插着输尿管。不能翻身，不敢咳嗽，不能枕枕头。做完手术，就这样保持平躺六小时。夜已经很深了，也是同一天做手术的两位同室病友都安静地睡着了，可我却无法入睡。恶心、呕吐，胃里翻江倒海，不敢翻身，更不敢用力吐，那种恶心的感觉无法控制，比疼痛还要难以忍受。先生急忙找来值班护士，打了一剂止吐针。总算迷迷糊糊睡了一会，又被剧烈的恶心搅扰了起来，剧烈地干呕。还不到术后六小时，还是不敢翻身，只得又打了一剂止吐针。此时疼痛的感觉不是最主要的，那种说不出来的煎熬才是最难过的。直到六小时后，在先生和姐姐的帮助下可以稍微侧侧身体，才稍好了一点。吊瓶打了一夜，折腾了一夜，陪床的姐姐和先生也一夜未眠。

　　术后第二天开始低烧，全身难受，背部、脊椎酸涩疼痛又不敢翻身。下午护士来撤掉了输尿管，让自己下来活动小便。我却起不来，稍微翻动身体，换换姿势，汗便流了下来，床单全部湿透了。同室病友都下床解了小便，而我依然起不来。先生去外面买了一个马鞍状的卧式便具，细细地用卫生纸垫了放在身下，还是不行。术后第三天，护士又来询问。先生把床慢慢摇起来，和病友家属一起，四个人过来帮忙扶起来。一个人擎着输液瓶，两个人从身体两侧轻轻扶起来坐好，一个人趁势帮我把腿慢慢搬到地板上穿上鞋子，全身已是大汗淋漓。几个人搀扶，挣扎着进了室内卫生间。几步的路程，却走得那么艰难。

　　得到消息的亲友们陆续前来探望。我却发烧、虚弱，整夜整夜输液，极度疲劳却无法入睡，连说话的力气都没有。天气寒冷，雪后路滑。年近八旬、步履蹒跚的父亲每天要换两遍公交车来看我，再换两遍车回去，不放心这个原本身体羸弱的最小的女儿。看着同床的两位病友都渐渐有了起色，面色红润了，能喝点稀粥、能独立下床走动了，再看看依然低烧、面无血色的女儿，父亲眼里满是焦灼和怜惜。父亲一遍遍地问："要喝水吗？吃药吗？感觉好点了吗？"顾不得坐下也顾不得聊天，眼睛紧紧盯着输液瓶和女儿的脸，不知道要做点什么才能让女儿减轻痛苦。一遍遍踱步，一遍遍自言自语。术后六天一直低烧，每天输液到次日早上六七点钟。每天清晨，父亲早早就来了，不放心女儿的身体，也为了让天天熬夜陪床的先生稍作休息。术后第六天，同室病友都出院了，而我又住了两天，终于办理了出院手续，逃离了炼狱般的煎熬。

三

　　住院十几天，先生请了假，始终陪在身边。尤其是术后 8 天，可能是体质太弱的原因，始终情况不断。因为持续发烧，每天晚上要连续注射到第二天早上。先生每晚坚持陪床，整夜整夜地无法休息。几天的时间，人憔悴苍老了很多。白天姐姐、爸爸过来替换，想让他回去好好睡一觉，在医院是无法得到真正休息的。可是他不肯离开，总是不放心，怕发生意外。只有太疲倦时，偶尔到走廊抽根烟，赶紧进来。

总算回家了，他要上班了，婆母过来照顾我。朋友们陆续来探望，时不时打来电话询问恢复状况。女儿周末回到家，也似乎突然长大了一般忙着照顾我洗手、洗脸、洗脚、送水端药。那一份小小的紧张和关爱，让病中的我的不适感似乎减少了很多。要返校了，女儿抱着我絮絮地嘱咐："妈妈你好好休息，会很快恢复的。那时你依旧漂漂亮亮的，咱俩约好了，要做一对母女姐妹淘哦。"

出院后，再三对父亲说：一切都好，不用来回跑了。父亲仍是一遍遍叮嘱，终究还是放不下。出院第二天，父亲又过来了，手里拎着大包小包的补品。知道拗不过父亲，也就不说什么，开心地留下食物，那样父亲才会放心些。身体还是太弱，坐不了几分钟。躺在床上听父亲与婆母聊天。婆母突然问父亲手怎么了，父亲回答没事，不小心碰了一下，不要紧的。听到这里，我紧张起来。果然看到父亲左手手背青紫，有一块明显的伤痕，隐约看到血渍。父亲这才轻描淡写地说早上过来前，去楼下超市给我买东西，不小心在雪地上滑了一跤，摔倒了。父亲已经年近80，原来一向走路大步流星、昂首阔步的身姿已不复见，以前都是散步来我家，现在已经无力走远路，来回都要坐公交车。这次着急看我，竟摔倒受伤了。年迈的父亲，这么多年来，一心牵挂着身体孱弱、命运多舛的女儿，全然忽略了自己的年龄和身体。

住院十天，很久没上网了。吃过午饭，感觉身体轻松了一些，打开电脑，浏览朋友们的动态。无意中发现了西风的《今日大雪》：

"看看日历，今日大雪，阿陌今天有可能手术。纠结了这么久，她终究还是听从了医生的建议。从最初的决绝到最后的妥协，不过是因了亲情的羁绊。那天她对我说：我现在终于知道，陈晓旭为什么选择了放弃。

我硬邦邦地撂过去一句话：那是因为她没有孩子。

阿陌醍醐灌顶般地瞬间醒悟了：是啊。我那么早就没了母亲，一想到女儿也要跟我一样失去母爱，就忍不住落泪……

我说，是的，为了孩子，别说是做个手术，就是要你的一只眼睛或一条胳膊，你给不给？

给。只要留着命看女儿长大，什么都给。

这就对了。"

读着文章，又一次流泪了。尚未结婚失去母亲，刚刚生育遭遇下岗，正值盛年罹患疾病。过去的十几年，我经历过太多的苦难，一个人在黑暗中跋涉了很久。贫穷、疾病、挣扎、奋斗，还有什么不能面对呢？命运的残酷、身体的疼痛，已经不能把我打倒，更不会让我流泪。能够打动我的，往往只是看似寻常、却触动心弦的瞬间。我是一个很容易满足的人，在物质上从来没有过高的要求。重视的是内心的感受，需要的是心灵的慰藉，只需要一点温暖、一点关怀、一点爱心。术后那么艰难痛苦的煎熬，我没有流泪。但是一想到所有关心我的亲人和朋友，温暖的情谊却使我潸然泪下。看西风的博客发表时间，是12月7日下午四点多，那时我正从手术室回来，看来相互契合的人之间真的是有心灵感应的。那日，适值大雪，一个值得纪念的日子，这是看了西风的博客我才知道的。一场大雪把以往的苦难，以往的痼疾一起带走了，留下了一片清爽的天地，一个健康的自己。

四

术后几天，持续关机，又怕有什么事情耽误了。偶尔打开看看短信提示。得知文集的书稿清样已经快递过来了。这是我即将出版的散文集第六遍校稿，也是最后一遍。先生匆匆去取快递，200多页的样稿，数十万字，要一页页全部校对一遍。先生给我摇起床来，一页页翻给我看。因为已经校对多次，我没有精力再一个字一个字地仔细审阅,只是大致浏览了一下,凭借记忆中第五稿的修改意见,着重看看需要重点修改的地方。果然有两张照片人员说明被编辑人员遗漏了。我没有力气多说话,也拿不住笔,只能断断续续地对他耳语。先生根据我的意见,拿起笔来做了修改,签了出版意见,然后快递回去,只等着书正式出版了。文集于7月底即与出版社达成了出书意向,但当时因为正在参与编辑一套大型五卷本丛书《莱州文学作品选集》,一直没有时间整理稿件。直到9月份,作协主编的这套文集正式出版,才开始拿出时间进行散文集的修订整理。10月份签订出书合同,后来又因为对方的某些原因,一直延宕至今。不过在此期间也做了多次修订,力求完美一些,算是好事多磨吧。散文集基本遴选了这一两年在报纸杂志上发表的60篇文章,在文集的出版过程中,得到了很多文学前辈及文友和家人的鼓励与帮助,也算是对自己这几年写作的一次阶段性总结和回顾。出这本书的初衷之一,也是想筹集售书资金以做手术医疗费用。记得当时刚给文友们透露准备出书治病的想法,就得到了朋友们的支持,纷纷要求预定,文集尚未出来,已经陆续收到了朋友们的汇款。有的从网上联系购买一本、两本、十本,有当地的陌生文友,辗转打听到我的联系方式,上门联系找到我,有的购买60本,最多的一次寄来汇款,预定了200本,送给亲朋分享。唯一的要求,就是等书出来后,一定要签名。他们了解我的性格,断不会借钱或者以接受募捐的形式治疗,于是以这样一种无声的方式,默默表达他们的关心和帮助,以及对我文字的支持与认可。这于此时的我,不啻一场文字的救赎,一次心灵的回归。它及时安抚了一颗困顿经年的眷恋文学的心,让我重新点燃了生命的希望,写作的激情。这样一份写作者与读者之间的情缘,多么珍贵,又多么神奇。对于一个多年来习惯于孤独的人而言,是一种怎样的鼓励与启示。回想自己的来时路,历尽坎坷,俯仰不定。唯有文字,在我最困窘无助的状态下,给了我信心和力量,救赎了一颗困顿的心灵。让我在经受过坎坷磨难、体味过酸甜苦辣,了解过与自己习惯的生活截然不同的生活方式和思维方式之后,心灵变得包容通达,生命从此璀璨宏大。

术后我特别怕冷,又一直贫血,暂时无法上班,但是心里无时不惦念着自己负责编辑的刊物。看到投稿稿件上有错字，总要职业性地提笔改动。坐不起来，就躺在床上，吃力地拿起笔，在样稿上做修改。有些稿子需要在网上发送，一次坐不了几分钟，但是每天都要上来看看，三五分钟，心里就踏实了。写一个简讯、发一个邮件，都要来回休息好几回才能完成。回来第 4 天，12 月 17 号，又开始流血不止。身体更加虚弱，因为焦灼，食欲也没有，几天时间更加憔悴消瘦了。流血到第 7 天，医院电话回访，咨询说是术后收缩无力，让吃云南白药止血。直到 27 号才彻底止住。住院 10 天掉了 10 斤，这次折腾又瘦了几斤，这次懂了那句话："不死也得蜕层皮"。"病来如山倒，病去如抽丝。"从住院到止血，短短 20 天，可以用一个词来概括了：形销骨立。就是这样，我依然每天上来看看，整理即将出版的作协刊物采访文章、照片，给文联发送近期作协简讯，给印刷厂发邮件指出部分笔误。一期杂志代表的，是一个单位的整体形象，虽然不能去上班，但是这些能做到的，还是要尽量让它做得更好些，少出纰漏。工作会让你找到自己的价值，做一个被人需要的人，一个能为社会做一点贡献的人，人才会活得充实有尊严。

陆陆续续写下这些文字时，已经距离手术一个多月了，伤口仍然隐隐作痛，仍然怕冷，好像冻到了骨子里，可能本来就是大寒体质吧。这一个多月，没有办法坐下来痛快地写一篇文章，可是那些话、那些字在心里已经飞腾跳跃了很久。现在坐下来，只是做一次忠实的记录。

病中重温史铁生的散文集《灵魂的事》，那些富有哲理和智慧并不乏幽默的语言，囊括了他对生命、爱情和信仰的哲思，唤起了我对自身境遇的警醒和关怀，让我的心灵宁静了很多。病中阅读这些文字，感触更加深刻。"生病也是生活体验之一种，甚或算得一项别开生面的游历。""但凡游历总有酬报：异地他乡增长见识，名山大川陶冶性情，激流险阻锤炼意志，生病的经历是一步步懂得满足。"

生病是肉身的事情，可也牵扯了情感和心灵。肉身的疼痛是一时的，而情感却在疼痛时注入肉身包裹的内心甚至灵魂。人生本来就是一场场疾病，而健康就是救赎。救赎我们唤醒内心的温暖与光影，唤醒爱，以及我们对于这个世界、亲人的感恩，感知个体生命与众多生命之间那种微妙而富有层次感的关系。

春天快来了，我的身体也好了很多。我相信：曾经的苦难、曾经的噩梦，都会随着疾病一起消失。

一切都好。

老吾老以及人之老

上周末，我打电话请爸爸过来吃饭。爸爸已经七十多岁，虽然住的相隔不远，却很少来我家。爸爸就是这样，一生都不愿给人添麻烦，对自己的儿女也是如此。岁月无情，曾经高大魁梧的爸爸近几年明显衰老了。曾经走路健步如飞，而今却开始步履蹒跚。仍然记得，2003年，爸爸去青岛手术，我陪爸爸在青岛住院18天，爸爸身体恢复得很快。术后三个月时，我陪爸爸去某单位办事，办公室在六楼，身材高大的爸爸大步流星，完全不像是一位术后不久的病人。正值盛年的我，却在后面一路小跑，累得气喘吁吁，依然跟不上父亲的脚步。那一年，爸爸68岁，我30岁。在此之前，我在城南开预制件厂，住在市区的父亲还常常骑自行车跑十多里路去看我。时间就这样悄悄流逝，而今父亲早已不骑自行车，走路都开始踉踉跄跄，到我家也不能走路了，总是要坐公交车。

打过电话，爸爸执意不肯来。做好饭，我叫上老公开车过去接他。饭桌上，一向寡言少语的父亲依然是很少说话，但是从舒展的眉头和眼中的笑意能看出，跟女儿一家在一起，爸爸是很开心的。下午老公有事出门了，我挽留爸爸吃过晚饭再回家，正好可以让老公送回去。可是倔强的父亲非要赶回去，我知道拗不过他，只好送他去门外等公交车。车来了，老远就看到车上人满满的，早已没有座位了。目送父亲上车，心里一直不放心，怕爸爸没有座位，要一直站到终点。爸爸走了很久，我很伤感，怕爸爸要站一程，更为爸爸而今的苍老难过。时光真的是催人老啊，多少年了，父亲一直是我的骄傲。在我的心里，爸爸一直像一座山那样伟岸、那样高大，是我的依靠和支柱。不由想起了小时候，爸爸在沙河上班，奶奶家住在朱桥，爸爸是村里人的榜样，更是我的自豪。提起父亲的名字没有不竖起大拇指的。那时候爸爸每个周末都要骑着自行车，带上大包小包的东西，载着我回奶奶家，九十里的路程，大约要骑大半个上午吧。因为当时太小，我已经没什么印象了。只记得在路上，我用稚嫩的嗓音为爸爸唱歌，一路像一只欢快的小鸟跟爸爸说着话。每当这时，平时很严肃话语不多的爸爸，都会开心地跟我一问一答。时间在一路的欢声笑语中过得很快，路程都感觉没有那么遥远了。当时爸爸42岁，我4岁。想到这些，我越发难过起来，时间无情地催老了光阴，昔日高大帅气的父亲而今居然已成了满头银发、两鬓苍苍的老人。

正在难过，老公回来了，我顿时更加委屈起来，怪他没有去送爸爸，担心爸爸车上没座一路颠簸。老公说原打算请爸爸吃过晚饭再送他回家的，没想到爸爸提前走了。我说："爸爸的脾气你还不知道，他一辈子要强，怕留在这里添麻烦，执意回去，我哪里能留得住他。只是上车时没有座位了，爸爸那么大年纪，一路站回家，身体能受得了吗？"老公安慰我说："不用担心，车上一定会有人给爸爸让座的。"

"万一没有呢？你不记得了吗？我当时怀孕六个月坐公车，都没人给我让座呢，人这么自私，怎么能保证会有人给爸爸让座呢？""也许当时根本没人知道你是孕妇，所以没给你让座呢。放心，爸爸肯定不会站着回家的。""怎么可能，我都怀孕六个月了，还能看不出来吗？"说到这里，我又想起了自己的一段经历。上学时，母亲生病，病得很严重，当时最放心不下我这个尚未成家的最小的女儿。于是22岁毕业工作后，我于23岁结婚，24岁做了年轻的母亲，即使这样仍然没有留住母亲离去的脚步。怀孕后，为了腹中宝宝的健康，一向爱美的我，不再化妆，不再穿高跟鞋，不再戴隐形眼镜，也不再骑自行车，每天素面朝天乘公交车上下班。还记得怀孕六个月时，有一回坐公交车，车上没有位子了，却没有一个人为我让座，甚至乘务员也没有说一句话。从那以后，我觉得人都是这么自私，以后上公交车看到没有座位的老人或者孕妇，再也没有让过座。虽然内心非常不安，但是想起自己的经历，便刻意让自己柔软的内心变得坚硬起来。这一次，更是认定没有人会为爸爸让座。越想越不放心，索性跟老公回家看望爸爸。一进门，就迫不及待地问爸爸怎么回来的。爸爸说一上车，就有一位年轻的姑娘站起来让了座。听到这里，我感到既安慰又惭愧。那个年轻的姑娘不就像曾经的自己吗？单纯、热情、善良。我只为了那一次经历便从此耿耿于怀，宁可让自己良心不安也要硬下心肠做一个自私的人，只为了怕再受伤害。突然间恍然大悟，也许老公的分析是对的，当时24岁的我，青春的面孔，苗条的身材，学生般的气质，也许真的没有人会想到是一名孕妇呢。

多年的误会解除了，曾经的心结一下子打开了。人心还是善良的，自己是不是太狭隘了。从此以后，我不必再为刻意的冷漠而忍受内心的煎熬，遇到老人遇到孕妇遇到需要帮助的人，还是会像曾经的自己，义无反顾地把位子让出来。"老吾老以及人之老，幼吾幼以及人之幼。"

年华中一抹绿色的回忆

前年暑假,我们一家三口去张家界旅游,虽已时隔两年,但那奇山秀水却宛若眼前。

我们到张家界后的第一站,先去了雅致清幽的武陵源。一到武陵源大门,抬头看到一座很大的仿古式塔楼,在阳光照耀下金碧辉煌,气势恢宏。乘索道上去,视野变得一览无余,山脊一道道逶迤而去,如黛的山色由深至浅,一层层铺向远方,融入天色。突然感觉人间的一切尘世恩怨都显得那么微不足道,心境格外开阔起来,一种极目楚天舒的心境油然而生。下了索道,脚步亦如心情般轻盈活泼起来。脑海里浮现出唐朝张固的一首诗:"孤峰不与众山侔,直入青云势未休。会得乾坤融结意,擎天一柱在南川。"

我们先去参观了贺龙公园,然后乘带轨道的小电车去看十里画廊。十里画廊,果然名不虚传,树木葱郁,绿草葳蕤,环境清幽,花香鸟语。松林、杂树、修竹层层叠叠,山花野草一丛丛一簇簇,挨挨挤挤,崖角石缝中,渗出沥沥山泉,到处是湿漉漉、绿油油的一片。果然是如诗如画,美不胜收。听导游介绍,为了保护景区内的自然环境,前几年景区管理处把原来建在这里的许多宾馆饭店全部推倒,恢复了原先的植被,才有了今日眼前这个景色如画的绿色天然氧吧。这应该是景区管理最明智的决策,功在当代,利在千秋。

游完武陵源已是中午,简单的休憩后,下午又跟团去参观黄龙洞。游览黄龙洞乘坐的,是没有污染、安静干净的电瓶船,船在水道里缓缓地行驶着。抬头看，洞上方的钟乳石千奇百怪、造型各异，真的是鬼斧神工、美轮美奂。恰似神话中的人物，栩栩如生，活灵活现，让人感觉似乎到了天宫一般，把大家带到了无尽的遐思之中。船上的游客兴奋起来，纷纷拿着相机拍照，记录着瞬间的永恒。石洞靠里的一个地方，俯卧的穹窿竟如一个巨大的蛋壳，大而且高，足有五六十米，比一个体育馆或音乐厅还要宽敞，女儿兴奋地拉着我的手，手舞足蹈地跳起了舞呢。其他的游客们也兴致勃勃，在这个远离尘世的地方，不必矫饰，无须武装，每个人都像天真懵懂的孩童，恢复了最原始质朴的情态。

一路逶迤，欣欣然出了洞，面前出现了一座石桥。几位身穿蓝底黑边服装的当地女子在卖各种好吃的东西，她们穿着土家族的民族服装，身上佩戴着各种首饰，抬手举足间环佩叮当。也许是就在山中的缘故，大多数女子皮肤微黑，但是神态淡定，倒是我们这些游客们不时好奇地打量他们几眼，搭讪着买点当地的特产。出售的食物琳琅满目，散发着诱人的香味。有猕猴桃、桃子、开口笑的熟栗子，还有边煮边卖冒着热气的红皮地瓜和黄澄澄的玉米。旁边还有卖旅游纪念品的大棚，长达五六十米。我给女儿和朋友们买了一些小饰品，还跟土家族女子们合影留念，也算是此番出游的一点留念。

回头看看河边上的这座藏着黄龙洞的大山，先生说，这山里边是个空的，有点儿像《西游记》里的陷空山。想一想，还真有几分相似。或许吴承恩当年就是走到这黄龙洞，只见这里："顶摩碧汉，峰接青霄。周围杂树万万千，来往飞禽喳喳噪。虎豹成阵走，獐鹿打丛行。向阳处，琪花瑶草馨香；背阴方，腊雪顽冰不化。崎岖峻岭，削壁悬崖。直立高峰，湾环深涧。松郁郁，石磷磷，行人见了悚其心。打柴樵子全无影，采药仙童不见踪。眼前虎豹能兴雾，遍地狐狸乱弄风。"于是灵感乍现，写了那一段孙悟空上天宫请出托塔李天王和哪吒三太子，下凡收服其干女儿金鼻白毛老鼠精，救出师傅唐僧这一段波谲诡异的故事吧。

当晚在山下宾馆住了一夜，次日上午我们又去了张家界公园。在公园入口处排队时，忽见不远处的林子里，有几只棕色的小猴在树枝上跳来攀去，极其灵活，他们看到我们一点都不紧张，瞪着亮晶晶的眼睛看着我们，还不时发出叽叽喳喳的声音，可能是在跟我们打招呼吧。可能这就是猕猴吧！毛茸茸的，像小狗，又像娃娃，好可爱啊。我原本喜欢小孩子和小动物，看到那灵活的体态、无辜的眼神，心底总会感到特别柔软，眼里便不由得蓄满了爱怜，似乎觉得连自己也澄净青春了许多。偶尔，还会看到一只金色的小松鼠，拖着长长的尾巴，蹦蹦跳跳地伴人前行，时不时抬起头来看我们几眼，那憨态可掬的样子，一时让我有点不舍得走了。

进了园，即步行游览金鞭溪。峡谷里的空气太清新了，含氧量特别高。一路说笑着，不觉已抵达老磨湾广场，立在广场的一侧看四周壮美的山色，更是别有一种情致。此刻，正值炎夏，骄阳似火，晴空如洗，远山近树清晰明丽。蓦然听到旁边有小溪清亮亮的流水声，仔细寻去，果然在石缝间有一汪清泉。我和女儿手拉手走到泉边，泉水清澈，捧起水洗了洗手和脸，顿觉神清气爽，身心舒畅。山势葳蕤，水流潺潺，好一处福地洞天！

乘车至黄石寨下，乘索道上寨，缆车越升越高。俯视身下万丈深壑，留意着两边峭壁上凸起的石峰中生长的松树杉树，我和女儿互相抱着，既不敢直视脚底下的万丈深渊，又唯恐错过这难得一见的奇峰秀谷。抵达寨顶，上边游人依然很多。俯瞰陡峭的山涧，幽深不敢窥视，只听得飞泉溪流肆意喧哗。悬崖对面，是刀削斧劈般的陡崖，足足有几百米高，倾斜的石缝中，挺立着一排排青松，蓊蓊郁郁，莽莽苍苍。几面的景色各不相同，果真是"横看成岭侧成峰，远看高低各不同"。真是鬼斧神工，天地之造化无穷。

这次张家界之游，收获印象极深，除了游山观水，感受大自然的奇特壮美外，还有一些特殊的感受。世代生活在这里的人们，条件并不优越，交通闭塞，条件艰苦，但他们坚韧地活下来了，且养育了一代又一代优秀的儿女。这里山清水秀，地杰人灵，跨越川、贵、湘三省。这些奇峰下的儿女走出大山之后，许多人创造了改变历史、造福人类的不朽功勋，如毛泽东、刘少奇、彭德怀、贺龙等开国领袖、元帅。同时也诞生了一大批优秀的文学家、艺术家，如巴金、丁玲、沈从文、黄永玉……，在中国文学史、文化史上都有着无法超越的地位和贡献。也正是这些特殊的壮美秀丽的地域，养育了本土具有独特的创作风格的艺术家们。

人间仙境张家界，年华中一抹绿色的回忆。

女人风采流年

作家毕淑敏在《寻找优秀女人》中曾经这样写过:"历经磨难而终不改善良本性的女人,像一道穿流污浊仍清澈见底的小溪,其实是很罕见的。苍老的妇人多见狞恶之色,琐碎之色,猥琐之色,就是明证。"

自古美人与英雄,不敢人间见白头。衰老,对每一个人尤其是爱美的人来说,是最残酷的事。

曾经偶然见到过一张张爱玲老年时的照片,鸡皮鹤发,惨不忍睹。与年轻时那个高傲的形象,判若两人。连笑容都多了烟火气息,多了包容和沧桑,还有一丝诡异,有种老太太们惯有的可怕和诡异。那双沧桑的眼睛里盛满了故事,再不见年华初好时,那个绝世才女张爱玲的清高孤傲。

岁月不饶人,女人终逃不脱流年。那些曾经的水灵,在岁月中烘干挤压,渐渐变得寡淡干瘪,抑或者臃肿俗气。石慧、林青霞、胡因梦,这些不食人间烟火、气质清纯的宠儿们,也终归难逃美人迟暮。

唐玄宗宠爱的杨贵妃、武惠妃均死于38岁,都是女人极尽成熟恣意绽放的年龄,尚未走向盛放之后衰败凋零的时刻。花开荼蘼,生命在最好的时光里戛然而止,留下一个美丽的爱情故事。若无马嵬坡事变,香消玉殒,是否还有长恨歌?还有传奇爱情?色衰而爱驰,没有谁能敌得过飞箭般的流年。

走在街上,看满街的女孩子们桃红柳绿,姹紫嫣红。然而,若满心欢喜，真正走近时，看仪态谈吐，却总觉肤浅张扬，缺乏温婉的气质。多了浮躁，少了沉静；多了张扬，少了婉约。才发现真正的美女不是多了，而是少了，少了那种青春少女该有的青葱娇羞的韵致。一直觉得，最美的美女在民国，那种大家闺秀的气质，恬淡，沉静，优雅。旗袍纸伞，颔首低吟，轻颦浅笑，一抹轻愁。举手投足间，散发着淡淡书香。心目中的女子，该是"和羞走，却把青梅嗅"，"最是那一低头的温柔，似一朵水莲花不胜凉风的娇羞"。不需要特别漂亮，不需要特别浓艳，不需要美得炫目，不需要浓香袭人。只要浅浅淡淡，温婉娴静就好。不喜欢所谓的波光流转明眸善睐，总觉得那里面少了些含蓄内敛，耐不住品味。更不喜欢浓妆艳抹珠光宝气，或者精明能干盛气凌人的女性，总是感觉少了些许女性特有的宁静温婉。独独喜欢清纯气质，清丽面容，清澈眼神，喜欢那种安琪儿般不染尘埃的澄澈。美态总在花开最盛之时，一直希望能够让自己在最灿烂的年华里盛开，精致婉约，兀自妖娆。然而姹紫嫣红，终须萎谢。只愿让花期长一点，不求怒放，只要淡淡芬芳。

女人的美与年龄无关，有的老人优雅，有的恬淡，有的恶毒，一切皆源于生活状态的折射。宋美龄106岁辞世，百岁时仍着旗袍，盛装见人，她的美貌与高贵从来没有因岁月而黯淡。年轻的时候，总是难免气盛，似乎自己永远不会老，总以为会有大把大把的青春，总觉得衰老是一个遥远的话题。待可以慢慢接受容颜的变化时，才发现，岁月大手的摩挲之下，早已渐渐衰老。最终明白，没有谁会敌得过流年的摧残，只是女人，尤其是心思细腻的爱美的女人，更是在岁月中被榨出一点点新鲜的汁液，渐渐风干枯萎。

这样的现实任谁都无法改变，只能寄希望于延缓，希望让这个过程来得慢一些，再慢一些。让自己老得优雅，老得从容，老出岁月积淀后的成熟风采，不要老得刻薄，老得丑陋。

独留青冢向黄昏

读过《史记》的人，都会记得那个"力拔山兮气盖世"的西楚霸王项羽，自然也都不会忘记那个吟唱"大王意气尽，贱妾何聊生"，拔剑自刎的项羽爱姬虞姬。

虞姬见于史传，是公元前202年的一位妙龄女子。她长年随项羽征战，能歌善舞，还可以纵马驰骋。她在历史上浓墨重彩的一笔，就是在项羽大势已去、慷慨悲歌时，以歌和之，随即拔剑自刎。

项羽死时不过三十周岁，虞姬自然正处于最好的青春年华，为了不成为项羽突围的负担，年轻美貌、多才多艺的虞姬，没有丝毫对生的眷恋，走得那么决绝，那么从容。即使在绝境中亦没有一般小女子的张皇哭啼，而是果断地选择了她认为最合适的方式：以己腕之力，抽夫君之剑，直到最后——死，也未忘"天作之合"。这是怎样一个烈性、挚情的女子，那一剑，要付出怎样的勇气与坚定。于是，那利剑与玉颈，组成悲壮的十字架——一首清婉壮烈的诗篇。也许，尽管她已预料到西楚最后的失败，却不愿眼睁睁看到完全失败后的惨象，而宁可最后保留着夫君虽然已无回天之力却依然不失英武峻拔的风姿。

据说在虞姬老家安徽，有一个叫虞姬乡的地方，在那里有一座虞姬墓。墓丘四周有院墙圈围，姬墓夯土垒成，墓碑上刻有一副挽联"虞姬奈何，自古红颜多薄命；姬耶安在，独留青冢向黄昏。"

虞姬虽为王妃，却不是像历史上某些王妃一样，一味以色事人，或者以色相或者心机在帝王面前献媚争宠。虞姬不是的，她貌美且有心，有情而自尊，婉约而又决绝。生如夏花，逝若飘鸿。为世人留下了一曲永远的"云敛晴空，冰轮乍涌好一派清秋光景。"

砧板上的美人鱼

戚夫人，汉高祖刘邦爱妃，生于 2200 年前的曹州府定陶。

戚夫人名字没有确切记载，但有关她的身世在《史书》《汉书》《资治通鉴》中均有记录。一个能够数年间深得汉高祖宠爱的后宫佳丽，必定风华绝代，长袖善舞。想来必有其故乡菏泽牡丹般的国色天香，艳压群芳。

从史书上的记载可以看到，戚夫人与吕后在个性上是有鲜明对比的。吕后生性阴险毒辣，蛇蝎心肠，是一个具有铁腕风格的女政治家；而戚夫人只不过是一个依靠姿色，恃宠而骄，性格单纯，没有政治手腕的小家碧玉。

戚夫人在受到皇上宠爱的数年间，总喜欢哭哭啼啼、梨花带雨般敦请刘邦立其所生儿子如意为太子。刘邦也有此意，不仅因其是爱妃戚姬所生，也因为如意较之吕后所生的太子刘盈，更加聪明懂事，似乎更适合成就大业。戚夫人的这种做法，并不难理解。宫廷险恶，到处钩心斗角，可谓步步惊心。她年轻力孤，出身寒微，性格单纯，唯一的优势就是姿色绝伦，深得帝王宠爱。假如他日君王不幸崩殂，以她的娇弱性格，以及曾为先皇专宠的身份，必然首当其冲受到嫉恨冲击，而又无还击之力。唯一的出路就是趁隆恩浩荡时，请立儿子如意为太子，将来继承帝位，方可子贵母荣，以保平安。然而，天真的戚夫人终究不是老谋深算、不动声色的吕后对手。刘邦虽早有此心，却也最终未能实现。直到他公元前 195 年离世，也意味着曾经深得皇帝眷宠的戚夫人走向江河日下、万劫不复的深渊。

此后这个曾被极度宠爱过的女人立即由天堂被扔进地狱，所受凌辱与摧残可谓惨绝人寰：剜眼、熏耳、哑药、断其手足、置于厕中。以致吕后所生的汉惠帝刘盈深受刺激，派人转告吕后："此非人所为，臣为太后子，终不能治天下"。从此他沉溺于淫乐，以此麻醉自己，不理朝政。

可叹戚夫人，一个弱女子，一夜之间，从金阶玉辇上被推落不容呼救的无底深渊。是非恩怨，早已跳出后妃之间因妒而致的惨剧。从中看出人性的绞杀，可以达到怎样疯狂、怎样令人发指的地步。当然，惨剧有其发生的必然性，也有一定的偶然性。如果戚夫人遇到的不是歹毒凶残的吕后，而是咸丰皇上的东太后慈安，恐怕惨剧不至于发生。戚夫人，虽然美艳绝伦，却终不是精明智慧的女子，在权利争斗中的败局似乎早就注定。

一个人，尤其是一个弱女子，未经历过血雨腥风的人性厮杀，性格单纯，胸无城府，自身没有强大的实力，一旦被跌落至平民境地甚至比一般平民还要凄惨的境遇时，本质上已不能也无法固守原本的上层意识，优越心理。只能沦为任人宰割的鱼肉。这是女人、也是天下人的悲哀。

一座城与一座山

中国幅员辽阔，锦绣山河，大山名川何其多矣！江宁地处秦淮河、长江交汇处，可以说是"六代豪华""十朝京畿"之要地。特定的历史和自然条件在这块山川秀丽而富饶的土地上，留下了众多的风景名胜、文物古迹。世界上熟知汉语的人都知道的"东山再起"这个成语，就源于江宁的东山。

江宁东山海拔 60 米，周长不过 2000 米，然山不在高，有仙则名。东山因东晋谢安运筹帷幄淝水一战而烙上历史的印记，寄托着民族不屈的情怀。人间正道是沧桑，沧海横流，方显英雄本色。在跌宕起伏的中国历史上，大汉民族英雄辈出，他们得到了后人的崇尚和敬仰。韬光养晦，东山再起，成为中华民族百折不挠的精神基因。

谢安（320-385），字安石，出身名门望族，后人又称其谢东山。据《晋书·谢安传》记载，西晋南迁后谢氏家族郁郁不得志，年轻的谢安隐居到浙江会稽的东山（今浙江省上虞市南）。谢安年少时即博学多才，初任著作郎，因无意仕途，藉病为由，辞官归隐于浙江会稽东山，经常与王羲之、许询等名士游山玩水，吟诗作文。因胸怀韬略，朝廷曾征召他做吏部侍郎，但被他拒绝了。后来，征西大将军、明帝司马绍的女婿桓温恳请谢安出山做司马。盛情难却，公元366年，四十多岁的谢安离开浙江会稽到建邺（今南京），步入仕途。因思乡心切，他在今江宁区东山模拟浙江会稽东山建造别墅，宴朋交友，凭江临月，谈笑鸿儒。公元383年，前秦苻坚带领百万大军进攻东晋，秦军逼近黄河，东晋群臣恐慌。"东山高卧时起来，欲济苍生未为晚"，谢安临危受命，坐镇东山，精心排兵布阵，以八万军队打败了苻坚的百万大军，苻坚溃不成军，竟至风声鹤唳，草木皆兵，这就是历史上著名的以少胜多的"淝水之战"。淝水之战后谢安进一步巩固了在东晋朝廷的地位，官至东晋宰相。从此"东山再起"的故事家喻户晓，广为流传。江宁东山也因谢安而声名远播，后历代名人如李白、苏轼、王安石、乾隆等都来东山游访、凭吊，并留下许多诗文名篇。

中国文化博大精深，天人合一就是人与自然和谐相处。文人雅士近山乐水，"一松一竹真朋友，山花山鸟好兄弟"。格物求理，追根溯源，从中汲取社会与人生的大智慧。如果说谢安在浙江会稽东山播下了睿智的种子，历经酷暑寒冬，酝酿萌芽，一路延伸，那么这颗神奇的种子竟在江宁东山开花结果，长成了参天大树。

初秋时节，我走进江宁，踏上东山，寻古探幽。天，雾蒙蒙的，东山，以一种并不巍峨的姿态，与江宁相望，沉静一如曾经。雾中温和的小山静静的，如一株亭亭的尖荷，而江宁，就是将东山轻轻托起铺开的荷叶。那静谧幽雅的唯美，波澜不惊，难觅当年的惊涛骇浪。山上绿树成荫，鸟语花香，"明月松间照，清泉石上流"的意境悠然自心头划过。谢安的别墅亭台楼阁，勾栏轩窗，空寂宁馨。一尘不染的青山秀水，温润着曾经枕山而眠，听泉如梦，儒雅孤高，空灵曼妙的知音气息。徘徊的是脚步，飘缈的是思绪，琴棋书画与力挽狂澜是那么和而不同。偏偏历史在这里驻足，动与静，刚与柔，纯与雅，智与勇在这里达成无痕的融合。"谢公下棋处""谢公祠""谢公泉""布塞亭"等遗址，一任时光如水，洗漂尘埃。一草一木，一砖一瓦间倔强着透出斑驳的气息；莹莹的水珠，折射着不屈无畏的光辉。白云苍狗，大江东去，中国人选择了一座小山为天地立心，为世间立传，文人墨客，挥毫题刻。一眼千年，东山获得了一种高度，因为一个人和他不是传说的传说。

天色渐暗，回顾归路，原本清晰的东山随着渐行渐远的车轮又变得模糊起来，心里怅然若失。华灯初上，霓虹闪烁，高楼林立，车海如一条火龙在东山身边辗转。蓦然，一丝桂花的清香飘然而至，模糊的东山在心里又变得清晰起来！青山依旧在，几度夕阳红？

一座城需要一座山，一座山成就一座城，山是城的风骨，城是山的血脉。江宁人以东山为荣，改革开放，蓄势待发，城市建设和经济发展正以日新月异的速度，向未来迈进。

何必珍珠慰寂寥

"于以采萍？南涧之滨；于以采藻？于彼行潦"。萍，水生植物，也许是因了水的缘由，自然生出几分柔媚和轻灵来。婀娜多姿，摇曳生姿，于是在诗人眼里便成了风雅之物。《诗经》里的参差荇菜，志摩软泥上的青荇……然而，那只是适合生长在诗歌里的吧，虽然萍，她的确是美丽的，然而感觉上，却总是掺了些淡淡的哀伤在里头。萍踪、萍聚……有关"萍"字的注解里总有些许苍茫无着的感觉。

于是想到一个如萍的女子，一个柔弱，却最终恩爱无常、萍踪不定的莆田女子江采萍。自比浮萍，也终如萍生，任她再怎样的青翠欲滴，慢慢凋零，终含无根的况味。

江采萍（710年-756年），唐玄宗早期宠妃。福建莆田人，家族世代为医。体态清秀，娇俏美丽。多才多艺的江采萍，不仅长于诗文，还通乐器，善惊鸿舞，才华横溢，气质不凡。公元728年，唐玄宗宠爱的武惠妃死后，玄宗整日郁郁不乐。太监高力士想排解一下玄宗的烦恼，于是到江南寻访美女，发现了兰心蕙质的女孩江采萍。江采萍被高力士选入宫中后，淡妆雅服，姿态明秀，精通诗文，气质高雅，很快吸引了多情帝王唐玄宗，让沉浸在悲伤之中的唐玄宗渐渐走出阴影。因性情高洁，癖爱梅花，所居之处遍植梅树，唐玄宗昵称她梅妃。梅妃江采萍是史上有名的才女妃子，相传她写了《箫》《兰》《梨园》《梅花》《凤笛》《玻杯》《剪刀》《绚窗》八篇文赋。其最有名的诗作莫过于入选了《全唐诗》的那一篇《谢赐珍珠》。

冰心玉洁的梅妃，就像一株高雅娴静的梅花，深得玄宗宠爱。但自小她8岁，丰满艳丽、娇艳欲滴的杨玉环入宫后，玄宗便完全无心思再看后宫三千佳丽一眼。一日，玄宗把从南方进贡的荔枝赐给了杨贵妃，却没有给她；为表歉意，玄宗赠她珍珠以作慰藉。梅妃伤心欲绝，写下凄婉诗作《谢赐珍珠》：

柳叶双眉久不描，残妆和泪污红绡。长门尽日无梳洗，何必珍珠慰寂寥。玉阶生寒，珠泪盈眶。我念我皇，今夜，欢歌燕舞，可千万千万，别梦寒。

此外还有《谢赐珍珠》的起因——《楼东赋》。

玉鉴尘生，凤奁杳殄。懒蝉鬓之巧梳，闲缕衣之轻练。苦寂寞于蕙宫，但疑思乎兰殿。信标落之梅花，隔长门而不见。况乃花心飐恨，柳眼弄愁，暖风习习，春鸟啾啾。楼上黄昏兮，听风吹而回首；碧云日暮兮，对素月而凝眸。温泉不到，忆拾翠之旧游；长门深闭，嗟青鸾之信修。忆昔太液清波，水光荡浮，笙歌赏宴，陪从宸旒。奏舞鸾之妙曲，乘画之仙舟。君情缱绻，深叙绸缪。誓山海而常在，似日月而亡休。奈何嫉色庸庸，妒气冲冲，夺我之爱幸，斥我于幽宫。思旧欢之莫得，想梦著乎朦胧。度花朝与月夕，羞懒对乎春风。欲相如之奏赋，奈世才之不工。属愁吟之未尽，已响动乎疏钟，空长叹而掩袂，踌躇步于楼东。

从此清高如梅、身世飘萍的梅妃江采萍再未见到玄宗一面。曾经的恩爱恍如隔世，深宫红墙内，过着青灯孤影、孑然一人的凄凉生活。

公元756年，安禄山叛乱。唐玄宗来不及带上失宠的梅妃江采萍，就出逃了。不久，长安城陷，梅妃死于乱兵之手。唐玄宗自蜀归长安后，求得梅妃画像，并满怀伤痛亲题七绝一首。后来在温泉池畔梅树下发现梅妃尸体，胁下有刀痕，唐玄宗以妃礼改葬。

李隆基《题梅妃画真》写道：忆昔娇妃在紫宸，铅华不御得天真。霜绡虽似当时态，争奈娇波不顾人。

清雅如梅，命若飘萍。一代才女，就这样萎谢凋零。

诗人不幸诗家幸

"李杜文章在，光芒万古长。"诗圣杜甫与诗仙李白齐名，是中国历史上最伟大的诗人之一。近体格律诗最终在杜甫这里成熟，也最终在这里达到巅峰。

杜甫出身世代"奉儒守官"的传统书香门第，远祖杜预是西晋著名军事家和历史学家；祖父杜审言在唐中宗时期曾任修文馆直学士，也是初唐著名诗人；父亲杜闲担任兖州司马等职。在这种家庭环境下成长起来的少年杜甫，从小接受了文学熏陶和"穷则独善其身，达则兼济天下"的儒家思想。

少年至青年时代的杜甫也曾是一名风流倜傥的富家子弟。他712年出生，祖籍西安，20岁起十年间漫游吴越、齐赵，这是杜甫一生中唯一一段快乐时光。曾于25岁在齐赵一带漫游时写下"会当凌绝顶，一览众山小"的诗句，豪放遒劲，气势雄伟，可见青年杜甫壮志凌云、踌躇满志的胸怀。然而世事无常，刚刚结束十年快乐无忧的诗行漫游，父亲不幸身亡，杜甫参加科举又屡试不第，从此背上了沉重的家庭重负。一生辗转流离，"朝扣富儿门，暮随肥马尘。残杯与冷炙，到处潜悲辛"，直至病饿而死。

公元746年，35岁的杜甫来到长安，747年参加特举考试，被嫉贤妒能的李林甫以"野无遗贤"为由黜落了所有参考者，从此开始了艰难困苦的流浪贬谪生涯。其间754年因长安霖雨成灾，杜甫一家难以维持生计，杜甫将妻子杨氏及儿女送往奉先寄居。755年十月初，杜甫赴奉先探亲，惊闻幼子已经饿死，写下《自京赴奉先县咏怀五百字》。759年杜甫到成都投奔严武，在成都营建草堂，终于结束颠沛流离的生活，过了几年相对平稳的日子。764年，严武病亡，失去依靠的杜甫携家人，一路颠沛流离，漂泊至夔州。768年，56岁的杜甫再度携家出峡，漫无目的四处流浪。在生命的最后一两年时间，形容枯槁、病入膏肓的杜甫带着全家在一叶小舟上漂泊，穷困潦倒、贫病交加。于770年秋，一代诗圣病逝于长沙与岳阳之间的一叶扁舟之中。为后人留下了"无边落木萧萧下，不尽长江滚滚来""万里悲秋常作客，百年多病独登台""五更鼓角色悲壮，三峡星河影动摇"的壮丽诗篇。

杜甫是隐忍而又坚强的，在他穷困潦倒的人生中，从来没有放下诗歌，没有放弃对天下苍生的悲悯，用诗歌向世界呐喊、抗争，为民请命。终于在他离世半个世纪后，用自己作品的灼灼光辉为世人燃起了一盏文学的长明灯。

杜甫生活的年代，正是唐玄宗时期的所谓盛唐。嫉贤妒能、口蜜腹剑的奸相李林甫在组织收录当代诗词时，任用一批阿谀奉承之徒，仰李林甫鼻息，为李编纂整理了数本诗集，却未为无权无势、寂寂无闻的杜甫选录一首。直到晚唐花间派词人韦庄编辑收录唐、五代十国诗词集《又玄集》时，才开始收录了杜甫诗词7首。可叹所谓盛唐730-900，一百多年时间，直到900年唐哀帝之后，世人方知杜甫。所幸只要是杰出的艺术，无论被埋没多久，总会有知音，就像曹雪芹、蒲松龄生前贫困交加，死后辉耀神州，乃至海外。杜甫逝世五十年后，当时的诗坛盟主白居易和元稹对杜甫大加称颂。元稹称有诗人以来没有谁比杜甫更好，白居易也认为杜甫甚至比李白更优秀。

到了宋朝，众多诗人开始以杜诗为师，苏轼、黄庭坚、欧阳修都极力推崇杜甫，将李杜并提。文豪苏轼评判"古今诗人以杜甫为首"，王安石则在杜甫画像上题诗说"愿起公死从之游"，王禹偁说"子美集开诗世界"。宋元之后，明清以降，杜甫在诗歌界地位已稳如磐石，坚不可摧。命运关闭了杜甫生前的一扇门，却为他打开了后世另一扇巨大的窗。

锦瑟无端五十弦

谈到中国诗歌，人们自然会想到唐代诗人李商隐。李商隐，字义山，号玉溪生、樊南生，唐代著名诗人，祖籍河内（今河南省焦作市）沁阳，出生于郑州荥阳。他擅长诗歌写作，骈文文学价值也很高，是晚唐最出色的诗人之一，和杜牧合称"小李杜"，与温庭筠合称为"温李"。他的爱情诗写得缠绵悱恻，优美动人，广为传诵，作品收录为《李义山诗集》。但因处于朋党之争的夹缝中，一生郁郁不得志。

李商隐是一位真正的纯粹的诗人。他的诗完全摒弃了概念化的杂质，达到思想和艺术的统一。协调、至美，瑰丽而无雕琢，感伤而不颓废。他所表达的一切绝无主题先行、以艺术稀释思想之弊。仅以人所共知的五绝《乐游原》为例："向晚意不适，驱车登古原。夕阳无限好，只是近黄昏。"通常我们读书时，老师讲解其含义是哀叹自身命运多舛，更是预示唐王朝已经处于日暮西山、行将就木的危境。因而说这首诗在李商隐诗中是思想意义较强的一首。这一结论从字义上理解，一直都被作为正确的注解。但纵观李商隐的创作过程及经历，从其因果次序上来分析，却未必是符合真正的作家尤其是李商隐这样的诗人的思维进程。他绝非是为了先要表达某种思想而刻意营造意境，而是典型的触景生情。无论是自叹命运多舛，还是对唐王朝命运的感知，都是特定的环境触发了诗的艺术感觉，将潜意识自然引发出来，造成一种物我两融的诗的境界。诗的成功，很大程度来自诗人的艺术感觉。犹如一剂良药，艺术感觉就是药引子，所有因素都因为发生作用，实现主体与客体、思想与艺术的高度融合。

他的艺术感觉，总是善于借助具体的艺术形象。"春蚕到死丝方尽，蜡炬成灰泪始干"，是最常见的生活物象。可以想象：诗人在写作时，面对明灭的烛光，从蜡烛中引发感想。由此可以看出，艺术感觉既与作家和诗人的天赋有关，又来自于日常生活的积累和现场的具象触发；既非完全神秘不可知，又是富有才情的不可或缺的灵感。

李商隐诗的意象包含许多瑰丽的想象，如"沧海月明珠有泪，蓝田日暖玉生烟。青女素娥俱耐冷，月中霜里斗婵娟。身无彩凤双飞翼，心有灵犀一点通。"在李商隐的诗歌里，这样的例子不胜枚举。想象是一个杰出作家特别是诗人的重要素质，而不仅是一种创作手法；想象不仅限于凡间事物的组合和变异，也包括神话、传说。它不仅反映了诗人感知凡间常见之不足，同时是艺术感觉达到极致时已进入的幻化境界，一种美丽的荒唐，一种醉人的清醒。

李商隐的诗的这些素质无疑表现了他艺术感觉的丰富、敏感和线条细腻而不单薄，执着而柔韧。他的诗歌给人的感觉是含蓄内敛的，却又情感强烈。与其他诗人比较而言，他更善于在有限的字句空间积存和融合更多的艺术容量。犹如一条并不宽大的河床，但水光浩渺，波光粼粼。时有撼动的力度，却又不致决堤；又如一个体积并不太大的容器，内中丰厚而瑰丽的物体看得见却触不到，似乎吹弹得破，几欲胀裂，却安然无恙。

忍把浮名，换了浅吟低唱

在中国历史上，有这样一个词人，才华横溢，文思敏捷，原本有益于仕途进取，却屡试不中。一气之下，填词《鹤冲天》，其中一句："忍把浮名，换了浅吟低唱。"却不幸被当朝皇帝宋仁宗读到。当即龙颜大怒，挥袖间留下一句："且去浅斟低唱，何要虚名？"

此后柳永被迫远离仕途，漫游江湖，落拓不羁。同是宋朝人的吴曾在笔记中记到："柳永由是不得志，日与猌子纵游娼馆酒楼间，无复检约。""杨柳岸，晓风残月""算是人家天上，唯有两心同"，都是写他与青楼女子缱绻深情的词句。

柳永仕途多舛，最后索性"今宵酒醒何处"也不知。然而柳永虽然破退，却也因而成就了一代词人。设想柳永若不破退，却有可能增了俸禄，减了才情。例如与他同时代的晏殊做了高官后，便文质大减，再也写不出"无可奈何花落去，似曾相识燕归来"那样脍炙人口的佳句。柳永的词坛成就，却是在"破退"后取得的。

他退向长亭兰舟，退向酒台花径，退向歌舞楼台，退向"佳人妆楼"。在烟波浩渺、倚栏凭眺中获得了心灵的自由；在晓风残月，倚红偎翠中找到了自己的容身之所；在为歌女填词作曲中抒泄了才情转化为价值。他是在不经意间，确立了自身的独特地位，有意无意中打造了在中国词坛乃至文学史上的地位。

柳永有才华，有成就，在宋词的发展上具有不可替代的成就。对后来的词人影响颇深，佳句名篇流传千载。他的《雨霖铃》意蕴悠远，可谓"便纵有、千种风情，更与何人说"；他描写杭州的《望海潮》更是富丽万千，"三秋桂子，十里荷花"八字，真个是"歌喉清丽，举措好精神"；他的"名缰利锁，虚费光阴""红颜成白发，极品何为"在当时的科举制度下，更可谓振聋发聩。

一代文宗做女师

中国历史上，有这样一个奇女子，她的丈夫赵明诚，一个普通而平凡的文人士大夫，是作为"词人的丈夫"而记入青史的。甚至在她49岁时，结合不过百日的后夫张汝舟都因她而为后世所熟知。这个名冠古今的女子，就是李清照。同时期还有一个女人，被钉在历史的耻辱柱上，为世人所唾骂不齿，这个女人就是宋朝著名奸相秦桧的老婆王氏。一个没有确切出生年月及姓名记载，却臭名昭彰的女人。

作为生活在同一时期的两个女人，在那个女性没有地位的封建王朝，以截然相反的历史形象同时被世人记住，这在中国历史上不能不说是一个奇迹。更值得令人玩味的是，李清照与秦桧老婆王氏的亲戚关系。据史料记载，李清照的父亲李格非一生娶过两任妻子，都姓王，一个是懿恪公王拱辰孙女，《宋史·李格非传》云："妻王氏，拱辰孙女，亦善文。"另一位妻子则为元丰年间神宗朝宰相、文恭公王珪的长女。由史料可知，李清照是王珪的外孙女，而秦桧的夫人王氏则是王珪的孙女，也就是说李清照和秦桧之妻王氏系姑表姐妹，李清照比王氏略长几岁。秦桧在密州（今诸城）负责州学教务时，李清照夫妇正在与密州相邻的青州居住，青、密二州甚近，密州还是李清照丈夫赵明诚的故乡，两家却连通信也没有。

由此可见，这对亲戚基本上是无任何来往的，究竟是什么原因导致了这对亲戚成了最熟悉的陌生人？

李清照（1083-1156）生于济南，孩童时期随父李格非到了京城开封。李格非精通经史，诗词文赋样样精通，曾受知于苏轼，与廖正一、李禧、董荣一起号称"苏门后四学士"。李清照在这样的环境中，耳濡目染，从小就展露出其过人的才华。"易安体词"崇尚典雅，善用白描，语言清丽，被称为"婉约之宗"，沈去矜曾说："男中李后主，女中李易安，极是当行本色。前此太白，故称词家三李。"李清照与诗仙李白、词帝李煜并肩而立，被称为"词圣"，堪称中国"第一才女"。

北宋建中靖国元年（公元1101年）18岁的李清照嫁给21岁的赵明诚（1080-1129），两人婚后情投意合，诗词唱和，琴瑟和鸣，堪称神仙眷侣。新婚不久，沉浸在幸福和欢乐中的李清照，就以小女人的柔情蜜意和娇涩自信，作了一首《减字木兰花》，以买花戴花的日常小事，尽情展示小夫妻间的亲昵和温情：

"卖花担上，买得一枝春欲放。泪染轻匀，犹带彤霞晓露痕。怕郎猜道，奴面不如花面好。云鬓斜簪，徒要教郎比并看。"

一颦一笑中，悄然隐去了纯情的少女情怀，举手投足中，尽显浓浓的女人味。但李清照绝非颔首低眉、柔顺软弱的小女子。虽吏部侍郎赵挺之的儿子娶礼部员外郎李格非的女儿，然赵挺之与李格非的政见不同，在政治斗争中也不属于同一派别。李格非属苏轼一派，苏轼曾认为赵挺之是"聚敛小人，学行无取"，遭到赵挺之的陷害。赵挺之附属蔡京一派，在李清照婚后第二年，已高居尚书左丞之位，"排击元祐诸人不遗力"，苏门弟子均受打击，亲家李格非和妹夫陈师道都遭贬官。李清照听说父亲将被逐出京城，急忙写信向公公求救，说"何况人间父子情"，请求不要把父亲发配到荒蛮之地，不料竟遭到赵挺之的断然拒绝。李清照十分气恼，写了一句"炙手可热心可寒"，对公公不无讽刺之意。可见，大家闺秀的李清照，个性中有奔放刚烈、蔑视世俗礼仪的一面，绝非低眉顺眼、谨守家规的小媳妇。

官场风波诡谲莫测，李清照夫妇结婚几年后，赵挺之却遭蔡京罢黜。赵明诚夫妇定居青州归来堂，李清照在归来堂依据"倚南窗以寄傲，审容膝之易安"两句，自号"易安居士"。

宣和三年（1121），朝中又想起了久处江湖之远的赵明诚。于是，被遗忘在青州角落里的赵明诚接到圣旨，出守莱州。此后，李清照独居青州，空闺独守，寂寞难耐，思夫之情日益深浓。于是，一系列抒写离情别绪、闺怨相思的词作，如潺潺清泉，源源不断从她笔端流溢出来。最为人称道的是《醉花阴》，此词作于"每逢佳节倍思亲"的重阳节：

"薄雾浓云愁永昼。瑞脑消金兽。佳节又重阳，玉枕纱厨，半夜凉初透。东篱把酒黄昏后。有暗香盈袖。莫道不消魂，帘卷西风，人似黄花瘦。"

据说，赵明诚收到这首《醉花阴》后，赏玩之余，大为叹服，于是闭门谢客，冥思苦想，废寝忘食三天三夜，一口气填了五十首《醉花阴》词。数日后，他把李清照的词，混杂于这50首词中，请好友陆德夫来赏析。陆德夫玩味再三，沉吟良久道："赵兄，有三句尤其出色！'莫道不消魂，帘卷西风，人比黄花瘦'，真乃绝世之句也！"赵明诚自愧弗如，对李清照更加敬重欣赏。不久，即接李清照到莱州，过起了志同道合、诗情画意的生活。二人在莱州留下了刻石拓字、遍访名山的佳话。

靖康元年（1126年），赵明诚改任淄川守，李清照亦随居淄川。然而就在那一年冬天，"靖康之难"爆发，哀鸿遍野，民不聊生。金兵铁蹄入侵，踏碎了大宋的秀丽河山，从此改变了李清照的人生。

靖康元年（1126年）冬天，金兵大举入侵，一举攻破了都城汴京，时局剧烈动荡，举国一片惊惶。国难当头，家遭不幸，靖康二年三月，赵明诚母亲郭夫人突然撒手西去，赵明诚夫妇不得不南下奔丧。南下之前，他们也料到北方多事，决定将珍贵文物带往建康（南京）城。然而，多年收集的珍贵文物不便携带，最后，几经筛选还是装了满满的十五车。剩下的文物古籍都收拾妥当，安放在青州"归来堂"的几十间屋子里，准备明年春天再来运走。未料，这些节衣缩食、苦心收集的宝贝，匆匆一走，竟成永别！靖康二年十二月，金兵攻陷了青州，李清照夫妇存于青州的所有古器物什，在金兵的一把大火中，化为灰烬。

赵明诚丧服未满，即被起复知江宁（建康）。建炎三年（1129

年）二月，赵明诚罢守江宁，被命移知湖州，但未到任即被免。三月，李清照与赵明诚乘船上芜湖，入姑苏，沿江而上。五月，接到圣旨，再至湖州。赵明诚认为时局不稳，决定自己单独去湖州上任。六月十三日，盛夏酷暑，赵明诚途中中了大暑，患上痢疾，走到建康，病情已经非常严重。李清照奔到建康时，赵明诚已经"病危在膏肓"，八月十八日，赵明诚病逝，年仅四十九岁。

山河破碎，家破人亡，相濡以沫二十八年的夫君暴病身亡，李清照再不复前半生里那个锦衣玉食吟诗颂词的"婉约派"风雅词人。赵明诚去世后，孤苦无依的李清照在匆忙慌乱之中，只能捡拾部分轻软古物，整理数十箱，追随宋高宗赵构。在金兵进攻之下，赵构如丧家之犬，李清照也跟着大臣们一道，颠沛流离，苦不堪言。就这样，她和赵明诚费尽半生心血"十去其七八"，所剩无几。

屡遭打击、连日奔波的李清照，像一叶孤舟在风浪中无助地飘摇。在她最凄苦无助之时，一位"文质彬彬"的进士张汝舟出现了。张托词人周邦彦为媒，带上重金，郑重其事上门求婚，李清照以为重新找到了一个可以栖身的港湾，49岁的李清照再度嫁人。岂料，这场婚姻却是一场噩梦。张汝舟是冲着赵明诚遗留的巨额金石器物而来。婚后，张发现这笔遗产几乎丧失殆尽，剩下的一二残零，李清照又视为珍宝。张恼羞成怒，撕开儒雅的外衣，"遂肆侵凌，日加殴击"，恨不得将李清照折磨至死。然而，刚烈、独立的李清照，绝不是忍气吞声的弱女子，她决计离婚。依据宋朝的法律，妻子是无权申请离婚的。除非，妻子检举丈夫有违法之事，坐实后方可离异，但也要判妻子两年徒刑。李清照很快就得到了张汝舟罪证，凛然上官府控告，解除了这场不到100天的婚姻，却也被判入狱。在翰林学士綦崇礼（綦崇礼之母是明诚的姑妈）的四处奔走下，李清照在牢里只待了九日，就被释放出来了。出狱后，李清照潜心整理凝聚着赵明诚和她终生心血的《金石录》，写出了著名的散文《金石录后序》。绍兴十三年（1143年）前后，李清照终于将赵明诚遗作《金石录》校勘整理完毕，进献于朝廷，完成了赵明诚的遗愿。

李清照性情刚烈顽强，南渡之后，强烈支持抗金，对苟且偷生的南宋君臣痛恨不已。她曾经过乌江，想起项羽宁可兵败自刎、决不投降之事，抚今思昔，激愤难平，题了一首《乌江》诗："生当作人杰，死亦为鬼雄，至今思项羽，不肯过江东。"

经历了靖康之耻、家庭悲欢，体验了民间疾苦、世态炎凉，自此李清照词风大变，由清丽细腻的婉约派风格变为雄浑壮烈的豪放派。

李清照虽晚景凄凉，但秉性刚直的她却耻于向权贵亲戚求助。秦桧的夫人是李清照的亲表妹，秦桧拜相之后，权势炙手可热，趋炎附势、溜须拍马者不计其数。但李清照痛恨秦桧夫妇的为人，拒绝与他们来往。李清照改嫁张汝舟，恶评喧嚣尘上，李清照只得求綦崇礼出面帮她制止那些没有根据的诽谤，却没有去求位高权重、权倾一时的亲戚王氏。即使在最困难的时候，她也没上过秦府的门。在秦桧的相府落成，大宴宾客时，她收到请柬却拒不参加。在秦府万人攒动、花天酒地的喧嚣时刻，她独守着孤清的小院，坚守着自己的人生信念，在凄苦中咀嚼余生。

研读李清照的《金石录后序》，那份追思与惆怅，令人怦然心动。"昔萧绎江陵陷没，不惜国亡而毁裂书画；杨广江都倾覆，不悲身死而复取图书。岂人性之所著，死生不能忘之欤？或者天意以余菲薄，不足以享此尤物耶？抑亦死者有知，犹斤斤爱惜，不肯留在人间耶？何得之艰而失之易也？"在封建王权的历史上，真正的文人，为这个民族，为这块土地，可以有所作为、施展抱负的领域，是非常有限的。然而，"穷则独善其身，达则兼济天下"的信念，使中国历代文人，无不以薪火相传为己任，总是要为弘扬文化，做些力所能及的事情，不致辜负一生。李清照和她的丈夫赵明诚，节衣缩食，好古博雅，典当质押，搜罗金石。纵大敌当前，危机四起，仍殚思竭虑，奔走跋涉，以求保全文物于万一，这在他人眼中，实乃愚不可及的书呆子行为。到了最后，她的藏品失散、丢弃、遗落、败损、加之被窃、强借、勒索，连词人自己都忍不住嘲笑自己，"何愚也邪！"李清照的晚年是十分悲惨凄苦的。自从张汝舟被"编管"柳州再没人打搅她，一直独自默默无闻地过着清贫苦闷的生活。直到72岁那年（1156年），无儿无女，形单影只，为保存整理《金石录》半生流落的一代词人，在远离故乡的杭州客居中寂寞地死去，一缕香魂飘然而逝。一个在中国文学史上留下瑰丽诗篇的杰出词人，忧国忧民，抱负未施，其杳然离去的身影，给人留下太多的感伤。

　　回首当年，秦桧权势炙手可热之际，凡沾亲带故者，一律飞黄腾达，窃据要津。一人得道，鸡犬升天。但李清照"欲将血泪寄山河，去洒青州一抔土""生当做人杰，死亦为鬼雄"的爱国情怀，其文人的风骨与气节，怎可能依附于残害忠良、苟且偷安的秦桧、王氏。

　　据说，在世界的某一个神奇的岛屿上，生长着一种名为两生花的植物，它的花朵迷人芬芳，这种花样貌很奇特，紫色的叶子，绿色的花茎上衬托着两朵黑色与白色的花，最为奇特的是，两个花朵亲密无间，却始终朝相反的两个方向开放。正因如此，两生花暗喻两种分离的人生，意味着光明与黑暗。

牵不住的红酥手

第一次知道南宋大诗人陆游与其前妻及表妹唐婉缠绵悱恻的爱情悲剧，是在上学时，看的一部电视剧。那是小学二年级的暑假，我放假回奶奶老家。当时村里只有一台电视机，村子里的人都扎堆一起看。那是第一次知道诗人陆游有这样一段凄恻的爱情故事，第一次知道了《钗头凤》这样一个词牌名。记得当时是哭着看完的，因为是跟姑姑一起去的，周围又有很多人，怕会被人看到笑话，拼命克制自己，时不时咳嗽或者低头，以掩饰情绪。然而不争气的泪水还是哗哗落下，又怕人看到，赶紧低头佯装摆弄头发，迅速揩去脸上的泪痕。也就从那时起，我背下了陆游和唐婉的《钗头凤》。后来陆陆续续读到很多人写过沈园、钗头凤的文章，甚至一看到相关文字便格外留意，对素不相识的作者都倍感亲切起来。

据传陆游与其表妹唐婉青梅竹马，婚后恩爱和谐，可谓郎才女貌，珠联璧合。从唐婉仅存于世的《钗头凤》一词即可看出，年轻的唐婉不仅青春靓丽，更是冰雪聪明，兰心蕙质。她的内心世界无疑是极其敏感、细腻多情的。这些方面，不单从其诗才，从其在沈园中与陆游遭遇回去后不久就郁郁而终，即可看出。记得当时看电视剧，陆游母亲，即唐婉的姑妈，是以凶悍的婆母形象出现的。原因似乎是因为陆游母亲未出阁时，与娘家嫂子，即唐婉的母亲相处不好，姑嫂失和。因而在唐婉嫁过来后，迁怒于唐婉，甚至恶语相向，直至最终逐出家门。但是及至年长，对于这一点开始有所怀疑，不排除唐婉母亲与小姑失和的可能，但如果只是这个原因，也许就不会有当时的两家缔结鸳盟，更不至于因此在婚后将亲生侄女逐出家门。后来陆续看过一些关于这段家事纠纷的评论与感慨，觉得亦不无道理。说是因为陆母希望儿子仕途精进，儿女满堂。然而，陆游与唐婉婚后却只沉湎于小夫妻卿卿我我，完全丧失了进取的锐气，加之婚后唐婉一直没有为陆家诞下子嗣。这在"不孝有三，无后为大"的封建时代，尤其是陆母一孀居寡妇，辛辛苦苦将儿子抚育成人，本指望儿子婚后能够安心读书，有朝一日金榜题名光宗耀祖，自己也可尽享含饴弄孙之乐。却眼见得儿子日渐沉湎于儿女情长，不见一男半女，因而怨气日深，逼陆游休妻，甚至不惜一死相挟。想来唐婉这样一个感情丰富、心思细腻的人，与同样性情爱好的丈夫相处，自然是水乳交融，琴瑟和谐。但作为一个婆婆心中的贤惠敦厚的儿媳标准，却未必理想。大多艺术气息浓重的女性，个性鲜明，日常生活中难免会出现矛盾磕绊。日积月累，积怨愈甚，以至最终陆母采取了强悍休妻之策。

唐婉自然值得人同情，陆母在当时的社会环境下也未必完全错误。只能说是两种气质、两种女性标准乃至价值观产生分歧的结果。唐婉之悲，最大的原因在于当时的社会体制，女子无才便是德。有些才情的女子，她的性格在常人看来多少有些乖张，因而为讲究忠厚悌孝的封建大家族所不能见容。毕竟，诗情与人间烟火、敏感与贤惠在很多情况下是有差异的。这就要看不同人对家庭观念的要求。在特定情况下，这些看似微不足道的龃龉却会成为家庭规划的根本对立，所以，仅仅归结为陆母因与娘家嫂子失和而处处刁难唐婉，太过偏颇。就如同贾母为宝玉选妻，宁可选择没有血缘亲情的儿媳之外甥女薛宝钗，也不肯选择自己的嫡亲外孙林黛玉。就是因为在贾母等众人眼中，黛玉性情、体质皆不如薛宝钗。在他们看来薛宝钗更有大家风范，更适合做一个大家族长孙媳妇的标准。

在诗人陆游心里，后来现实安稳的生活，却终不能抹去曾与知己娇妻的表妹唐婉那段浓情蜜意的记忆。陆游先后于1155和1199年两次去了沈园。第二次已是75岁，那时唐婉已别世多年。"伤心桥下清波绿，曾是惊鸿照影来。

在沈园南墙上，一块不很规则的巨型碑石上，至今镌刻着陆游的《钗头凤》词，笔力豪放，感情激越。似乎可见一青衣书生，正挥笔疾书，书罢，轻轻转身，轻掸衣袖，移步向"伤心桥"畔踽踽独行。那里，正有一纤弱少妇，素颜似雪，掩面过桥，止步回盼，似与那书生伤别，蹙眉低首，表情幽怨，隐有泪痕……

逼出来的英雄

对于四大古典名著之一的《水浒传》，其主题思想最经典的说法是反映了如火如荼的农民起义革命斗争，揭示了当时的阶级矛盾和阶级斗争。

传统上，农民起义都是以揭竿造反为标志，而实际上，揭竿起义按其宗旨也有所区别。其中一种就是在起义之初就打出鲜明的旗号，如陈胜吴广、黄巢、李自成、洪秀全等。但是有的虽有口号，却并未明确提出誓要夺取天下改朝换代的宗旨。大多是"起义"后在较小范围与统治者的地方政权进行厮杀，因而多在短时间内即告失败。因其主旨不是很明晰，规模较小。《水浒传》所反映的晁盖、宋江即属此类。《水浒传》所呈现给读者的人物活动和给读者留下印象最深刻的人物形象看，他们大多具有一个共同特征，即一个"逼"字——逼上梁山。这是走投无路的"逼"，是命运已处绝境的"逼"，是完全无辜而遭飞来横祸的"逼"，是走正路而不可行、做好人而不得的"逼"。如林冲、武松、鲁智深等。但即使如此，他们上山后也只是避祸坚守，没有一个明确的目标，只要山寨不倒，水泊能安，现存的生存条件能够保全，那么就不想与官府分庭抗礼，只要能够长期坚守而无剧烈变动就是最好的处境。

由此可见，自秦以来历代封建社会造反者，不仅有那些图王霸业、改朝换代雄心勃勃的起义首领，也有很多是被迫铤而走险，造反起义，却始终缺乏明确的纲领与长远目标。因而，纵使他们可以短时期叱咤风云、纵横捭阖，却最终不免以失败告终。

小说《水浒传》所反映的梁山起义者的主导倾向和主流意识即是如此。他们是在北宋末年那个奸臣当道、民不聊生的社会大环境下，一些正直善良之士被逼无奈，割据一方，面对官府，以武力求保全，是融合了义士、侠客、武者、落魄知识分子、手工业者和农耕、渔猎三教九流为主体的乌合之众。他们期望的，只是稳固安定，自给自足，不再受制于人。事实上，因为没有明确的目标和旗号，不是凭某种概念定性打天下，目标短浅，没有志在改朝换代的农民起义武装，因而他们起码的可保自安的理想也难以实现。

梁山泊坚守者们在战略上缺乏远见，政治上缺乏目标，只是以江湖义气为重，却又意见不一，以致最后接受招安，四分五裂，分崩离析。

历史是已经过去了的，而且离今天越来越远，然而却不曾消失得无影无踪。善于追溯和咀嚼，是人类社会发展的必需。

一樽还酹江月

一段不到百年的历史，在泱泱五千年文明古国，不过是弹指一挥间。它却因为一部小说，引得后世1700多年许多人掉眼泪而替古人担忧。就连东瀛日本、朝鲜半岛和越南诸国，也在研究学习书中人物的光芒和智慧，商人从中汲取谋略，兵家演习其兵法韬略，政治家学其策略谋划。然而，纷纷扰扰中，却独独忽略了一个最重要的人物——作者罗贯中。

罗贯中（约1330年-约1400年），元末明初小说家，名本，字贯中，号湖海散人。关于他的籍贯，一般认为是山西太原，也有说是浙江人、山东人。据说他也曾有图王霸业之心，却无鸿运。罗贯中性格比较孤傲，与人很少接触，独喜欢小说。正因此他才会在尺幅纸页上摆开战场，在文字中兵戎相搏、攻城略地。他以楷书为王，行书为将，草书为卒，奋笔疾书如三尖两刃刀，将汉末纷争的三国一分为三，写到酣畅处，诡秘迭生使人眼花缭乱，火攻惯用此伏彼起。昔日的鼙鼓声声，尘沙蔽日，在作者笔下留下千古悲风。

《三国演义》中的精彩话语很多，无不闪烁着智慧的光辉。最使人难忘的经典警语则是"合久必分，分久必合"。这句话在中国乃至世界历史上多少年来的发展变迁中都多次得到印证。

《三国演义》为世人留下了一段传奇。中华历史上，没有哪一段比这一段更能给人留下深刻的印象。多少年来，从学富五车、饱读诗书的大儒到目不识丁、箪食壶浆的贫民，无不对与它相关的故事耳熟能详，津津乐道。有人说是因为这段历史充满战争，但中国历史上从来不缺乏各种杀伐混战，如春秋战国之战，秦末楚汉相争，东汉建立前的刘秀、王莽之战，东晋淝水之战，隋末群雄逐鹿，元末明初征伐等。其中也有小说或戏曲的记录与演绎，却都比不上"三国"给人的印象至深。就是因为罗贯中的一支神笔，使这段本就非凡的历史更加栩栩如生，精彩绝伦。

小说毕竟是小说，并非严格意义上的历史，所谓七分真实三分虚构。然而正因为是小说，在罗贯中的生花笔之下，为世人勾勒了一幅波澜壮阔的历史画面，活跃了历史，生动了历史，以众多饱满的人物形象立体化了历史。

宁折不弯的大儒

六百多年前的明朝永乐年间，有一桩惨绝人寰的惊天大案。一位当代、也是后世大儒被残酷地肢解于市。在此之前，因其不肯屈服，铁骨铮铮，而遭受割舌酷刑；在他之后，还因为他"罪大恶极"而被诛十族，受株连而死者达870余人。明太祖朱元璋的第四子燕王朱棣为了夺取侄子建文帝朱允炆的皇帝宝座，自北平骑兵攻陷南京，胁迫当时名士方孝孺为其起草登基诏书，方誓死不从。朱棣即罗织罪名，对方孝孺及亲属大加杀戮。

方孝孺（1357-1402），明朝浙江宁海人，字希直、希古，人称正学先生，明朝侍讲学士。他的文章，风格豪放，词气锋利，尤擅长政论、杂文，如《蚊对》《指喻》《与苏先生书》等，篇篇棱角分明，笔劲多奇。文如其人，以致最后遭遇如此。

在方孝孺写于挚友苏伯衡的《与苏先生书》中，曾说过一件事，方的老师宋濂（明初著名学者），是太子之师，对皇帝朱元璋恭谨慎行，然而因受"胡惟庸案"牵连，朱元璋也是大开杀戒，株连无数。不仅杀死宋濂一子一孙，连宋濂本人及全家也被流放至茂州。方孝孺在信中，对宋濂的悲惨遭遇无限悲愤，溢于言表。为苏伯衡欲为宋濂立传而饮泣欣喜。

所谓"性格即命运"，方孝孺这种爱憎分明、正直桀骜的性格，就是他后来招致杀身之祸的根本原因。方孝孺是一个大儒，一个地道的"士"。他的天性中有一种宁折不弯的刚烈，这一点，绝非一般意义上的"士"所能具备。秦桧和洪承畴在才华学识上，也都可以成为大儒，然而，却绝不是刚烈正义的"士"。

　　方孝孺的那股正气，那股刚烈之气，因而连累自己及十族遭灭门之灾多少有些不值，一代大儒遭此劫难，让人扼腕叹惜。刚则刚矣，但无论从大背景还是捍卫的对象而言，都够不上伟大和杰出，明朝还是朱姓的天下，大儒徒做了无谓的牺牲。尽管在"威武不能屈"这一点上没有疑义，但在体现人间正气尤其是民族大义上无法与早于他的文天祥相比，尽管同样是遭寸磔而惨死；在不畏强敌、浩然勇烈的精神价值上也不如他后来的袁崇焕。然而，从方孝孺的文章气节和赴死精神上可以看出：假如他处于强敌当前，民族危亡关头，完全会表现出岳飞、文天祥、陆秀文那样的节气。但命运没有把方孝孺置于那个特定时代背景下，以至减弱和缩小了他刚烈赴死的意义。但是那种浩然正气，却永远值得人们学习。

寄情抒怀吴承恩

吴承恩生活于明嘉靖、隆庆年间，祖籍历史文化名城淮安。他自幼学识渊博，文采出众，然而，世间的事情往往如此，过于出色，总是命运乖蹇。一直热衷科举，却屡试不第，在嘉靖中才补了一名贡生。在此期间，吴承恩曾任过浙江长兴县丞，但因生活困顿，不久还乡。后去外省谋了一个相似的差事，再次郁郁辞归。以吴承恩的才情，绝对是应该考中科举的，除了命运多舛之外，也许客观原因，应该是他在那个时代相对倾向于自由的心地与先天的文学气质，不符合当时迂腐的教条和八股文的规范。

吴承恩在科举仕途遭遇挫折后，开始专一著述。以其长篇神话志怪小说《西游记》闻名于世。他在小说里将一腔郁愤融于笔下，假托神话故事和鬼狐奇遇抒发人生理想，揭示人间种种不平，在艺术上表现出卓然不群的风格成就。吴承恩在当时的文学成就即已相当有名，他的读书和著述之所—淮安故居，当时就被世人所知。人们称其为"吴大人""吴学士"。

然而，普通人何曾了解其内心世界。他的两番短暂赴任都是带着生存境遇的无奈，最终郁郁而归。其中有被冷落的凄清，也有不甘做奴才的孤傲。他笔下那个大闹天宫的孙悟空，即是其内心真实世界的注脚。他的生存处境与理想中的境界，何止天壤之别。

吴承恩自幼酷爱神话故事，极富想象力与叛逆精神。离他家乡不远的连云港云台山（俗称花果山），就是他写《西游记》的生活源头，即美猴王孙悟空的出生之地。

　　吴承恩的悲剧，在于仕进道路上的艰辛与社会地位的卑微，壮志未酬的压抑。其成就也在于此，他能不为逆境所困，潜心著述，最终取得了辉煌成果，为世人所瞩目敬仰。可见文学创作者当时的地位和盛名与其最终的分量和价值未必成正比。如李白、杜甫、曹雪芹、莫泊桑、卡夫卡，古今中外文学史上比比皆是。时间的流程不可倒转，历史的面影不会重复。只要生命曾经燃烧怒放，那就是人生最极致的绚丽。

洛阳纸贵冯梦龙

冯梦龙（1574-1646），明代文学家、戏曲家，思想家。一生所著甚丰，大多诗文失传，然而他所编纂的三十种著作却得以传世，为中国文化宝库留下了一批不朽的珍宝。其中除世人皆知的"三言"外，还有《新列国志》《增补三遂平妖传》《古今烈女演义》《智囊》《古今谈概》《太平广记钞》《情史》《墨憨斋定本传奇》，以及许多解经、纪史、采风、修志的著作，而以选编"三言"的影响最大最广。如果以当今话语定位，那么冯梦龙不单是作家，更是大编辑家。当年，他所编辑的《喻世明言》《警世通言》《醒世恒言》甫一出版，即告洛阳纸贵，喜好者如奇货抢购，趋之若鹜，"杜十娘""珍珠衫""乱点鸳鸯谱"……一时间成为市井民间、街头巷尾热议的话题，甚至一度忘记了当时边塞的辽东边患和西北政变……

冯梦龙生活在明朝行将灭亡的前夕，目睹了明王朝的腐朽统治。少年时代的志向是期冀走上科举仕进道路，以实现历代文人治国安邦达济天下的抱负。然而冯梦龙直到崇祯三年，也就是他五十七岁时，才补为贡生，61岁升任福建寿宁知县。由此可见冯梦龙不仅善于舞文弄墨，也有些行政能力，但文人洒脱不羁及刚正傲岸的性格，总是与政治中心的官场有些格格不入，于是他最终于65岁时识趣隐退回到家乡，因而他的仕进的抱负和才华最终没有得到施展的机会，此后专心致力于诗词歌赋、民歌戏曲的编纂与整理。冯梦龙是一位文学家，也是一位爱国者，在崇祯年间任寿宁知县时，他曾上疏陈述国家衰败之因。清兵南下，他进行抗清宣传，刊行《中兴伟略》诸书。可惜生不逢时，眼见明朝气数已尽，无力回天，清顺治三年春忧愤而死。

冯梦龙辞官归隐，借助姑苏一带都市经济的平台，与苏州的茶坊酒楼下层生活频繁接触，与勾栏、茶肆为邻，以柔软的羊毫，在诸种文本上圈圈点点，这为他熟悉民间文学提供了第一手的资料。他的《桂枝儿》《山歌》民歌集就是在那时创作的。

然而好景不长，冯梦龙晚年值清兵南侵，深受孔孟思想影响的一代大儒怎能容忍铁骑践踏宣纸的清白，更难忍膻腥的马鞭抽打尊严，于是挺身拒文，尚存骨气者难免不测，于是73岁莫名去世，有人说是被清兵所杀。所幸"三言"之花正在南北盛开，与同属江苏老乡的徐霞客大致生活于同一个时代，一个是在悬崖飞瀑获取人生价值，一个是在字里行间寻觅知音，都为世人留下了值得参考的文字。

独听寒山半夜钟

清朝康熙年间，鲁中同时出现了两颗文学之星。一颗是蒲松龄，另一颗就是当时为世人所推举的文坛盟主，桓台王士禛。

王士禛（1634—1711），是清朝初年声名卓著的诗人，别号渔洋山人，人称王渔洋，谥文简，为当时文坛盟主，神韵派首领，官至刑部尚书。他出生于世代书香之家，曾祖父王之垣是明嘉靖壬戌进士，官至户部左侍郎；祖父王象晋是明万历年间进士，官至浙江右布政使；叔祖父王象乾官至兵部尚书，晋爵太子太保；其父王与敕为清顺治年间拔贡，封国子监监酒。王士禛在这样一个世代仕宦的家庭，有诗文熏陶的环境，又有进身取士的条件。他的一生，除勤于仕途之外，就是著述交游。著有《池北偶谈》《渔阳诗话》等。

当时，王士禛诗名扬天下，官位也不断迁升，成为清初文坛公认的盟主，一时间，诗坛新人、文坛后辈到京城求名师指点作品，往往首先拜见王士禛，如能得其一言片字褒奖，就会声名鹊起。蒲松龄当时是落拓不第的文人，《聊斋志异》也久不被世人所知，当蒲松龄找到比他大4岁的乡梓——文坛盟主王士禛时，王士禛"加评骘而还之"，还赠诗蒲松龄："姑妄言之妄听之，豆棚瓜架雨如丝。料应厌作人间语，爱听秋坟鬼唱诗。"为了让《聊斋志异》出版，王士禛在书上写下了"王阮亭鉴定"，使得各家书坊争相求索书稿，刊刻《聊斋志异》"以为荣"。当时的名流称赞此事："国家文治轶千秋，抡雅扬风，巨公踵出，而一代正宗必以新城王公称首。"

王士禛身居高位却礼贤下士，不以身份交往，与蒲松龄保持了数十年的诗文友谊。1711年，时年75岁的王士禛去世，蒲松龄听到消息后，哀痛万分，立刻作诗4首以寄哀思。历史总是有时会有一些巧合，4年后，1715年，蒲松龄去世，享年也是75岁。

秋坟鬼唱诗

清朝康熙年间，山东中部淄川蒲家村，一个陋牖蔽户冷落门庭中，走出了一个口衔烟管、路设茶摊、与过往路人闲聊记录的乡村书生。他少年时崭露头角，随后屡试不第，失意累累，大半生过着穷困的生活。底层生活使其更能体察民间疾苦，多舛的命运使其胸中郁愤欲借诗文倾吐。他一生所著甚丰，若干年后成为被仰慕膜拜的大文学家。

这个人，就是被誉为"中国短篇小说之王"的蒲松龄。

蒲松龄（1640-1715），别号柳泉居士，小说、诗词、文赋、俚曲、杂著、戏曲无一不能，曾著《趵突泉赋》《煎饼赋》《地震》等文赋杂文。其所著《趵突泉赋》——"树无定影，月无静光，斜牵水荇，横绕荷塘，冬雾蒸而作暖，夏气缈而生凉"，文辞清丽，对仗工整，在历代吟咏趵突泉之文章中，堪称佳作。最辉煌的著作《聊斋志异》奠定了其在中国文学史上的地位，借鬼狐以状人生，以曲笔鞭笞魑魅，人物活灵活现，情节惟妙惟肖。蒲松龄，一颗内心炽热、外表寡淡的文学之星，若干年后，终于拭去历史的尘埃，辉耀神州，以至海外。

一直想去瞻拜蒲松龄生命的发源地。在一个酷暑，一个偶然的机会，终于来到这片树木葱茏、百花盛开的大地。走进蒲家村，古老的房屋错列其间，却协调有序，无声地诉说着沧桑的经历。如这里诞生的文化名人一样，不事张扬，朴素静谧。思绪亦随之飘至遥远，幽然触发怀古之思绪。

走进蒲松龄故居，绿树掩映，环境清幽。院内无花果、石榴等果实葳蕤，树木翁郁，生机盎然。故居正厅门前，迎面立有蒲松龄全身塑像。他仰望着前方，眼前是慕名而来的虔诚的文学爱好者，驻足凝望这位闪烁着思想和艺术光辉的文坛巨擘。

步入正厅，一眼望见郭沫若于1962年为蒲松龄故居题写的楹联："写鬼写妖高人一等，刺贪刺虐入骨三分。"正厅陈列着蒲松龄家谱及生平介绍，排列整齐的玻璃柜内，陈列着蒲松龄著作的各种版本以及《聊斋志异》为蓝本出品的电影电视剧照。这里陈列的种种遗物，都与蒲松龄清贫凄苦又不乏善良坚毅的人生紧紧联系在一起。正厅墙上挂着许多当代名家如姚雪垠、范曾、王蒙、欧阳中石等的题咏字画，还有与蒲松龄同时代、同为乡梓的清初文坛盟主，刑部尚书王士禛与蒲松龄之间的诗词往来。时任刑部尚书的王士禛题诗云："姑妄言之姑听之，豆棚瓜架雨如丝。料应厌作人间语，爱听秋坟鬼唱诗。"

走出蒲松龄故居，沿村内的石径蜿蜒行至柳泉。柳泉，昔日的通衢大道，东至青州西至济南，是300年前蒲松龄煮茗备茶，招待贩夫走卒、过路旅客，搜集整理素材的地方。这柳泉的水，三四百年间安于弹着清波漱着卵石逶迤前进，不曾往高处攀登，阳光下，发出粼粼的光波，泉面的光影在水中碰碎了，那光点却又层层生浮起来，接近水面时，又摇曳而下，似乎泉底有异人在调弄。可是在怀念那个在此手拿笔管，口叼烟袋，招待来往过客的煮茗人？历史的印痕小心翼翼地隐含在每一滴水里，每一粒土中。能够理解他们的人，却是少之又少。蓦然记起一句话："有时候，一个人走了，才使人更加觉得他的存在。这种存在的由来，根本在于他曾经做了些什么。"

凡是灵魂中富有人性的光辉，具有正直的品格，而旨在为平等公正的社会奔走呼号的人物，在很多时候都要承受郁愤与孤独。他们往往较少享受别人之所享，多思别人之所思，甘当别人不愿担当之重负。有的人生前未得殊荣，甚至终生未享受到应有之评价与理解，却未见他们反悔，一直默默坚持着他们的所为。这就是一种人生哲学，一种坚定的信念。作品中超越时空的精神力量，却影响着一代代心灵。"地以人传"，这是一句多么经典的话语。寻访蒲松龄故居，这一路走来的风景与其他城市仿佛没有什么不同，却又别有一种意味充溢其间，有一种难以消泯的艺术气息。一位文坛巨擘，一部短篇小说，如此深深浓浓地熏染着整个城市，成了300年来文人墨客必愿一瞻之所在。这，就是文学的魅力。

再一次凝视蒲松龄沉思的塑像，尽力破译这内涵的隐语，他似乎在说：我生前住在这里，从来也不曾离开过。仆仆风尘中，历史的动态如映画，未曾亲历，却恍如在眼前。

人生自是有情痴

忆昔宿卫明光宫，楞伽山人貌姣好。
马槽狗监共嘲难，而今触痛伤枯槁。

——曹寅《题楝亭夜话图》

这是红楼梦的作者曹雪芹祖父曹寅写的一首怀念纳兰容若的诗。楞伽山人即清朝第一才子纳兰容若，这是他在爱妻亡故后为自己起的别号。白居易《见元九悼亡诗因此以寄》中诗云："夜泪暗销明月幌，春肠遥断牡丹亭。人家此病治无药，唯有楞伽四卷经。"李贺《赠陈商》诗"长安有男儿，二十心已朽。楞伽堆案前，楚辞系肘后。"纳兰自妻子卢氏去世后，心如枯槁，自名楞伽山人，暗示心朽之人无药可治，唯一的光亮就是四卷金经。

当年，纳兰与曹寅曾一起师从徐乾学。二人又同在京城内务府中，很是交好。内务府设有养狗处，曹寅以蓝翎侍卫充任养狗处头领，与时任御前侍卫服侍皇帝之余还要服侍御马的容若，一个狗监，一个马曹，常常想开对方玩笑却不免自嘲一番。经年之后物是人非，当年狗监马曹的经历成了触绪伤怀的记忆。斯人已逝，音容宛存。康熙二十三年，康熙第一次南巡，这是时年30岁的容若最后一次旅途。途径南京，留下一组《忆江南》拜访曹寅，也留下了以后枝繁叶茂、光耀万世的文学种子。曹寅小容若4岁，早年做过康熙侍读，后做御前侍卫。同样是年少得志，文采斐然的青年才俊，自幼与容若交好，惺惺相惜。此刻正在南京任江宁织造，已是富甲一方。曹家世代为家奴，曹寅母亲做过康熙的乳母，曹寅父亲曹玺被派往南京做了江宁织造。从此，曹家成为南京大族。多年以后，乾隆晚年，和珅呈上一部《石头记》，乾隆看过许久，掩卷长叹，"这书里写的，不就是明珠的家事么！"《石头记》即《红楼梦》，作者曹雪芹就是曹寅的孙子。《红楼梦》主人公贾宝玉的原型，就是曹雪芹祖父曹寅的同科挚友纳兰容若。

纳兰，名性德，字容若，满族人，清朝第一大词人。王国维认为其词"北宋以来，一人而已"，纳兰容若是继辛弃疾后的中国最高成就词人，有着赤子一样澄澈心怀的痴情种子，一个赤诚、钟情、才华的传奇。纳兰生于顺治十二年，公历1655年1月19日，父亲纳兰明珠历任内务府总管、弘文院学士、兵部尚书、吏部尚书、武英殿大学士、太子太傅、太子太师；母亲爱新觉罗氏为英亲王阿济格第五女，一品诰命夫人。这样的家世，称得上是天生贵胄，可谓锦衣玉食。康熙十三年，20岁的纳兰迎娶十八岁的卢氏为妻。婚后的日子，诗词唱和，浓情蜜意。

康熙十五年，卢氏怀孕，要临盆了。如张敞画眉一样，容若用自己练就多年的丹青手段为妻子画像。

"旋拂轻容写洛神，须知浅笑是深颦。十分天与可怜春。掩抑薄寒施软障，抱持纤影藉芳茵。未能无意下香尘。"容若眼中的妻子，也如曹子建乍逢洛神。画中的女子，眼前的女子，怎样都是美，就连皱眉嗔怪也是一种浅笑。婚后三年的这段日子，可谓纳兰人生中最美满的时期，家世显赫，才华横溢，夫唱妇随。然而世间的爱，似乎总有一个定数，太过黏稠，便会消耗过快。康熙十六年五月三十，卢氏生子海亮，死于难产，时年21岁。"点滴芭蕉心欲碎，声声催忆当初。欲眠还展旧时书。鸳鸯小字，犹记手生疏"。从此纳兰词风骤变，再不是以前的欢快缠绵，而是充满了令人窒息的悲伤。再也不敢想起，却永不能忘记，上天此前给予他的一切幸福，只是为了让他伤得更痛。他一头扎进书房，书桌摆满古今各大易学名家专著。纳兰浑然离开现实，把自己锁进了另一个世界。

卢氏去世后，纳兰将灵柩停放在双林禅院，迟迟不肯下葬。他只想多留几天，一留就是一年有余。这一年多时间，纳兰滞留于这寂寞的禅院，看佛灯明灭，听梵音经唱。一部《楞伽经》不知读了多少遍，抄了多少遍。不求成佛不求长生，只求让妻子复生，继续恩爱。"佛说楞伽好，年来自署名。几曾忘夙慧，早已悟他生。"一声声泣血的请求，终挽不回逝去的生命。

　　春情只到梨花薄，片片催零落。夕阳何事近黄昏，不道人间犹有未招魂。
　　银笺别梦当时句，密绾同心苣。为伊判作梦中人，长向画图清夜唤真真。

　　他想起二人曾经共读唐朝诗人杜荀鹤的《松窗杂记》，里面有个赵颜的故事。赵颜是一位唐代进士，他在画师那里得到一幅软幛，画着一位清丽绰约的女子。赵颜惊叹"世间不可能有这样的女子，若可获得她生命，我愿娶她为妻。"画师回答"这幅画大为神奇，画中女子叫真真，听说只要有人愿意连呼其名百日，昼夜不歇，她就会为精诚所感，应声作答。这时候，只要再以百家彩灰洒灌之，真真就会走向画幅，获得生命。"这也许只是一个传说，但赵颜竟然照做了。百日之后，果然金石为开。一切已成回忆，如今换做纳兰自己，于漫漫长夜声声呼唤爱妻的名字。
　　他还记得与卢氏同读《世说新语》，里面有个故事被当作反面教材，说是荀奉倩惑溺于儿女之情，世人当引以为戒。讲的是荀奉倩与妻子感情笃深，一次妻子患病，身体发热，当时正是寒冬腊月，荀奉倩情急之下，脱掉衣服，赤身跑到庭院，冻冷自己，再回来为妻子降温。如是不知凡几，妻子终归离他而去。荀奉倩也病重不起，随妻子而去。
　　纳兰喜欢这个故事，深深理解被斥为反面教材的荀奉倩，他一样甘愿用火热的身心为卢氏取暖，甘愿耗尽生命换来与卢氏一生相伴。

　　辛苦最怜天上月。一昔如环，昔昔都成珏。若似月轮终皎洁，不辞冰雪为卿热。

  无那尘缘容易绝。燕子依然,软踏帘钩说。唱罢秋坟愁未歇,春丛认取双栖蝶。

  一年后,纳兰将卢氏灵柩移出双林禅院,葬入皂甲屯祖茔。容若"悼亡之吟不少,知己之恨尤深",纳兰对卢氏的爱,不只是丈夫之于妻子,更是诗人一生中唯一的红颜知己。

  纳兰的词,爱情是大主题,这得之于一个"真"字。"诗乃心声,性情中事也",因为他的作品发乎真性情,因此拥有了长久的生命力,获得了极高的成就。他完全没有自己所处那个时代普遍存在的男尊女卑、将女人当作传宗接代的生养工具的思想与做派,而是将妻子当作精神交流的知音。

  公元1685年,五月二十二日,容若31岁。渌水亭,为梁佩兰设宴,拟编撰一部词集。赋诗《夜合花》,这一天刚吟罢花的成双,第二天即病倒,一连七日,不汗而死,是日,夜合花谢。纳兰逝于康熙二十四年(1685)五月三十日,与他的爱妻卢氏死于同月同日,即纳兰在卢氏去世八年整的那一天。往事再现,往日难再。从此,曾经的繁华绮丽,欢爱缠绵,都只空付云烟。

  纳兰容若一生著述颇多,与老师徐乾学主编的儒家典籍丛书笔记《通志堂集》含诗词各四卷、赋一卷、经解序三卷、文二卷;与顾贞观按自己的标准筛选当代词坛佳作,汇编《今初词集》;《渌水亭杂识》四卷笔记;"侧帽花前风满路"年少风流时代《侧帽词》;经历过生离死别"如鱼饮水冷暖自知"的《饮水词》。其中,词和经解获得过梁启超的赞誉。《纳兰词典评》记载:清词号称中兴,盛况远超两宋。创作理念与艺术手法较两宋有长足发展。

  在纳兰所有著述中,无疑以《饮水词》的艺术成就最高。《饮水词》由当时的"红豆词人"——扬州文人吴绮作序。"非慧男子不能善愁,唯古诗人乃可云怨。"顾炎武的曾孙顾贞观又作《饮水词序》:非文人不能多情,非才子不能善怨。愁与怨本是人所共通的情感,但要把愁和怨形诸文辞,则非慧男子、古诗人不可。这,恰是容若的魅力与气质。

浓抹山川写性灵

莱州人杰地灵，物产丰饶，曾治州府。提起莱州知府，人们常会联想到与王羲之齐名的"北方书圣"，光州刺史郑道昭，以及宰相之子，宋代著名女词人李清照之夫，《金石录》作者赵明诚。

然而很少有人记得，莱州历任知府中，还有一位被清代袁枚极力推崇的乾嘉时代性灵派著名诗人张问陶。

张问陶（1764-1814），清代官员、著名诗人、书画家。字仲冶，一字柳门，因故乡四川遂宁城郊有一座孤绝秀美的小山，形如船，名船山，便自号船山，也称"老船"，因善画猿，亦自号"蜀山老猿"，其诗被誉为清代"蜀中诗人之冠"。乾隆五十五年（1790）进士，曾任翰林院检讨、都察院御史、吏部郎中。后出任山东莱州知府，因违背上官意志，辞官居吴县（今苏州）虎邱。

问陶自幼受家庭熏陶，在其父直接教导下，与兄问安、弟问莱发愤攻读。家里因此出现了世界诗坛罕见的"三兄弟三妯娌诗人"，即张问陶及其兄问安、弟问莱、嫂陈慧殊、妻林韵徵、弟妇杨古雪均是诗人。张问陶饱览群书，博研名画，勤学苦练，少年时即崭露才华，被誉为"青莲再世"。

嘉庆十五年（1810）七月，张问陶出任山东莱州知府。张问陶赴任后，即栉风沐雨，跋山涉水，深入所辖七邑了解民情，并清理积案，考试童生，奖掖后进。他为官清正廉明，审理案件及时，且不徇情枉法，深得民心。其断案所下判词，简切透辟，后人奉为典范，曾多次编选印行。莱州辖区掖县、即墨两县农业减产,平度、昌邑、高密、潍、胶五州县遭严重水灾,村落萧条,民生困苦,问陶面对这般现实,痛如切肤。他具报请予减免缓交税租,并发放积谷,以赈济饥民。因为此事,爱民如子、正直耿介的张问陶与上官意见不合,因此辞官归隐,两年后郁郁而终。

嘉庆十七年(1812)三月以生病为由辞去莱州知府之职,行前,他牵挂莱州百姓歉收,民有饥馑,便将自己多年积蓄捐谷七百石赈济七个州县的饥民。他上辞呈后曾写诗自述:"二十三年指一弹,非才早愧不胜官。……云衣久已轻如叶,虎背抽身也不难。"离莱州时,又写诗自白:"绝口不谈官里事,头衔重整旧诗狂。"这些诗句反映了他对官场生活的愤懑和沉重心情。他在《平度昌邑道中感事》诗中写道:"天意苍茫地苦贫,救荒无策愧临民,辞官也作飘零计,忏尔流亡一郡人",真是寄情于民了。到吴门时,他病情加重,便留虎丘寓所,自号"药庵退守"。51岁的张问陶心念百姓而无能为力,积劳成疾,医治无效,于嘉庆十九年,在苏州寓所去世。张问陶去世时,家境贫寒,三个尚未出嫁的女儿无力扶灵柩回乡,一年后得鲍勋茂(字树堂)太仆等人资助,才归葬于故乡四川两河口祖茔。他两袖清风,英年早逝,令人扼腕叹息。张问陶不仅政绩卓著,为官清明,而且才华横溢,成绩斐然,是一位著名的诗人、书画家,曾著诗作《船山诗草》。

张问陶主张诗歌应写性情,有个性。他的诗论与性灵说相吻合,为袁枚所称赏,成为嘉庆时期性灵派的重要人物,与乾隆时期性灵派的代表人物袁枚、赵翼鼎足而三,占据乾嘉性灵派殿军的地位。清代袁枚是乾隆诗坛盟主、性灵派主将,晚年因洪亮吉的推荐,与张问陶相识,并大加赞赏,极力推崇:"吾年近八十,可以死;所以不死者,以足下所云张君诗犹未见耳!"袁枚视船山为生平"第一"知己,可见船山之才,非同一般。

对于诗歌的审美特征,袁枚性灵说要求灵活、有生趣、风趣,张问陶则主张空灵、有真趣,二者颇为接近,但亦有区别。张主张写诗要"浓抹山川写性灵"。张问陶重"空灵",内涵要广,它不仅要求意象灵动，而且追求意境深、韵味长，是一种高境界，故又称"诗到空灵艺始成"（《孟津县寄陈理堂》）。

　　他在文学上表现出的不循陈俗、卓然峭拔的思想和在艺术上的探求精神，以及一身正气两袖清风的品德，奠定了其在中国思想界、文化界举足轻重的地位。正如巴蜀文化研究专家——四川大学彭静中先生所云："综观船山行藏，他立德、立功、立言，是一位三不朽的杰出人物，他的高风亮节，永远为全国人民尤其是人民所爱戴和景仰。"

一代帝师翁同龢

翁同龢，生于1830年，卒于1904年，今年（2014）是翁同龢逝世一百一十周年。翁同龢字叔平，号松禅，祖籍江苏常熟，生于北京，其父是清朝要员。翁同龢为咸丰六年（1856）状元，官至协办大学士，户部尚书，参机务。先后担任同治、光绪两代帝师。光绪戊戌政变，罢官归里。他是中国近代史上颇有影响的政治家、书法艺术家。

翁同龢生于北京，但幼时曾随其母回原籍常熟，并在乡攻读。咸丰年间金榜题名，高中状元。翁同龢经咸丰、同治、光绪三朝，曾历任刑、工、户部尚书，并两度入军机处。因支持康梁等人变法，力主光绪皇帝亲政，戊戌政变后被慈禧太后罢免，于1898年6月敕令回乡，交地方官"严加管束"。直到6年后辞世再未回京城。蛰居于常熟城外一幽静之处，起名"瓶庐"。他久居京师高层，深知世事险恶，故于瓶庐深居简出，闭门谢客。却依然时刻牵挂光绪皇帝，静观时局变化。

这位晚年遭贬的古稀老师，致力于学问，整理完成了《瓶庐诗文稿》和《翁文恭公日记》。这本长达四十册的日记，始于咸丰八年七月，终于光绪三十年五月，直至临终，仍然笔耕不辍，留下了内心与外部世界的共语。在这部长达46年的日记体著作中，从一个侧面反映了咸丰、同治、光绪三个时期的重大历史事实。

翁同龢的一生，正值清期由强盛至国力衰弱，列强入侵瓜分中国的多难之时。面对国运衰落，翁同龢始终以积极的态度面对，希图改变现状。在中法战争中，他坚决支持两广总督张之洞抗击法军入侵；在甲午战争中，他反对李鸿章求和，并支持拥护光绪帝的变法主张。在国家危亡之际，翁同龢始终以捍卫国家命运和主权为己任，不肯失掉气节与原则。

翁同龢状元出身，文字遒劲洒脱，字体隽永秀逸，是中国近代史上著名的政治家和书法艺术家，以书法闻名于世绝非虚誉。他是一位自成一体、卓有成就的真正书法大家。看过翁同龢的字体，又使人联想到迄今发现的中国唯一一份状元卷——明代山东青州考生赵秉忠的卷子。清秀工整的毛笔字一气呵成，无一涂改。由此可见，在封建时代应试体制下，考生书法功底的深厚，遑论那些高中状元者，更是必然有卓异之才。这类例子，在历代状元中比比皆是，如南宋时期既是诗人又是民族英雄的文天祥，都是既有满腹经纶，又有治国之雄心韬略。

回顾翁同龢的一生，是清末一代政治家走过的一条曲折坎坷之路，是中国近代改良主义失败的真实记录，也是百年风云变幻、人生百态纷争的一个缩影。

隐去庐山真面目

最早知道庐隐，是在初中时。那时我迷恋上了五四新文化运动时期的作家作品，遍读了郁达夫的《沉沦》、徐志摩的《毒药》、丁玲的《莎菲女士的日记》等一系列作品。就是在那个时期，接触了庐隐的散文集《海滨故人》，书里那几个青涩年华、轻愁薄恨的女子，正是我当时的年龄和心境。于是对这个名字有了深刻的印象。

庐隐（1898年5月4日—1934年5月13日），原名黄淑仪，又名黄英，福建省闽侯县南屿乡人。笔名庐隐，有"隐去庐山真面目"的意思，是五四时期著名的作家，与冰心、林徽因齐名并被称为"福州三大才女"。在五四女作家中，庐隐是创作小说最多的一位。在她36年短暂的生命中，她以旺盛的热情笔耕不辍，留下了大量小品文、游记和杂文，也留下了文友间惺惺相惜的人间佳话。她的作品包括人生哲理：《美丽的姑娘》《春的警钟》《夏的歌颂》《我愿秋常驻人间》《吹牛的妙用》《屈伸自如》《监守自盗》；身世感怀：《雪天》《孤独的生活》《饿》《烦扰的一日》《永远的憧憬和追求诗评》；文友风貌卷：石评梅写给庐隐的《给庐隐》，庐隐为石评梅写的《祭献之辞》《石评梅》，谢冰莹、冯沅君为庐隐写的纪念文章《黄庐隐》《忆庐隐》。

庐隐生于福建一个官宦人家，5岁时父亲不幸去世。年幼的庐隐随母亲寄居到在北京的舅舅家。因家庭的影响，庐隐从小反叛、独立，有着男孩子般倔强的性格。她喜读庄子，满怀出世之想。但这时正值彻底的反帝反封建的"五四"运动蓬勃兴起之际，许多新的学说激荡着她，许多闪光的思想照耀着她，她痛恨封建礼教，向往光明自由，她的灵魂里浸透了叛逆精神。"我羡慕英雄，我服膺思想家"。

庐隐曾在家人的反对下，18岁时与表亲林鸿俊订婚，后因感其平庸，又自行解除婚约。1923年夏，她不顾家庭、朋友的反对和强烈的社会舆论谴责，与有夫人的无政府主义者郭梦良南下在上海一品香旅社举行了婚礼。婚后继续她的著作生涯，写出了《胜利以后》《父亲》《秦教授的失败》等短篇小说。1925年7月，她出版了第一个短篇小说集《海滨故人》之后不久，不幸突然向她袭来：郭梦良因肠胃病竟一病而逝。

这时，她身边已经有了一个女儿，她的精神受到打击，心里充满了绝望的哀伤。她忍耐着痛苦，带着孩子，送郭梦良的灵柩回到家乡福州安葬。她在郭家居住时，在福州女子师范任教。郭的前妻对她并不坏，只是婆婆太刻薄，处处对她迫害，连晚上点煤油灯都要遭到恶骂。她实在无法忍受，便带着孩子，像一只没有篷的小船，被命运驱赶着，从福建漂泊到了上海。在福州，她写了《寄天涯一孤鸿》《秋风秋雨》和《灵海潮汐》等短篇和散文，记载着些暗淡生活里的暗淡日子和构思。

虽然庐隐在主观上是要求前进的，虽然她具有男人的气质，但她毕竟是一个女人，她对现实的认识是模糊的，因此她找不到希望。自比狡兔三窟的孟尝君，灵魂却无处安放的庐隐"灵魂既经苏醒，灵的感官便与世界万汇相接触了"。"至于秋的犀利，可以洗尽积垢；秋月的明澈，可以照烛幽微；秋是又犀利又潇洒，不拘不束的一位艺术家的象征。"李大钊曾经感叹过："她那顽强的反抗精神是可贵的，如果用于革命多好啊！"

1928年，她认识了比她小九岁的清华大学的学生———位乐天派的青年诗人李唯建。他是一位向着生命的途程狂奔的青年。他们相识不久，由友谊便发展到了恋爱。这时，她从"重浊肮脏的躯骸中逃逸出来了"，她成了一朵花，一只鸟，一阵清风，一颗亮星；她觉得"前面有一盏光明的灯，前面有一杯幸福的美酒，还有许多青葱的茂林满溢着我们生命的露滴""宇宙从此绝不再暗淡了"……似乎是爱情又一次照亮了她！于是1930年秋，她又不顾一切，宣布与李唯建结婚了。他们东渡日本，寄居在东京郊外，努力开垦他们成熟的爱情生活和创作前程。

  与李唯建婚后的四年，是她一生最快乐最幸福的时光。庐隐一生受了很多苦，当她正享受着家庭的温暖和爱情的甜蜜时，不幸发生了。1934年5月，36岁的庐隐因难产手术流血不止，高烧不退，于13日11点20分逝世于上海大华医院十四号病室。

  一代才女，香消玉殒在最美好的年华里。终其一生都在寻找爱和温暖，却命运多舛，情感历经沧桑。就这样，她带着不甘与遗憾，匆匆离开了这个世界，离开了两个年幼的女儿，从此骨肉分离。

才华卓绝外交官

中国当代史上，有许多优秀的女性，在历史的长河中，闪烁着熠熠的光辉。如妇女解放运动中"若论女士西游者，我是支那第一人"的康同璧；中国现代第一位大学女教授超才女子陈衡哲；当代中国共产党第一位新闻发言人龚澎——这些卓尔不群的女性，以她们的才情和事业，为世人留下诸多佳话，成为一代代女性的楷模。

龚澎，中国共产党的第一位新闻发言人、新中国外交部的第一任新闻司司长、外交部部长助理……一个才华卓绝、永垂青史的杰出女子。

龚澎祖籍安徽，1914年出生。父亲龚镇洲是辛亥革命时期的著名党人，母亲徐文是黄兴夫人徐宗汉的堂妹。在这样的家庭环境下成长起来的龚澎从小酷爱读书，知性优雅，志向远大。

1933年，才貌双全的龚澎以优异的成绩考取了燕京大学历史系，并很快展露出了其过人的胆识与才华。当时正值革命时期，在那场声势浩大的"一二·九"学生运动中，龚澎脱颖而出，担任主持代表燕京大学，更是代表中国向各国记者明确表达了中国人民的爱国心声。这是她参加的第一场新闻发布会，也为以后走向外交舞台打下了基础。

1938年，龚澎毕业不久，毅然而然奔赴革命圣地延安，此后不久又到重庆，担任周恩来的外事秘书和英文翻译。周恩来称其为"外交部女性的一面旗帜"。

在周恩来的领导下，她成为中国共产党第一位新闻发言人。在与各国通讯社的交往中，她以流利的英语、缜密的思维、机智的反应、美丽的品貌，给外国记者留下了深深的、几十年后仍然记忆犹新的美好印象。在西方媒体老一代驻华记者的眼中，她是"寰球新闻界最出类拔萃的妇女"。

1943年，龚澎与乔冠华喜结连理，毛泽东称他们是"天生丽质双燕飞，千里姻缘一线牵。"1949年新中国成立，年仅35岁的龚澎在外交部担任第一任情报司（新闻司）司长，成为当时正司级干部中唯一的女性。1954和1960年，龚澎两次出席日内瓦会议。在参加第二次日内瓦会议时，周恩来亲自提名，任命龚澎担任中国代表团首席发言人。

西方最具权威的中国问题专家之一，哈佛大学终身教授费正清曾评价说："龚澎的性格里既有青春的朝气，又有对中国共产党事业的坚定信念，再加上随军记者所特有的敏锐观察力和清新的幽默感……她那充沛的生命力使人如同呼吸到了一股新鲜空气。"

夜色微凉，繁华已逝，流年却仍安然无恙。时光的隧道中，蓦然回首，龚澎，一个美丽出众、知性优雅的女子，仍在灯火阑珊处。

求善到永远

说来惭愧，我第一次知道这个名字，是在2013年6月14日《文艺报》上，刊登了一则讣告。女作家梅娘同志因病于2013年5月7日在北京逝世，享年92岁。孙嘉瑞，笔名梅娘，女，吉林长春人。1941年毕业于日本神户女子大学。1949年任北京第三十六中学教师，1952年任中国农业电影制片厂编辑。1937年开始发表作品。1994年加入中国作家协会。著有《鱼》《梅娘》《梅娘近作及书简》等，译著《母系家族》《玉米地的作家》等。

因着对这个名字的好奇，我开始留意关于作家梅娘的资料。梅娘是40年代与张爱玲齐名的现代女作家，祖籍山东招远，1920年生于海参崴，长于长春一个仕宦大家庭。本名孙嘉瑞，另有敏子、孙敏子、柳青娘、青娘、落霞等笔名，早年丧母，梅娘谐"没娘"之音。梅娘于11岁考入吉林省立女子中学，17岁出版中学时期习作集《小姐集》，随即赴日本求学，20岁出版《第二代》，其创作由单纯描写"小儿女的爱与憎"发展为"横透着大众的时代的气息"。1942年归国，受聘在北平《妇女杂志》任职，先后在《大同报》《中华周报》《民众报》《中国文艺》《中国文学》《华文大阪每日》《妇女杂志》发表小说、散文及翻译作品，并结集为《鱼》《蟹》出版，在华北沦陷区影响广泛，分别获得"大东亚文学赏"的"赏外佳作"和"副赏"。她的作品以婚姻恋爱为题材，凸显追求独立、自由的女性形象，关注女性的生存状态与困境。当时有人评论说："不仅在满洲，在当今的华北，梅娘也是首屈一指的一流作家，创作历史已近十年，是真正地献身于文学的女性，她那丰富的创作力在当今的女作家中当属罕见。而且，不仅在创作，还在译著，可以说梅娘的文学前途无可限量。"1942年北平的马德增书店和上海的宇宙风书店联合发起"读者最喜爱的女作家"评选活动，梅娘与张爱玲双双夺魁，从此有"南玲北梅"之誉。

梅娘一生坎坷，可谓经历传奇。祖籍山东，出生于东北。梅娘之父，是东北实业巨子孙志远。"九一八"事变，粉碎了他实业救国的壮志。不久，孙志远拒绝受聘担任"满洲国"中央银行副总裁和"通产大臣"的职位，举家辗转华北，他联络石友三、韩复榘等各地军政大员共谋抗日，终无结果，后被迫回到被日军占领的故土。1936年，孙志远在忧愤中病逝。这一年，梅娘16岁。梅娘父亲生前好友张鸿鹄（周恩来好友，周总理那首"大江歌罢掉头东"的名诗即是赠给他），时任哈尔滨电业局局长，他说服了孙家，送梅娘赴日留学。期间梅娘认识了在日本内山书店打工的中国留学生柳龙光，二人开始了为孙家所不容的自由恋爱。孙家断绝了对梅娘的经济援助，两颗年轻的心，在如饥似渴寻觅救国的道路上，始终紧紧连在一起。梅娘和柳龙光身边聚集了一批中日反战作家。与此同时，梅娘笔下流淌出的文字，也浸透了身世之悲和家国之痛。1942年，梅娘发表《鱼》《蟹》及大量短篇小说，她的写作在这一年达到巅峰。这一年，梅娘与柳龙光回北平定居，她受聘北平《妇女》杂志做编辑记者。梅娘怀上了大女儿柳青，6年后，柳龙光遇海难身亡，梅娘从此与孩子相依为命。

梅娘于1949年8月定居北京，并参加了北京市大众文艺创作研究会。她曾被打成"日本特嫌""右派"，开除公职16年。1978年平反后开始在文学史上"复活"。1997年，被列入现代文学百家，她的大幅照片摆放在中国现代文学馆的醒目位置。

1957年，梅娘被划为"右派分子"，开除公职，写作权力被剥夺，被送进地处北京昌平的一处劳改农场。因无人照料，她体弱多病的二女儿被强制送进福利院，不久因病夭折，家中只剩正念中学的柳青带着年幼的弟弟艰难度日。"文革"中，梅娘的儿子染上肝炎，治疗不及时，于1972年死去，从此，梅娘只剩下柳青一个亲人。柳青被作家史铁生视为"自己写作的领路人"。在史铁生看来，正是这位大女儿，让"孙姨"（史铁生这样称呼梅娘）有了决心活下去并且"独自歌唱"的理由。

那是1972年，史铁生的腿开始出毛病。那时悲观、绝望的他常常听同学说起一位邻居老太太孙姨，并以孙姨的故事鼓励他。孙姨是一位没有工作的老"右派"，"她的女儿在外地，儿子病在床上好几年了""她只能在外面偷偷地找点活儿干，养这个家，还得给儿子治病""可是邻居们都说，从来也没见过她愁眉苦脸唉声叹气""她要是愁了，就一个人在屋里唱歌""等你出了院，可得去见见她""保证你没见过那么乐观的人。那老太太比你可难多了"。

那时，史铁生并不知道孙姨就是梅娘。后来，他撰文称"历史常就是这样被割断着、湮灭着。梅娘好像从不存在。一个人，生命中最美丽的时光竟消散得无影无踪。一个人丰饶的心魂，竟可以沉默到无声无息。"

两年后，史铁生第一次拜会梅娘时，他知道梅娘刚刚失去了一双儿女，为了生活，老人天天出去给人当保姆。梅娘乐观的生活态度，给了史铁生生活的勇气。

二十世纪八九十年代，随着张爱玲热得空前高涨，曾与张被称为"南玲北梅"的梅娘再次引起关注。对于这一称呼，梅娘自有她的判断，"张爱玲曾给与我的震撼"，是与"我感到的遗憾"相当的："掩卷之余，一缕惆怅兜上心来，仿佛流苏在我耳边絮语：'倾城之际，你要抓牢男人！'我反问了，为什么是抓牢男人，而不是与男人共同奋进呢？"她说，"我盼望能在张爱玲那如椽的大笔中，看见奋发图强的女侠，看见女人们在新的主义中获得新生。可她让我看到的是曹七巧、是流苏。我一点也不喜欢流苏，更憎恶曹七巧。流苏是我熟悉的拴在男人裤腰带上享受荣华富贵的我的大姐们，而曹七巧是比逼走我生母的掌家夫人更泯灭了人性的恶婆。"

寥寥数语，让我们看到了一个大气、坚强、内心强大的女作家。

使她得以在任何挫折之下，都拥有心灵的安稳，而不必向外在的世界寻找安慰，"如果问我为什么能阅尽沧桑活到耄耋之年的秘密，那很简单，一颗永不休止的求善之心而已。"梅娘文学之外的精神，更值得人们深思、敬仰。

当时只道是寻常

最近网上盛传仓央嘉措的诗歌《见与不见》，最喜欢的是最后两句："默然相爱，寂静欢喜。"仓央嘉措（1683-1708），清康熙年间六世达赖喇嘛，清代著名的情歌王子，24岁后不知所终。短暂的一生，传奇的经历。

由此想起了比之年长同样生活在康熙年间的另一位才华横溢、细腻多情、永不老去的翩翩少年——清代第一词人纳兰容若及他的《饮水》词，尤其是那首著名的《浣溪沙》："谁念西风独自凉，萧萧黄叶闭疏窗，沉思往事立残阳。被酒莫惊春睡重，赌书消得泼茶香，当时只道是寻常。"这是纳兰为怀念亡妻卢氏所作。每读及此，脑海里便会浮现出这样一幅生动的画面：纳兰容若拖着病体在花园散步，立在斜阳下沉思往事。他想起那次自己喝醉了，睡意醺然，是卢氏为他把被角掖合。他想起和那个女子比谁的记忆力好，比记得某个典故记载于某书某页，查看时胜者饮茶庆贺，不小心泼洒了茶水，结果书本之上留得一缕清香。可是那人已永远离开他了，他目睹她撒手离去。抬头看着秋日残阳，心如寒冰。爱妻辞世，他恍然感叹"当时只道是寻常"。往事在当时都是寻常的，如破碎在光阴里的日出日落，只有在它永远成为往事时，才会觉得西风独自凉，也只能在经过留有那个人往事痕迹的每一个角角落落里，独自呼唤着那人的名字。

这样的感觉在纳兰之后不久，雍正执政时期的另一才子曹雪芹在其"都云作者痴，谁解其中味"的名著《红楼梦》中，再一次淋漓尽致地刻画出来。在其第三十一回"撕扇子作千金一笑，因麒麟伏白首双星"中，晴雯撕扇时那个娇俏伶俐的少女依然在我们眼前嗔闹嬉戏，一瞬间，却已是"黄土垄中卿何薄命"。引得后世多少读者唏嘘不已，不忍卒读。一个女子，无论拥有怎样华丽的地位抑或卑微的身份，在她的内心深处，要的总不过是一份细水长流的相守与深入骨髓的怜惜。纳兰与曹雪芹，有些相似的家庭背景，同样的多愁善感，痴情而又多情。也唯此二人，才能够如此地懂得，而写出那样的词，那样的文。

穿越恍惚岁月的烟尘，时光把我们带到繁华又苍凉的民国，读到了一个叫张爱玲的才女。再一次诠释了"只道寻常"的无奈与惆怅。"也许只是赌气，也许只是因为小小的事。幻想着和好的甜蜜，或重逢时的拥抱，那个时候会边流泪边捶打对方，还傻笑着。该是多美的画面。没想到的是，一别竟是一辈子。"人生的路上，我们在意的总是太多太多，总是疲于奔命，因而全然忘却脚下正在盛开的花朵，漠视与你一路走来的亲人、爱人和朋友。人的一生，有时真是很讽刺，一转身可能就是一世。"此情可待成追忆，只是当时已惘然。"

"在茫茫人海中，时间的荒野里。遇到该遇到的人，不早一步也不晚一步。那他没有什么可说的，唯有轻轻问一声：'哦，原来你也在这里。'"想起了一位朋友说过的一句话：生命本是一场漂泊的旅途，遇到谁都是一个美丽的意外。

让我们，珍惜，在此刻。

文学正道是沧桑

台湾诗人余光中有句名言：什么都是忙出来的，只有文化是闲出来的。这话的深意是，文化的内核是安静从容娴雅的，速度的结果是速朽。放低取舍的功利心，方能留下精品。

在网络化的今天，已经进入一个全民写作的时代，尤其是散文。在一般人看来，散文似乎是最容易写的文本。因此，散文题材包罗万象，内容芜杂。如游记散文，小女子散文，随笔性散文，大文化散文等等不一而足，似乎进入了空前繁荣。然而散文易写而难工，很多散文题材不够广泛，格局不够宏大，随意性太强。或者没有筋骨，只有血肉，像一个懒散的人，东倒西歪；或者逻辑混乱，没有章法，仿佛一个小脚老太太唾星乱溅，絮絮叨叨，而终不知其意。

高尔基说过："文学即人学"。文学就是写人性的，文字只是个外壳，思想和底蕴才是风骨。文字所承载的使命，最终目的是警示世人，启迪后人，传承文化；而非宣泄自己，一味表达小我。小说是写世人的，散文是写自己的。要写出好的散文，作者就要具有心怀天下的胸襟，包容万物的气度，能够给人带来正能量，让人感觉温暖和温润。

有的人是天生为文字而生的，大多数作者靠生活、积累以及才华和后天的修炼。除了极少一部分作家属于前者之外，包括很多知名作家在内的大多数写作者都属于后者。后者要想成为成功的作家，更需要天赋、勤奋、悟性。需要不断学习，做好后天的知识储备和境界格局的提升。真正的好文字是行云流水，而不是刻意雕琢。行云流水的文字，都是内心情感的自然流露，尤其是散文。散文的意境，最能体现出作者自身的气度、学养、阅历、性情。

汤显祖把人类划分成了两个天下："有情天下"和"有法天下"，那是两个完全不同的世界，完全不同的两种生命。几百年前是这样，几百年后也仍然如此。那个"有情天下"，就在这具身体之中，这个肉身的生命深处，与它同在，不可剥离，亦无从背叛。文字的使命，就是弘扬有情天下的真善美，抨击心灵深处的假恶丑，教化育人，已达到有法天下的向善、理性。

文字是有生命的，那些温婉的文字代表着美好，粗俗的语言则彰显着丑陋。每个真正爱好文学的人，都应该小心翼翼，善待文字，让她温暖而美好，有一颗敬畏文字的心。不要亵渎文字，不要用粗鄙的语言破坏那份圣洁的美。

芸芸众生，总要情态各异。文学不仅是观念和美学问题，更不仅是方法和技巧问题，还有作家的问题，时代背景的问题，潜在文化结构问题。文字是有时代性的，不同时期，有不同的文字。何其芳，1934年写出散文经典《画梦录》，1938年写了《我歌唱延安》后，到新中国成立，散文创作几乎停滞。沈从文、曹禺新中国成立后几乎封笔。丁玲从《莎菲女士的日记》到新中国成立后的获奖作品《太阳照在桑干河上》，文风发生了巨大变化。这个历史疑惑最深层次的原因，究竟在哪里？这样一种心态产生的背景和深层次原因是什么？1918年胡适在《新青年》发表的随感录，陈独秀在《一九一六年》中的"以自我为中心"，李大钊在"《晨钟》之使命"中的"自我之绝叫"，都是迎合新思想的表现；二三十年代作家喜欢谈身边琐事，借助小事表现人生的大课题；五六十年代的散文，取材多着眼于国家大事，喜欢从时代激荡的浪花中显现时代风貌；八十年代后趋于抒情、个性书写和内心表达；九十年代末期更私人化，更偏向于偶感录和个人成长。这些创作特征的判断，和时代判断、知识分子的生存状态有极大关联。

散文，有足够的宽度来承担这种责任。1921年周作人以《美文》

一文促成了现代散文观和散文理论的形成。即散文既要有艺术性更要有思想性，所谓文以载道。

　　真正的好文章要追求情浓而意美，要符合艺术发展的规律，做到德、识、才、艺的较好融合。能够做到高层次美学境界与精神理想的统一。要开阔视野，提高社会责任感，既要有丰厚的文化底蕴，更要有恢宏的气度。人间正道是沧桑，这才是文章的意旨所在。

酒与人生

红酒是属于女人的酒,更是属于成熟女人的酒,喝红酒的女人是懂得生活的女人。

古人诗云:葡萄美酒夜光杯。似乎提到喝红酒,总是不乏一些曼妙的意境,总让人产生一些诗意的联想。宁静的夜晚,立于阳台之上,着礼服,点燃香薰灯,月下独酌,恣意邀约窗外皎洁的月亮一起浅吟。慢慢地,浅浅地,端起酒杯,和自己赤裸的灵魂轻轻碰触,进入一种微醺的气氛。不需要语言,不需要武装,不需要伪善。恬静夜,月色妩媚,倾入夜光酒杯,对月映照,波光粼粼,酒香四溢,和着那些能够感到沉醉的记忆,即使没有一个观众,依然会沉浸于一种宁静的氛围中,此时一杯在手,小口品饮,芬芳的醇香中,回味无穷……

红酒赋予女人高贵、典雅、浪漫,让女人风韵多姿,魅力四射。女人最应饮红酒,因为红酒不宜飞觞醉月,杯觥交错,而女人也不宜像男子般推杯换盏,豪饮无度。如果赋予酒以性格,那么啤酒豪放,白酒热烈,红酒温婉。喝啤酒适合三两好友,着T恤牛仔,随意洒脱,白酒适宜着通勤装,严谨端正,而红酒则适合身着洋装,轻轻一抿,便暗香浮动,风韵无限。

郁金香状的高脚杯,与女人的温婉优雅、华美高贵相得益彰。酒如彤体,清亮透彻,其神秘而奔放的香,须在醒酒器中充分醒酒,方得完美释放。犹如低调内涵的女子,需要用心体味,才会领悟其蕙质兰心，腹中锦绣。她的优雅与高贵，风韵与魅力在轻擎酒杯的姿态中方展露无遗。当清冽的甘露滑过喉间，女人自会在甘霖的滋润下舒展出曼妙风情。红酒需浅斟，那醇厚晶莹的深红色液体，只需倒入高脚杯三分之一，四指并拢，与大拇指环握于高脚杯底与杯身连接处最细部分，万不可以指碰触杯体，不仅仅是为了仪态优雅，最重要的是不要使手指的温度与杯体接触，方不会影响酒的味道。饮红酒，以品为主，而不是以量为胜。喝得多了，就失去了品酒的意义。正所谓"美酒饮教微醉后，好花看到半开时。"红酒之所以为女人所喜爱，不仅是它所蕴含的浪漫情怀，更重要的是其保健作用。经常适量饮用葡萄酒，可使血液保持弱碱性，使皮肤柔嫩有弹性，会使女人面若桃花，千娇百媚。

酒瓶开启的刹那，液体黄金澄澈的流淌，从视觉震撼你的心。那清澈有光泽的液体，在女人轻柔的摇动中醒来，让葡萄酒尽情呼吸，然后放在鼻下，利用嗅觉感知气味，或苦涩或圆润或柔顺。朱唇微启，那一口一线，冰冷而又温暖的丝，顺滑入体，贯穿四肢，这就是人生……

酒的味道如人生酸甜苦辣，都要去品尝均衡。一个懂得品味红酒的女人，一定是懂得品味生活的女人。选择了一种饮酒方式，就是选择了一种生活方式；而学会品酒，也就慢慢学会了品味人生。

竹海烟雨

我虽生于北方，但是因唐诗宋词的浸淫，很小的时候，就向往着梦中的江南。仿佛那梦里江南，应该是前生驻足过的地方。那里，始终是我一个无法释怀的梦。"柳枝经雨重，松色带烟深""南朝四百八十寺，多少楼台烟雨中"，心目中的江南，便总是这样与烟雨、与诗意相连。印象中，只有烟雨中的江南才是真正的江南。亭台楼阁人家，古城水巷黛瓦，那印象中的一切，总是撩起无限的向往与遐思。不知道，千里之外的江南，烟雨是否正好？初夏的江南，诗意是否正浓？不知能否遇着那个"撑着油纸伞"的"丁香一样的姑娘"？

带着诗意的向往，在一个初夏的日子，于霏霏细雨中，我梦幻一般，从古道西风的北国，来到了小桥流水的江南。既到江南，总是要体会一下江南的烟雨。安吉的烟雨竹林，会是一种怎样的感受？

最早知道安吉，源于去年初夏。南方一位朋友赠送我两盒安吉白茶，然后通过百度了解了安吉，知道了《卧虎藏龙》中的安吉大竹海，令人神往。没想到，这么快我竟然真的来了，走进了安吉，走进了安吉的大竹海。烟雨中的安吉竹海，比我的想象更别有一番韵味。放眼望去，满目翠碧，竹海中的竹枝挺拔绿叶丰茂，千山万岭高低起伏，竹涛滚滚，浩瀚连绵。阳光下，带雨的竹叶露珠欲滴，叶片上呈现一种丝绒般的质感，毛茸茸细腻可爱；细长的竹竿顶着层层叠叠浓密的竹叶，在微风轻拂中，沙沙微鸣，窃窃私语。微雨中，遥闻竹叶私语，嗅品翠竹清新，让人仿佛身处世外桃源，心情瞬时澄澈空明了起来。

如丝如雾的烟雨，在清晨的微风中轻柔飘逸。带着积久的向往，踏着湿漉漉的小径，沿着穿越而过的小溪，进入诗境般的竹海。氤氲的湿气与竹叶浑然一体，万千摇曳，风华无限。竹叶上的雨露晶莹剔透，斑驳的光影钟灵毓秀，偶尔听得清脆的鸟鸣，抬眼望去却寻不到踪迹。只见翠环碧绕，一怀逍遥，心便寄托于这闲致陶然的物外了。

身处竹海，放眼绿洲，仿佛整个世界都变成了绿色。绿色代表的是青春、激情与活力，真实而又美好。沉寂在绿色静谧的画卷中，唯望时间静止，好好享受这难能可贵的美好时光。江南雨丝竹韵，是一种朦胧的美，所有的景物都披上了一层薄薄的雾霭，如梦似幻，宛如一首诗，一首淡淡水墨的田园画卷。置身于竹的世界，竹的海洋，满目青山苍翠欲滴，潺潺流水清澈见底。无尽的竹海，连绵逶迤。

青翠欲滴直刺云天的竹海岚风拂面，带来阵阵清凉。竹子的高风亮节，格高韵胜，让人心旷神怡。林深山幽，空谷清溪，超然世外。竹林曲径通幽，别有洞天，令人久久驻足，流连忘返。在浩瀚壮观的竹海中，品味其盎然诗意，让心扉浸泡于漫天翠碧，感受心灵的启迪。

离别的时刻终于到了，回首竹海，依然烟雨蒙蒙。微风过处，竹影摇曳，似乎在向客人依依惜别。突然记起一位同行的文友说过的一句话："百草园的路就像文学的路，幽深而又漫长。而前面的风景，越走越精彩。"文学的道路，也总是这样曲折逶迤。坚持前行，总会收获那一路相随的美丽。

生命的歌者

偶然的机会，读到王成祥在其小说集《蛙鸣悠扬》后记中一段关于小说的精辟比喻："小说有着很强的辐射功能，它像一尾机智灵活的鱼儿，可以在社会的汪洋中任意穿行，无孔不入，并且时刻还会弄出阵阵的浪花来。"从这段文字可以看出，作者对小说的热爱和深情。因着这一段话，让我记住了小说，记住了作家王成祥。

近年来，因为自身的际遇，精神始终处于一种压抑的状态。去年冬天，身体出现问题，需要住院手术。那段日子的我，压力很大，茶饭不思。心里明白，要想让自己放松下来，只有分散精力。于我而言，能够给予这种力量的，只有文字。唯有文字能让我忘却烦恼，坦然面对。因为忧伤，因为无助，只有在文字中寻找慰藉，打捞支撑生命的那根稻草。只有那些打动人灵魂的语言与情节，才会让我的心安静下来，忘掉即将面临的手术。恰在此时，很有缘的，我遇到了王成祥的长篇小说《譬如朝露》。就这样，它如突然造访的心灵密友，静静地陪伴我度过了刚入院时紧张等待的时光。我读文字，若遇到喜欢的文章，是要不眠不语一气读完的。住院可以有时间静心阅读，更因此排遣了那种惶恐。至凌晨2点，一部十几万字的长篇小说居然连夜读完了。读着读着，一颗原本紧张不安的心沉静下来，感觉自己不存在了，忘记了自己身在何处。那些文字，就那样准确清晰地击中了我的心房。

读完《譬如朝露》，意犹未尽，我又找来了王成祥的其他两部作品，长篇小说《记忆之村》《锦瑟年华》。就这样，王成祥的小说，如一位忠实的爱人，伴我度过了医院那段最难挨的时光。写童年经历的《乡村记忆》，学校经历的《锦瑟年华》和创业经历的《譬如朝露》，构成了王成祥小说的"成长三部曲"。从乡村记忆到城市经验，是作者的一段写作轨迹。作者从乡村到学校再到城市，写作风格日臻成熟，人物刻画愈发丰满，视角从农村到年轻时的梦想，到关注现实、关注社会。这三部长篇，不仅是一代人的人生经历，也是这个时代从乡村文化到城市文明的记录。三部小说中的乡村题材和城市题材都驾驭得很好，可以看出作者丰富的阅历和细腻的观察、深刻的体会。

《譬如朝露》题材与前两部有所不同，写的是两位不满现状的大学毕业生负气离开各自生活的东山，一个前往梦寐以求的省城南京，一个前往深圳。后来，两人又在南方相见，以特殊而又无可奈何的方式共同致富。若干年后他们重新踏上江宁这块热土，又试图拯救在财富积聚过程中空荡失落的心灵。这部作品，无论在写作手法还是题材的挖掘上，都有了新的突破，里面提到的城市下岗工人一节，及主人公笔下对当下农村城市化进程的一些感悟，对经济人物及其活动场景的描摹与刻画，读来感觉笔力老道，拿捏得当。作者语言简洁干净，没有大段大段的铺陈，让人读来清爽舒服。在作品中，对社会、对家园有了更深的思考。这篇小说敏锐地捕捉到了近几年存在的社会现象，关注农村变化，关注城市改革，关注社会各个阶层。通篇流露出作者关注社会问题，关注民生的悲悯人文主义情怀。作者笔下，陈子墨这个人物形象真实而丰满，他有几分无奈，又有几分清醒。有自己的清高和才情，又有着世俗与不恭。可以看得出，作者在这个人物身上注入了诸多的情感。

怀着好奇和钦敬，我上网百度了作家王成祥的相关资料。他是一个农民的儿子，十二岁时就没了父亲，是坚强的母亲含辛茹苦，用自己孱弱的肩膀，艰难地供他读完了大学。作者从小爱好文学，曾经在郊区小镇做过七年教师，始终怀揣一腔炽热的文学梦，坚持不懈，笔耕不辍，为了那个心中的梦，执着坚守辛勤耕耘。他没有任何可以依傍的家庭背景，满心憧憬的，是用他笔下的小说来改变自身命运。调到省会后，先是在一所部属企业的子弟学校教了大半年的书，之后在一家刚创刊的报纸干了几个月四处奔波的记者，直到一家大型杂志正式接纳他。在成长三部曲中，不难看出他与文学的瓜葛和这些年艰难走过却执着坚守的人生旅程，这些人生路上艰难的步履，都成为作者笔下丰厚的素材。那是八九十年代，那一代青年人怀揣梦想的奋斗与坚持。作品对人的生存境遇和突围路径的探寻，显示出作家在道德与理想层面对社会与人生的真诚关怀。那暖暖的希望，淡淡的光影，对明天的期待与执着，折射出中国农村、农民和城市青年的昨天、今天和明天。这是一本平凡人物的生活探索史，是中国二十年来城市化进程的缩影。它真实深刻地反映了一个时代的风貌，诉说着文学的尊严，强调着文学的神圣。在阅读三部曲时，我总是不由自主联想到路遥的《人生》。同样出身农村、家境贫寒，同样有着对于文学的执着，作者能够成为中国首届路遥青年文学奖得主，实在是一种必然。

文章的妙诀在于无技巧乃是真技巧，平常心中显露出倾向，不必过多罗织渲染。犹如裸妆为最高技巧的化妆一样，达到一种"风行水上，自然成文（纹）"的境界。小说作者那种不动声色的写作姿态，那种对文学执着的坚守，都在文字中透露出一种平淡的温情。作品叙述风格自然流畅，文章行云流水，感情自然，节制内敛，散发着一种强大的温情力量。这股温情的力量穿透文字，直击人内心最真实的存在和最坚硬的温暖。一面拾起细碎的忧伤，一面用温暖的文字缝合起情感的丝缕。以现实生活的切入视角，核对生存现状的深沉反思，构成作品重要的书写角度，具有深沉的启示意义。

高尔基曾说过"文学即人学"，小说中那些记忆的伤怀和青春的赞歌，那天籁般的自然和泥土般的厚重，都于无声处触动着读者的心弦。在王成祥的小说中，多是怀念青少年时光，领略时代的忧伤和生存的阵痛。以其温润细腻的笔触，勾勒出磅礴的时代画卷，给大地和人生赋予绚丽的色彩。将时代的悲欢和底层的苦乐完美定义，以厚重的人生履历诠释人性，做出理性判断和哲学感悟，昭示文学创作的严肃性和积极意义。

文学是人类对时光流逝的一种祭奠，是重建记忆，重新找回，行走在人生路上的书写。和作者的人生履历紧紧相连，在远逝的岁月中，拾取其闪光的精神，温暖和照亮别人。作者对于日常生活的惯常取材和相对克制平淡的叙述语调，从日常生活中精心打磨各个人物被多重关系藤蔓牵绊的心灵境像。以精妙微雕的技艺，刻画折射世间男女不甘沉沦无奈挣扎的精神困境，读来竟有能够触摸到的质感。

在阅读小说中不难发现，作品多次引用到歌词，如《粉红色的回忆》《夜色阑珊》等。这些歌词，大都是八十年代流行过的，作者之所以引用，应该是出于喜爱，同时也是想用歌词来寻找那个年代的一种流行符号。作者无疑是热爱音乐，热爱写作的。对艺术的敏感，对生活的热爱，对追求的执着，成就了他，成就了一位快意挥毫的人生歌者。

所谓的文字，只是人生行走的一处记载。只有深沉的爱恋和宗教般的虔诚，人才有可能从事并成就文学这种崇高而神圣的事业。岁月清浅，时光倏忽，用歌声和语言串起那些散落在时光里的细碎往事。此刻，轻轻哼唱"晚风吹过来，多么的清爽"，心里蓦然有种温暖的感觉。温暖温润着希望，终可以让人等到幸福的时光。

岁月的痕迹

科学发展到今天，生命的起源仍然是一个谜。鱼儿水中游，鸟儿天上飞，兽儿地上跑——正是生物的多样性构成了五彩斑斓的世界，动物们在漫长的岁月里繁衍生息，看似风马牛各不相及，实则万物同源，有着千丝万缕的联系。然而，在错综复杂的生物链中，人之外其他生物只能基因遗传、生理进化，唯有人类能够通过很多方式留下恒久的生命的痕迹。

通过考古，人们能够穿越时空打开一段尘封的往事，拂去尘埃再现过往真实的沧桑。通过文字，历史得以留下记载，文学得以定格辉煌，思想得以传承发扬。通过科学，人类不再被事物的表象所迷惑，调整自身，驾驭自然的能力逐步提高。通过影视，人们能够直观地感受一个鲜活的生命，通过艺术，可以看到人类生命的张力。可以说人类的文明得以不间断的发展就得益于先人生命的痕迹。一个个体生命是短暂的，所以弥足珍贵。我常常想：人为何而来？人为何而去？李白说："天生我材必有用！"茫茫世界多少人，一人走出路一条。人生一世，草木一秋。人生的结局都是死亡，唯有生命的过程不同。行动靠着思想作指导，思想靠着信仰作指导。孔子的信仰是"大道之行也"，项羽的信仰是做堂堂正正的英雄，荆轲的信仰是天下大义，屈原的信仰是洁身自好，以国为家。中国历代文人士大夫多以"穷则独善其身，达则兼济天下"为己任。当然也有李林甫、魏忠贤、严嵩、秦桧、汪精卫之流劣迹斑斑，信仰权欲，贪图荣华富贵，甚至卖国求荣。古往今来，多少文人雅士，多少王侯将相，多少英雄豪杰，多少奸佞鼠辈，用他们的作为在历史上刻下生命的痕迹。毛泽东说："宇宙即我心，我心即宇宙。细微至发梢，宏大至天地。"这是对生命最微妙的洞察。也许有人说，我是一个平凡的人，像草原上的一棵草，像沙漠里的一粒沙，像大河里的一滴水。微不足道吗？一片草能带来生机盎然的绿意，一堆沙能砌起高楼大厦，一江水同样能够涤荡污浊。历史的花朵不会枯萎，岁月的河流永不干涸。正是芸芸众生，普罗大众，细心浇灌着历史的花朵，滴水充盈着岁月的河流。

　　平凡的人因朴素和简单能够守住基本的道德底线，因与名利甚远能形成社会的主流意识，因量大力强"能载舟，亦能覆舟"。所以历史是人民群众创造的，同样历史也是人民群众书写的。有首歌写得好：天地之间有杆秤，那秤砣是老百姓。林则徐虎门销烟，"苟利国家生死以，岂因祸福避趋之"；关云长过五关斩六将，义字当先，后人供奉；鲁迅用笔唤醒民众，"灵台无计逃神矢，我以我血荐轩辕"……先天下之忧而忧，后天下之乐而乐的人，人们记住了他，历史刻下了他们生命的痕迹，流芳千古。同样，做错事也需要勇气和代价，平凡的人面临世俗的吞噬，道德的谴责，法律的惩处。庙堂上的人违背了民意，呼风唤雨，兴风作浪，历史也刻下了他们生命的痕迹。最后被民族所抛弃，钉在历史的耻辱柱上，遗臭万年。"青山有幸埋忠骨，白铁无辜铸奸佞"，后人耻于姓秦，秦桧的生命痕迹足现其臭名昭著。用辩证唯物主义看世界，世界是矛盾而又统一的，是非善恶，美丑对错，真假好坏，黑白忠奸，相互依存，此消彼长。因为有了映衬，所以刻骨铭心。

　　打开历史的长卷，每个人都能找到曾经的生命的痕迹，也许不是浓墨重彩，只是淡淡的基调和背景，却闪耀着真善美人性的光辉！

故乡的年味

　　已近春节，年味渐浓。大街小巷，到处是拎着大包小包的行人，街上车水马龙、川流不息，各个商家的停车场早已停放得满满的。看到这番景象，不由想起童年过年时的情景。

　　我的老家在乡下一个偏僻的村庄。小时候，父母上班，每到寒假，父母就把我送回奶奶家住。

　　乡村腊月的早晨，蒸腾的雾气铺天盖地，炊烟袅袅，将宁静的院落包裹得严严实实；沉浸在腊月早晨朦胧之中的雄鸡，拍打着美丽的金边翅膀，站在稻垛垒高的篱墙上引颈高歌；慵懒的小狗躲在草堆里，偶尔传出几声寂寥的叫声；黄白花纹的大猫钻在灶台里呼呼地酣睡；灶房内小脚的奶奶早早起床生火做饭，灶膛内炭火烧得通红，将奶奶瘦小的身影映照在土墙上。

　　乡村的女人从来不睡懒觉，尤其在腊月，她们起得更早。就在奶奶忙碌做早饭的间隙，爷爷起床了，照例要先悠悠地点一支旱烟，咝咝的烟头忽明忽暗，待慢慢地吸完，奶奶已经招呼吃饭了，和着奶奶的唠叨声，爷爷才慢条斯理踱到饭桌旁泰然落座。

　　浓雾隐隐散去，和煦的阳光普照大地，将腊月的山村装点成一幅古朴淡雅的风俗画。爷爷吃过饭后，穿上奶奶给他找来的出门时穿的衣服，拎着一个帆布袋出门，到镇上去添置年货。每年从腊月二十四五开始，爷爷都要骑上坚固的大金鹿自行车，不厌其烦数次往返于城镇与乡村之间，有时会跑上一整天，买回几幅五谷丰登、六畜兴旺的年画，还有"岁通盛世家家富、人遇华年个个欢"象征吉祥的大红春联。更多的时候，爷爷是到镇上打散酒、买烟丝、卷烟纸或者买肉。记得有一年，爷爷买了一个猪头，嘴上惬意地叼着旱烟烟斗，手里拿着烧红的烙铁，拔猪头上的毛，临时支起的小锅里熬着松香，弥散开来的奇怪的香味引得我们这一群孩子尖叫着围拢上来，七嘴八舌，叽叽喳喳。奶奶则领着刚结婚的俏丽婶婶和尚未出阁的巧手姑姑忙着包饺子、包包子、蒸红枣饽饽、炸面鱼——灶膛风箱奏着欢快的乐曲，燃着的柴火噼里啪啦，跳跃的火苗呼呼作响，锅盖上蒸腾着一层热气，狭小的房屋到处弥漫着温暖的节日气息。

腊月山村的黄昏更是迷人，时间仿佛也在一瞬间静止下来。八十岁的曾祖母和邻居的老人们围坐在烧得通红的火炉旁，闲谈中处处洋溢着思念和期盼。落日已近山边，等待中熟悉的身影出现在村口的暮霭中，渐渐看清了，是在外边工作的父母、叔叔带着哥哥姐姐们回来了。家里人欢呼着聚拢起来，"哥长弟短"地彼此打着招呼，互相打量着是长胖了还是变白了，每个人都是一样的高兴，一样的欣喜。我和几个早回到老家的堂兄表妹们拥上前去，争抢着父母叔叔们捎回的糖果、点心、玩具和过年的新衣，然后一窝蜂散开，脚不点地地窜回家，开始打开新衣，逐一试穿或把玩着新玩具，品味着好吃的点心。对即将到来的大年初一充满了吃好饭、穿新衣、挣压岁钱的憧憬。

终于等到了腊月三十的晚上，吃年夜饭的时候。这天晚上，大人们格外忙碌也格外耐心，因为这天晚上，是不许呵斥小孩子的，而孩子们也早被悄悄嘱咐，不许哭闹，不许乱说话。这个时刻，也是姑姑婶婶大显厨艺的时候。记得那年做年夜饭，刚进门的婶婶抢着给灶上厨艺娴熟的姑姑打下手，却不时地对姑姑做好的菜肴评头论足，姑姑噘起小嘴，满脸的不服气，借故把手中的活推给了婶婶，谁知婶婶竟不慌不忙，顺势站到了灶旁，煎、炸、炒、蒸、炖——有条不紊，剩下的几个菜在全家人惊诧的目光中弥漫着扑鼻的香气。从那年开始，家里便有了不成文的规矩，年夜饭由姑姑婶婶共同担当。待到饭菜做好，酒也早已温好，爷爷、二爷爷、爸爸、叔叔们推杯换盏喝将起来。几杯老白干下肚，潮红涌上面颊，话也多了起来，侃年景、聊收成、说工作、讲子女，谈到开心处，不时发出阵阵爽朗的笑声。

时光如流水，不经意间悄悄流转，一切早已物是人非。童年时那个炊烟缭绕的小山村，却常常萦绕在思乡的梦里。

黑松林的记忆

已是深秋,黄叶纷飞,秋虫哀鸣。

每年的农历十月初一是人们祭祀先人的日子。清晨,我又一次走进那片熟悉而又陌生、迷离而又清晰的黑松林。黑压压的一片黛青之色庄严肃穆,没有一丁点儿喧噪。一晃好像过去了几十年。

不远处海浪的喘息声依稀可闻,湿润的海风穿过丛林却怎么也盖不住世事的繁芜。这是一片广袤的海滩,二十世纪六十年代前,这大片的盐碱滩却是不毛之地。大风袭来,尘土飞扬,风挟裹着细沙、尘土,钻进沿海的千家万户,无孔不入。六十年代初,经过考察论证,县乡村三级政府决心带领群众植松固沙。1965年培育黑松苗,自1966年开始到1970年,连续数年发动群众战天斗地,雨季造林。撒下一粒种子,就是播下一份希望。植入一棵小苗,就会收获一份春意。半个世纪悄然而去,当初风华正茂的那批青壮年,用汗水和着雨水浇灌着海岸线上这数万顷的黑松林茁壮成长。然而岁月无情,韶华易逝,如今他们已到了垂暮之年,有的已然逝去,就栖身在这苍松翠柏之中,与先人相伴,以大海为邻。

清晨的坟场内静悄悄的,薄雾笼罩下的沙土包,毗连成片,起起伏伏,大小不一,朦胧中还原着真实。高低不一的墓碑铭刻着逝者的名字,阴阳两隔,寄托着生者的哀思。远离了尘世的喧嚣,只有芳草萋萋,在微风的吹拂下发出沙沙的声音。他们生前或富或贫,或贵或贱,或善或恶,或美或丑,无论风光抑或黯淡,在曾经的人生舞台上喜怒哀乐地表演，谢幕后一切都归于沉寂。"死去何所道，托体同山阿。"黑松不言，静观世间生与死的轮回，恩与怨的纠缠，情与仇的变幻，人生的归宿同是一抔沙土而已。

晌午前后，坟场上开始陆陆续续迎来祭拜的人们，有骑着摩托车的，开着车的，也有骑着电动自行车和三轮车的，神色中有平淡，也有悲戚，来到各自拜祭的坟前，坟顶压上黄纸，摆好祭品，点上香，燃起了纸钱。在一股股烟气袅袅中，与逝者进行心灵的沟通，祭奠过后，人们相继离去。只有黑松是忠诚的守望者。阳光倾泻在枝叶上，黑松林里空寂宁馨。那一排排一行行的松树，整齐划一，如将帅布兵列阵，用一生的时光厮守着这方贫瘠的土地。它们或粗或细，姿态不一，周围空间大一点的，粗得需一人合抱，高达二十余米；细一点的，也有胳膊粗细，高十多米；树冠大的层层叠叠，像一把打开的罗伞；空间狭小的扭曲着脊梁，在密林里探索日光的温暖。它们无一例外向往苍穹，见证着一方土地的春来暑往，云卷云舒。树林里静悄悄的，只有秋虫在呢喃，偶尔也会传来几声鸟儿的啾鸣。调皮的松鼠在松枝上跳跃。松树间结有许多蜘蛛网，那种不知名的蜘蛛个头较大，黄色的背部有黑线相间，龟壳一般，后腹部呈紫红色，神态自若地趴在网上，唱着"空城计"，耐心地等待猎物来自投罗网。

黑松林的地上落了一层松针和三三两两的松花，飘散的松子便在父辈生活的土地上落地发芽。虽然不能长得很高大，却也继承了父辈的那种隐忍与执着。灰褐色的树皮分崩离析，喻示着每一次成长，就要突破一次束缚；每一次成长，都要打破一次自我。那么顽强地生长，可是为了眺望？眺望梦想中的远方。阅尽沧桑后，已然成就了它儒雅孤高的性格。松树的内心同样是一片安宁的世界，春天的狂风，夏天的烈日，秋天的露霜，冬天的冰雪，不会让松树惊悸而黯然失色。枝干倔强地撑起一片蓝天，"任尔东西南北风，我自巍然向天擎。"它用最沉默的力量对抗苦难，在岁月的长河里，默然包容。这种力量让人肃然起敬。

徜徉林间，闭上眼，时间在这里定格，我的心头掠过如水的清凉。

每个孩子,都是父母的天使

昨晚下了一夜的细雨,淅淅沥沥的雨丝,让人特别容易产生一些感触。辗转难眠,信手翻阅枕边书籍,看到了龙应台二十五年的人生三书。龙应台是华人世界知名女作家,是那个以一把"中国人,你为什么不生气"的野火烧遍海峡两岸的"龙旋风"。她的文章有着万丈豪情;但同时,她也是女儿,是母亲,对生活有着涓涓柔情。

《孩子你慢慢来》《亲爱的安德烈》《目送》,文章记录了龙应台与儿子成长过程的点滴。讲述时间的流转,怎样让曾经甜蜜地讲着故事的母亲懂得如何去面对、去尊重一个青春期的孩子,"母亲"的含义和职责升华到了人生另一个阶段。超越世间许多母子间感情疏离的关注,成为一种精神上彼此深入的了解和接纳,儿子与母亲,就此有了联结。这种联结正是太多共处一室却无话可说的父母和儿女的隐痛。也正是我,一个十四岁女孩母亲此刻的迷茫。

不知不觉中,那个嗷嗷待哺的婴儿已成长为亭亭玉立的少女,那个父母承欢膝下、乖巧可爱的小天使,已然开始渐渐有点儿叛逆。这个年龄的孩子正处于青春期的情感断奶期,也是内心懵懂情感的萌芽阶段。极其渴望被爱、被关注,需要内心的倾诉与柔情。孩子开始有了自己的思想、理想,有了自己独立的精神世界,拥有了属于自己的小秘密。作为母亲,此时更要多关心孩子的心理及情感需要,站在父母的立场,以朋友的方式,来理解她,关注她,使她能够幸福的成长。用爱的眼神和她交流,用爱的眼睛发现她的长处,用爱的语言给予孩子一双智慧的眼睛和思想的大脑，用爱的润泽来滋润她心灵的土壤。尊重孩子成长过程中的困惑、失败和挫折，让孩子感受到舐犊母爱的绻绻柔情，陪伴孩子安全地度过青春期。这样，他们的人格与精神才会丰满和幸福。

夜已深，掩卷深思，回味龙应台的文章，望着熟睡中女儿稚气未脱的脸庞，感觉自己的责任很重。女儿是妈妈最爱的天使，妈妈真的希望你能快乐、顺利地成长，将来能够拥有一个没有遗憾的美丽人生。

天使总是要飞翔，而父母的爱，就是那双可以伴你飞越万水千山的翅膀。

给你一双爱的翅膀，让你在内心建立一些自信和快乐，使自己更坚强；给你一双爱的翅膀；让你看到从前从未见过的风景，展翅向前。因为你飞翔的历程中，吸引着那么多殷切的希望和关注的目光！

笔墨传神韵　诗海瀚逸香

——读蒋义海《咏梅诗三百首》

闻得暗香流宇间

2011年2月，我的一篇散文在《作家报》发表。收到样报时，同期的一则文化简讯吸引了我的目光：《〈蒋义海咏梅诗三百首〉惊喜艺坛》。介绍当代著名书画家，被称为"中华一枝梅"的南京名人艺术院院长蒋义海先生创作的数百首"梅花诗"，精选三百首结集出版。该书为我国首部个人咏梅诗专集。因自己阅读有限，囿于见识，以前只知宋代陆游咏梅诗百余首，元代著名画家、诗人王冕曾著咏梅诗140首，清代吴襄百首七律咏梅诗，北宋隐逸诗人林逋、政治家文学家王安石及南朝梁诗人何逊亦流传咏梅诗数首。但仅以梅花为题能创作诗三百首，还是第一次听说。怀着钦慕与好奇，我特意找来这本书仔细研读。

艺术宛若一种介质，它恰当地折射出了作者内心的情感。以梅作喻，借助它，反映了蒋先生的内心世界，玉壶冰心，雅量高致。梅，花中四君子之首。文人庭院书房，常可见梅：老干偃盖，苔藓封枝，盘根错节，横斜疏瘦，苍劲淡雅，疏花点点。梅以韵胜，以格高，以横斜瘦疏与老枝怪奇者贵。梅花那种寂寞中的自足，那种"凌寒独自开"的孤傲气质，令文人墨客为之倾倒。它不屑与凡桃俗李在春光中争艳，而是在天寒地冻、万木不禁寒风时，独自傲然挺立，在大雪中繁花满树，幽幽冷香，随风袭人。它那隐逸淡泊、坚贞自守的品质，深深契合了文人的道德精神，为历代文人所推崇、珍爱。

有人说：诗人都是思想家。善于写诗的人都善于观察社会、体味人情、视野开阔、思维敏锐。诗是思想的成果，因此古往今来，有那么多名言佳句脍炙人口、流传千古。王昌龄的《采莲曲》——"荷叶罗裙一色裁，芙蓉向脸两边开。"读之如见其景，如闻其声，使人不由跟着诗人闻歌神驰，伫立凝望，采莲少女们充满青春活力的欢乐情绪，露珠般滴落在莲花盛开、芙蓉娇颜的万亩荷塘。张继的诗《枫桥夜泊》则写出了诗人赶考失利、名落孙山回家的途中，"月落乌啼霜满天，江枫渔火对愁眠"，在异乡客船上面对乌啼、江枫、渔火、钟声时的满胸愁绪、夜阑难眠。由于时代变迁、心境不同，面对同样的事物，诗人会以不同的视角抒发不同的情愫，同样成为千古传唱。如同样吟咏梅花，陆游的《卜算子·咏梅》"无意苦争春，一任群芳妒。零落成泥碾作尘，只有香如故。"流露着诗人怀才不遇、孤芳自赏的幽怨之情，而毛泽东的词："俏也不争春，只把春来报。待到山花烂漫时，她在丛中笑。"则反其意而用之，豁达而淋漓尽致地表现出了一个革命者不计较个人名利的宽广胸襟与高风亮节，达到了更高层面的思想和艺术的完美统一。

回顾浩瀚的文字天空，历代名人佳句如璀璨繁星熠熠发光，世代流传。好的文章，好的诗词，皆少不了佳句。佳句是文章的灵魂，是作者深厚的学养、广博的知识、深刻的思想和扎实的文笔水到渠成、锤炼推敲而成。不仅反映了作者的博学多才、艺术造诣、生活阅历、思想境界，还可以陶冶人的情操，甚至会影响人类社会思想进步的历程，具有教育性、思想性、流传性、哲理性和警示性。它最能体现人文精神、民族情操和人民心声。

中山流韵清香发

读蒋义海先生的咏梅诗，绚丽多姿，凝练别致，令人惊艳。细读开去，如一个五彩缤纷的花圃，似一片广袤幽深的园林。里面有苍松翠柏、修竹幽篁、姹紫嫣红、繁花似锦。构成一个诗情画意的美妙世界。佳句警语，更是意境优美，思想深邃，令人震撼。

蒋先生咏梅诗中的妙言佳句，犹如带我们参加了一场梅花的饕餮盛宴。远观其色美轮美奂，近闻其香淡雅清幽，静思其味韵致无穷。就让我们随着蒋先生优美的诗句，由远及近、由表到里，分享一场梅之美筵吧！

梅是蒋先生的红颜知己，他的画作，红梅浓烈，白梅冷峻，绿梅妖娆。他心中有一位绝色佳人，他把她化作梅花，化作一行行诗句，"风骚独领百花苑，烂漫多姿耀宇间"（《俏不傲春》）；"片片鹅毛飘絮落，仙姬颜上粉脂着"（《雪化梅在》）；"丽妃为见拥来客，巧抹胭脂腮粉红"（《红梅》）；"冰凝霜降月西迟，昨夜红梅窃挂枝"（《卷帘赏花》）；"幽壑老梅傲雪霜，琼枝缀玉淡梳妆"（《甲戌赠福建海防某部战士曹永平梅画》）；"琼枝玉干树苍穹，骀荡东皇醉晕红"（《画赠红梅》）。作者笔下的梅花，宛如美女，或对镜贴花黄，或娇俏羞涩，或仪态万方，令人流连止步。有的一首诗、一句诗就是一幅精美生动的画面。"梅上弋条须发长，映清池水匹银光"（《珍珠泉观梅》）；"疏影临渊尘不染，虬枝挺秀鹤常来"（《引鹤》）；"灿灿贞姿炫玉琅，凛凛正色藐寒霜"（《劝梅》）。细细读来，如饮甘露，如诉衷肠。而"巍巍老树常心态，彭祖摇摇拜友来"（《梅寿》），则更是惟妙惟肖地将鳞干虬枝的老梅比作高德长寿的彭祖，画面生动自然，令人回味无穷。

在先生佳句的引领下，远远欣赏了梅姿美态。倾慕之余，使人欲罢不能，想要进一步了解梅，领略梅独特的馥郁芬芳。"无名草木藉丹彩，玉女放香清扫埃"（《红梅与白梅》），百花只是其陪衬，只有清幽洁美的梅之芳香才能清除污浊，使人心情豁然开朗。"府月台边香漫远，影娥池里映嫣颜"（《画梅》）；"素绢蓓蕾行将放，乍嗅玲珑玉暗香"（《窗外梅花》）。诗人窗内正在画出一张张将要开放的梅花，忽然嗅到从窗外飘来的阵阵梅香，多么美好温馨的画面，诗情画意，韵味无穷。"三冬梅绽春来早，万里香遥血洗尘"（《梅绽》）；

"暗香浮万里，孤傲玉洁荣"（《梅格颂》）；"漫山遍野疑为雪，闻得暗香流宇间"（《赴溧水赏梅胜地傅家边口占一绝》）；"乾高坤爽漫殊香，冬至菊残梅始芳"（《早梅》）。在这里，诗人借梅花之香，以梅品喻人品，发议论感慨，富哲思神韵。

食客三千，味为心声。曾为六朝古都的南京，现在因梅而幸，称为梅都。朝代的更替，梅花竟也掺和其中，可见国花不是轻言。南京有座妇孺皆知的梅花山，每当春日，赏梅的游客络绎不绝。梅花山浸淫着深沉的历史与人文，这便不是单纯地赏花了。于是陶醉于诗人为我们绘制的梅色梅香相映生辉的画面中，不由人对风骨高洁的梅肃然起敬，从中品味出梅带给赏梅人的启迪。在蒋先生的眼中，梅花虽然经过霜雪浸洗，却依然香艳如檀，洁傲天真。"洁傲天真从不改，犹鹰风举胜棚鸡"（《不改天真》），"素香寒色显天真，不寂玄崖宅有神"（取自《美梅》，表达了知识分子不受世俗影响甘于寂寞的真性情）；"孤玉香先至，百花随后开"（取自《迎春》，表现了文人的敢于争先、特立独行），"世人多烂醉，君却冠绝伦"（取自《梅君》，表现了知识分子的先知先觉、心忧天下），"何比铁梅天宇立，亦如蓬雀泣鹏枭"（《铁梅咏》），"不与浊流共地阴，舒眸坐爱看天云"（《梅颂之二》），"周曹如秽染，瑶水雪无歇"（取自《梅品》，表达了知识分子独善其身的思想），"万紫千红来到日，隐身丛树喜何妨"（取自《隐身》，喻智者知止的精神境界），"傲雪欺霜甘寂寞，迎春斗艳盖繁华"（取自《净世》，表达有志之士那份隐忍与执着）。如果在先生描述梅花色香的诗句中，我们看到的梅宛如一位活色生香、清丽妩媚的绝色美女，那么在品味梅之韵味时，我们所感到的则是旷达高洁的君子之风。蒋先生无疑是饱读诗书的，典故满腹，皆应时而出，自然贴切，与整体珠联璧合，加深着诗句的韵味和智慧含量。先生诗风清新自然，以眼前事入诗，以梅喻人抒他人所未发，每一首诗都有他的身影，都有他的思想在闪光。他的笔下没有空洞的泛泛之作，篇篇言之有物，浸润着饱满的深情，在恬淡中透着沉厚的意蕴。"不值受誉祖徕子，独自寄山孤傲中"（《孤傲》），"渴求青帝无消息，残腊冷疏烟月迷"（《梅傲妒风》），"玉姿不为莺歌唱，常见杂花众蝶闻"（《为梅不平》），"东风不到未能开"（《忆二十世纪六十年代有才学者被埋没》），这几首诗篇篇皆针砭时弊，柔中带刚，读来十分委婉，诗意明达而又蕴藉含蓄深沉。抒发了那个特殊年代知识分子生不逢时备受压抑的内心苦痛。"盲父卧街乞，女童脸泪哗。道旁梅晓苦，不遣速开花"（《街头偶见》），在这里，蒋先生写了梅，然而他绝不是风花雪月派诗人，他的诗是以梅为喻，抒发民情。对于诗，写实与写意并非泾渭分明的两极，而是互为表里，相辅相成，虚实互补。达到了"三真之境"（季羡林语），即真情、真思、真美。他的诗凝聚着与国家与人民休戚与共的深切情感，充涌着热爱国家、关注民生的热烈情怀。

绝顶攀登我为峰

　　人的思想随时空的变化不断积累沉淀。人梅相通，先生与梅的不解之缘，那份痴迷可在其赏梅、爱梅、思梅中窥见一斑。

　　赏梅。画以为鉴，诗为心声。艺术的考证总是条理清晰的，但艺术考证之外，却是观赏者想象力的飞奔。常常从书中抬头、走神、沉思，常常促使自己对其进一步思考。于是我们在随着诗人的笔触欣赏梅花之余，更被诗中描述的赏花人对梅花的爱怜所感染。一千个人心中有一千种梅，在这位画家与诗人的笔下，梅花更是自有千种姿态、万般柔情："闲剪一枝和雪嗅，惊梦阵阵野清香"（《江梅》），"不同杏花招人眼，树下慢酌把酒酬"（《酬酒》），"朵朵梅花开淡墨，气清溢纸馥满堂"（《独树堂主画墨梅》），"斟酒观神女，诗成画意生"（《古隐士画梅》）。"借伴月魂连夜赏，暮垂春梦絮飞扬"（《春幻》），"幽香溢处东君到，诗兴袭来雅韵飞"（《东君》），"窗外横枝浓馥溢，轻潮纸上半山湿"（《念王安石》）。没有灵魂的倾注便没有诗，在蒋先生的笔下，梅花是玉洁冰清、暗香浮动的丽人，是先生心中的爱人和知己，诗人将对梅的怜爱与激情，一点一滴，一丝一缕，化为柔情缱绻的诗思、诗絮与诗句，通过笔墨，将自己内心的意绪物化为一幅幅、一首首酣畅淋漓的诗作奉献给读者，那份痴迷与挚爱令人感动："仰头迷望赏南威"（《冠》），"驻足耳语与梅云"（《知音》），"我且狎昵欲销魂"（《销魂》），"唯见险隅红素艳，梅花激我至怜波"（《冬日赏梅》），"醉酒依床悠品赏，梅花乎我我乎梅？"（《梅我乎》），"偷朵入吾衣上袋，口开一笑现香牙"（《梅香》），"我向宋时明月问，斯梅可是隐遁妻？"（《中国五大古梅咏之五浙江杭州市超山宋梅》），"我求身化千千万，朵朵有人心细观"（《化身》），"支筇薄暮迷神望，泉涌梅诗醉放翁"（《赏梅时节》），"我犹思幻春梅迓，以浸至情深爱中"（《栖霞赏枫思梅》）。梅花有风光的一面，也有凄楚的场景。这不是人力所为，时光的刀刃轻轻划过，所到之处都有伤痕累累的悲凉。梅花与白雪有过一段奇缘，那段故事在时光的幕布上演绎，缘分深远："透庸外探长叹谢，盼能花艳再春来"（《朱明惜春》），"春暮挽花花挽客，楚酸来袭两悲哀"（《晚梅》），写出了诗人春暮挽花、时光难留的无奈与惆怅。先生的诗都是淡墨抒浓情，诗中图画，如在眼前，文采斐然，淡雅传神。"冷艳白如雪，寒香暗暗呈。手亲栽此树，观尔眼偏明"（《亲自栽之梅》），"通幽听鸣鸟，山路蹀徜徉。云里飘双履，惊闻浮暗香"（《忆儿时与义宝兄登山探梅》），"笔端再现疑姑射，恰似胭脂酒后腮。莫以夭桃欺晕色，浓浓诗意纸间来"（《画红梅》）。

爱梅。蒋先生对梅的热爱，使他与梅有了一种心灵的默契与精神的共溶。将这种梅我两忘、人梅合一的精神倾注于笔端，融汇于绘画与诗歌中。他对梅的爱之深、情之切，让人久萦心怀，感佩不已。"薄暮月羞昏影暗，朦胧诗意蕴情结"（《早晚皆喜梅》），"展望神州风景丽，新诗浪涌暗香随"（《与众诗友游梅花山》），"画到入神全忘画，梅魂化作我之情"（《画配梅诗之二》），"开笔春潮涌，出枝不畏寒"，（《与诸书画同仁赴浦口桥林笔会画梅》），"屈子幽情浸墨池，岛郊风骨入题诗"（《怜梅》），"仰慕孤清痴物象，麝煤挥洒暗生香"（《赏梅作画》），"画妙书精留艺史，诗如梅雪不沾尘"（《自勉》），"煮石山农今何在，无骚谁继任抒怀"（《雪景》），"我素我行成我真，癖痴梅性品超尘"（《吐丝》）。凡诗皆言志，托物寄情，诗中情与景并不游离，而是相互渲染，水乳交融，每篇都能引起读者深沉的忧思与共鸣。"武大店开君进去，无缘貂羽上麒麟"（《惜某君并为之鸣不平》），"叹观枝玉纷纷落，树下闲听二月愁"（《忆"文革"期间观梅》），"吞吐大荒游物外，梅花静赏得佛心。"（《佛心》）。先生爱梅写梅，借此融合几千年祖国传统文化底蕴，而包容与梅花所给予的博大品格。他藉笔墨传神，作品中渗透着人文主义的关怀，以其丰厚的学识融入所描绘对象，体察自然，感悟生活，赫然透出精湛的功力和独特的艺术个性。爱国、爱家、爱大自然，是蒋先生的真性情，先生在诗中表达了这种真性情：祖国统一、社会和谐。时刻不忘以艺为国为民造福，这是一位艺术家最可贵的闪光之处。"博爱尘寰齐共乐，牧童谐曲笛横吹"（《和谐颂》），"梅放银枝香广宇，和谐共享度良宵"（《子夜偶感》），"松朋篁友论国事，启牖品茗谈世风"（《老梅新韵》），"我欲招魂迎丽月，梅德共有世同荣"（《读古贤梅诗有感》），"海峡深处云霭远，秋波望断色一清"（《海峡两岸》），"手捧瑶函情激涌，爱梅期'统'乃君公"（《忆甲戌蒋纬国来函》）。先生写诗就是在以文字作画，意境明丽悠远，景物清逸工致，对仗工整，格调清新。先生的诗属格律古体，但读之没有深奥艰涩之感，如清清溪流的浪花，流畅明澈，使人在悠然、油然间有所收获。先生文如其人，诗如其人，画如其人，其泼墨丹青、坚韧高洁的气质，尽融于诗中。"神来脱帽笔挥汗，墨洒情融飞雪霜。赤脂生光铃印大印，一声长啸画梅王"（《画梅王》），"沈迹家隐退，窥牖卷云飞。缟素诗书画，犹藏玉质梅"（《丙戌春退休偶感之二》），"怒放百花梅最先，人生短暂快着鞭。从来不喜为牛后，且让争春跃马前"（《梅占先》），"揽辔功名书画诗，乍觉驹过挂鬓丝。遥观霞晚更绚美，峰顶琼梅为我师"（《七旬抒怀》）。诗韵画魂相伴，高雅俊逸之风，心清气朗，情怀豁达，读来酣畅淋漓，荡气回肠。

思梅。语言是恒久的生命，思想是它的灵魂，那是穿越作品、连绵不绝的生命力。作品不朽，风范不朽。苏东坡《永遇乐·夜宿燕子楼梦盼盼因作此词》佳句"古今如梦，何曾梦觉，但有旧欢新怨。

异时对黄楼夜景，为余浩叹。"怀古伤今的同时，表明了一种人生代谢但异代同心因此情怀不灭的认识。所谓"思接千古"，文学就是这样可以打通古今，连接起不同时空的。历代流传的佳句警言就是这些思想文字的载体。细读蒋先生的诗词，气魄宏大，眼有所见，情有所钟，流于笔端，不乏这样一些对仗工整、意境隽永、激情澎湃的妙语警言，让人感受到诗人"寂然凝虑，思接千载，悄焉动容，视通万里"的独到深思。"做人未必人中杰，堪可高贞留后芳"（《留后芳》），"梅王霜里放，精细聚泓流"（《子夜》），"功业终归勤奋逞，前程惟赖打拼成"（《梅香苦寒》），"人生苦多欢乐少，敷腴更惜盛年豪"（《惋红》），"休入俗园名钓利，孤梅独赏守纯真"（《哀赝品充塞书市场》），"情融墨色笔端注，枝上红颜馥海涯"（《齐白石画梅》），"苍帝有灵别正妄，月如秦镜挂高堂"（《岚岚清气》）。诗是靠韵律的翅膀飞翔，先生用画家的慧眼写诗，用诗人的慧质作画。可谓"梅花留美韵，诗气壮山河。"

梅魂化作我之情

《蒋义海咏梅诗三百首》除个别为五言或七言古风外，绝大部分为五言或七言绝句，语言精美，格式严谨，情思真挚，意象动人。中国作家协会副主席蒋子龙评价说："这简直创造了一门'梅学'"，它"极大地丰富了美的蕴含及其文化上的象征意义，"使人从诗中感受到了"梅的品骨和精神"，"我当收藏此书，可做梅的教科书用。"江苏省文联名誉主席、著名词作家顾浩认为："该诗集梅花题材、数量超越古今，具诗句短小精干、诗情浓郁芬芳等特点，咏梅的诗句作品弥漫着诗情画意。"江苏省作协副主席赵本夫则用"很震动"来描述这本诗集。他感慨当今书画家缺乏"文学功底"，蒋义海则在诗书画上皆取得成绩，实属罕见。老诗人俞律也说，现在像林散之、高二适、胡小石那样懂文学、会写诗的书家、画家很少，而该咏梅诗集的出版，证明蒋义海是那些罕见人才中的一员。

蒋先生是一位成绩卓著的艺术家，他一生画梅，成就了"中华一枝梅"的美誉；他咏梅，成为中华第一咏梅高手。蒋先生出版过大型精美画册《蒋义海》《蒋义海梅画集》《蒋义海选集·诗歌卷》《蒋义海选集·传记卷》等个人专著，也主编过大型工具书《画海》《漫画知识辞典》等书，新诗《孤芳集》亦即将付梓问世。诗词与国画是中国特有的艺术表现形式，号称姊妹艺术。蒋先生对于绘画中溶入诗书的执着信念，既传承了中国传统文化的艺术脉络，也成就了他艺术个性的辉煌。正如蒋先生所云："'诗中有画，画中有诗'，佳也；诗中无画，画中无诗，劣也；诗人有画家的眼力，画家有诗人的激情，其作品，善哉。"

台湾作家罗兰曾经说："你的爱好就是你的方向，你的兴趣就是你的资本，你的性情就是你的命运。"联想到蒋先生成就的取得，外在是国泰民安、文艺昌盛，内在是先生对艺术的执着热爱、蓬勃的创作激情、充沛的过人精力、严谨勤奋的态度、一触即发的才情、开阔的艺术视野，高尚的人格魅力，造就了先生这样一位具有浓厚古典文学素养、渊博知识结构的学者型书画家。

盛世百花齐放，义海独领风骚。蒋先生是位具有诗人气质的画家，心胸如晴空碧海，宽广无垠。先生的心里一切静物都是动的，都有情思，都会言说，都有声有色。因为他的艺海人生就是多姿多彩的。先生的诗气韵非凡，情理交融，平实而富有激情，含蓄又不失幽默。先生想象丰富，而又态度严谨。引经据典，旁征博引，字斟句酌，细致严谨。先生作联"平生最爱诗书画，素质惟求美善真"作为自己的座右铭。古往今来，真正的艺术家无不苦心着力于人格和作品的双重修养，具备人格的真善美，艺术的高雅异。中国的诗词品味，即诗人品位的体现。这里的人，不是一般意义的人，而是时代的、社会的、也必须是艺术的人。先生写诗，借鉴学习于先贤，用诗意来营养丹青翰墨，闪耀出人生价值和社会现实的异彩。先生除诗词、国画外，在漫画、散文、文艺理论、语法修辞、民间文艺、编著出版等方面，也成绩斐然，是位真正的学者型书画家。

韶华易逝，箴言难忘。清风微吹，那一丝丝氤氲着的梅思花绪，翰墨诗情，使人回味，唇齿留香。

夜读张申府

最近，发现自己总是无法摆脱心灵的纠缠、疾病的折磨、处境的困惑、自救的无力、社会的不公，感觉特别地无助和迷茫。芸芸众生，人如蝼蚁，自己处于最困窘最弱势的局面，却无力改变。我的心灵只会在有限的空间里休憩，而不会自我消遣。我不打算在平凡的举止中表现和证明自己，我满足于静静地、单独地、默默无闻地、波澜不惊地活着，这也许符合退隐的习性。但是生活从来不会让你安逸、无忧无虑地生存下去。

漫漫长夜，信手翻书，读到了张申府的《所思》。1931年，与熊十力、冯友兰、金岳霖同样享有盛名的哲学家张申府在其出版的哲学随笔《所思》中写道："人若想得开，一定自杀，生活不过是这么一回事，或者有什么特别的趣味呢？人若想得开，一定不自杀，既然不过是这么一回事，又何必多此一举？人若想不开，一定不自杀，所谓好死不如赖活着。人若想不开，一定自杀，所谓一时短见——想不开与想得开，自杀与不自杀，谁能合此二者，是为通道——有死之心，不轻一死，而行不惜死之事，不死自此起。"

阅读至此，恍然大悟，心内那些纠结慢慢释放开来。是的，若能以大无畏之心行不惜死之事，即我们平时说的：死都不怕，生何惧哉？一个人若真正努力，一切事物必让位于他。命运于是让你远离人群，置身于过于伟大的孤独的境地，所谓曲高和寡，高处不胜寒。

人固不可轻生，也不可把生看得太重，还有人如不把生看得太重，什么不可为！人如不把生看得太轻，则不至于为恶。许多好事不敢为，也不过是贪生吝惜一死而已。

我们生来欠人太多，世上有很多关心我们的人。尤其是我们的父母，我们的子女，和关心我们的亲朋。也许我们可以潇洒地离去，但是我们身上还承载着不可推卸的责任。父母年已老迈，儿女尚未成年。如果我们过早地从岁月中消失，那就太不负责任了。人生来就要经受磨难，唯其如此，才会使一个人真正地成熟成长起来。所谓"自古雄才多磨难，从来纨绔少伟男"，如果受到一点挫折就要逃避，那不是清高，不是抗争，不是奋斗，那是自私，是懦弱，是逃避。

无力改变社会，只有善待自己，让我们好好活着，为家人，也为我们自己。

家　园

　　田野里青黄的麦浪泛着金色的涟漪，到处弥漫着即将成熟的小麦那种特有的气息，果园里，苹果、梨子、杏子、桃子也已悄悄钻出了小脑袋，如精灵般在枝叶间闪烁。微风吹来，窃窃私语。一些两条腿直立行走的动物在田间树丛中穿梭，也不知忙些什么。老丫冷冷地俯视着眼前的一切。当初刚来时的欣喜，已然荡然无存，此刻脑袋里塞满了问号。

　　老丫是一只老乌鸦，通体乌黑，间杂着几根白毛，就像黑色的幽灵，更像匆匆的夜行人。蓦然一种别样的乡愁涌上心头，思家的感觉瞬间在心底蔓延开来。是啊，离开家乡有些年头了，家人还好吧？山上的明月依旧那么皎洁吗？山涧的泉水是否依然叮咚？林间的野花还是那么可爱吗？老丫的家乡在遥远的大山深处，世世代代栖息生活在那里，经过了多少年？山外面的世界什么样？没人能说明白。问谁？风化的岩石沉默不语，千年的古树随风摇头，从老丫懂事起它就琢磨（那时应该叫小丫）。在风和日丽的日子它就会飞到山顶上最高峰，落在一棵参天的古柏上踮脚张望。哦，很远处是一条白练似的大海，远处是阡陌交错，有一个个的村庄星罗棋布，还有那个不知名的地方，长起一座座烟囱，和钢筋水泥的丛林，更是引起了老丫的神往。更让它感到奇怪的是，到了夜晚，那个地方到处睁开了眼睛，闪着青光，像一个庞然多眼的大怪物。

　　老丫的少年时光就是在这种好奇中度过的，受它的影响，它的小伙伴们时刻摩拳擦掌、跃跃欲试，猎奇涉远的心态时刻萦绕在少年的心头。只待翅膀硬朗时，扶摇直上九万里。终于等到了这一天，临行前，鸦族的长者理着它们的羽衣，语重心长，外面的世界也许很精彩，外面的世界也许很无奈。只听你爷爷的爷爷的爷爷……传下来说：外面有一种直立行走的智慧动物，叫人类，具有双重的矛盾性格，有时勤劳、勇敢、善良，有时却又自私、贪婪、虚伪，他们主宰着外面的世界，如果生活艰难就回到山里来，这里永远是你们的家。

　　老丫与同伴们精神抖擞，脚下一蹬，展开强劲有力的翅膀向远方飞去。它们跋涉了半天，到了钢筋水泥的丛林中，新奇而又有点畏惧的感觉刺激着它们的神经，这里应该不错，要不怎么会有这么多聪明的人们涌向这里。好不容易找到一棵大树，老丫与它们的伙伴们算是落下了脚。然而空气中却有种怪怪的气味，树下的地上是黑油油的柏油路，一只只大甲壳虫成群结队喘着粗气来回穿行，此起彼伏的尖声打着招呼，刺耳的叫声让老丫毛骨悚然，再加上饥肠辘辘，同伴们开始叽叽喳喳烦躁起来。大家商量，既来之则安之，先找点吃的填饱肚子。四下寻觅，树上没有虫子，冰凉的地上光秃秃滑溜溜，最后大家都涌到了垃圾箱里，垃圾箱里五花八门，塑料袋、纸屑、玻璃瓷器碎片，还有一些黏黏稠稠的东西，好在找到一些发霉长毛的馒头和一些烂果瓜皮，尚能充饥。这时那些直立行走的动物看到这些不速之客，一个个都睁大了眼睛，指指点点，涌向这里。甚至还有人向鸦群投掷物件。鸦群一哄而散，乱纷纷地落在了一座高楼的顶部，老丫与同伴们的心里凉了半截，这里没有高大的树木安身，没有丰富的食物供给，没有干净的水源饮用，有的只是异味、噪音和人类冷漠的目光。大家商量到最后，决定离开这里到广阔的平原去，也许那里才是乌鸦的天堂。灰蒙蒙的月光被阴云阻隔，冷冷地洒在老丫和同伴们的身上，老丫昏昏沉沉地怎么也睡不着，明天迎接它们的将会是什么？

　　天色微明，老丫就招呼同伴向乡村飞去。啊，到了！扑面而来的是一种似曾相识的气息，让老丫感到特别舒坦。这里树木成林，水草丰美，真是一马平川，沃野千里。老丫与同伴们欢呼起来，最喜欢吃的毛毛虫、蚱蜢、飞虫，随处都有，饱餐一顿后，大家自由组合，各自纷飞,乐滋滋地去营造自己的新居,从此开始了新的生活。然而好景不长,也不知过了多少时日,老丫发觉自从人类不厌其烦的往一些作物、树木上喷洒一些散发着刺鼻气味的水雾后,飞虫、毛虫、蚱蜢,逐渐成了稀罕物,人类翻耕土地撒上一些白白花花绿绿的东西,河沟里、池塘边,全是乌七八糟的垃圾。雨水过后,湖泊里沉积的水再也没了以往的甘洌,可是鸦群为了填饱肚子,只有饥不择食吃些半生不熟的谷粒,啄食那些散发着怪味的果子,这下却招来了人类的厌恶,不是在地里放个假人,就是在果园里放鞭炮、烧烟雾,更有甚者用气枪打,甚至赶尽杀绝捣了老窝。老丫和伙伴们绞尽脑汁终于想出了一个高招"高垒窝,广积粮",那些稳固的高架电铁塔,人迹罕至,逼上梁山,到那里去安家吧!于是那些勤快的乌鸦便抢先到铁塔上安居了。生活似乎又归于平静,偶尔来自于人类的恫吓,乌鸦们也已习以为常了,可是细心的老丫却渐渐发现,即便是衣食无忧,鸦群的整体素质却越来越差了。身上的羽毛渐渐失去了光泽,下一代的小鸦体型似乎大了,而飞翔能力却与父辈们相去甚远,究竟怎么回事?难道人类的身上有一种魔力?是鸦族的克星?不能再在这里待下去了,这里不是我们鸦族的乐土,再住下去,鸦族的命运将会是灭绝。有生之年,我要把鸦群带回大山,那里才是我们真正的家。

　　想到这里,老丫眯起了双眼,心驰神往,仿佛闻到了山里幽幽的花香,看到淙淙的溪流……

爱的河流

人类的情感是亘古以来不变的话题。无论是小说、散文还是诗歌，各种文体都有佳作出现。难能可贵的是，当下情感文学已经由单纯的两情相悦、卿卿我我，进入到对社会根源的深究，对人性弱点的思考，乃至对家庭结构变化、人类前景的发声，显示出对家庭责任、义务的广度和思考的深度。孙介法老师的长篇剧本《一片痴情》就是一部这样的佳作。

《一片痴情》以莱州某个乡村为背景，通过一家人自改革开放以来的命运纠葛和人生态度，展示了北方乡村的社会史、心灵史、家庭史。剧本以朴素的语言，生动的情节，跌宕起伏的人物命运，记述了时代的更迭、人生的沉浮、情感的嬗变。引发了人们对家庭责任感和世道人心深沉的忧虑，也引发了我们对夫妻关系、父女关系、母子关系等一系列家庭关系的深刻反思。

从《一片痴情》可以读到，父母如何为了儿女的幸福承受着生活的挤压，又如何以淳朴、坚韧的性格面对情感和生活中的苦难与煎熬，妻子又是如何为了家庭的完整、爱与责任，忍辱负重、坚强面对。这是这部长篇剧本的特点之一。它的另一特色，则是作者孙介法老师对当下生活的敏锐发现和细腻揭示。在作品中，我们看到对主人公秀秀固执倔强却一片痴情的性格揭示，对李向东老师对女儿又爱又气、爱莫能助却又尽己所能的舐犊情深，对牛金芳泼辣自私却深明大义的细致刻画，更能看出作者对家庭责任永不割舍的情怀，汇聚成一条托起这篇作品的情感之河。正是这情感之河支撑着主人公李向东、李秀秀对生活的热爱与执着。应该说，这就是《一片痴情》的本质所在。

　　厚重的生活积累，成为作者的强大依托。作品对屠夫马连群一家早上杀猪时的刻画，对马金杰和李秀秀早上赶集忘了加油，在路上骑着摩托车没有加油、打开副油箱时的描写都细致入微，带给我们身临其境的感受。丰富的地域文化特色和地道的莱州方言，让人倍感亲切。这部作品堪称北方农家生活的百科全书。最令人称道的是作者笔下那些个性纷呈的人物，常常以活灵活现的场面和生机勃勃的表现令我们过目不忘，如在眼前。作为本书主人公的李向东、李秀秀、马金杰不用说了。许多次要人物所展开的场面，亦可圈可点。其情节和细节，具有"一石二鸟"的力度。作品所揭示的善良的人性、真挚的感情、醇厚的人情，和风光、民俗一道，构成了一幅北方生活风情画。这画面有时是催人泪下的，在李向东和秀秀为了到县城打听马金杰判刑的量刑情况，在路上淋了雨，车又坏了，腿有残疾的李向东在前面推车，被雨淋湿的李秀秀在后面推车的场景；李秀秀和公爹在严寒的早晨骑三轮车赶集卖肉，在路上冻的手脚僵硬下不来车的情景——这亲情里蕴含着多少凄凉，隐忍中又包含了多少惨烈？

　　我想作为一个读者的身份，谈谈自己对这个剧本的看法。严格说不能说一点纰漏没有。但相对于64万字的长篇作品，作者的认真可见一斑。剧本的一个情字贯穿全文。故事跌宕起伏，一波三折。虽然耗时长久，但吸引读者读下去。夫妻之道、父女、母子、婆媳之道。问世间情为何物，父母对儿女的舐犊亲情，妻子对丈夫的忠贞爱情，判刑12年忠贞不渝、丈夫有外遇仍期待回归，让人不忍卒读。面对李秀秀经受的种种诱惑与苦难，让人爱恨交织。张大彪成立刑满释放人员帮扶会，又让人看到了人间的大爱真情。剧本还成功地进行了人物矛盾心情的微妙揭示：牛茂芳对儿子又爱又恨，恨儿子不争气，对不起秀秀，为阻止儿子出走，不惜拿铁锨劈碎车玻璃，甚至伤到儿子的头和胳膊。在李向东一家准备动用公安和媒体时，牛茂芳一方面表态同意给儿子教训，同时又怕儿子会再次入狱，暗中让女儿金花给哥哥报信。秀秀性格中的纠结倔强也表现得非常生动，跟父亲与母亲说话时顶撞，但是内心深以父亲为傲，一些不快不愿对父母倾诉，父母心急，言语冲突，但内心却都是彼此的牵挂。对金杰，被判12年，有人诱惑，有人劝其改嫁，怕金杰失去希望，苦苦等待，一次次看望。牛茂芳打儿子，秀秀心疼，虽明知其有外遇，情感上不能接受，却在被医生怀疑患上癌症时，盼望着金杰能来看望。好在最终皆大欢喜，秀秀一家艰难的日子终于熬过去了。看到这里让人潸然泪下。几组人物的性格揭示及心态转化，真实自然。如秀秀从年轻时的懵懂无知，到后来的坚强面对；李向东与刘秋菊的最初反对，到后来秀秀生子后，为了女儿慢慢接纳金杰，并全心帮助女儿，希望秀秀家庭圆满，生活幸福。甚至于为了马金杰，不惜放下自尊求人，找姨妹丈夫释放金杰，为判刑找人打听，狱中一次次给马金杰写信，在马外遇后微博寻人，动用学生生源等。马金杰有外遇后，梦到秀秀被人强奸，被刀子砍伤，也准确地表达了人物的复杂矛盾心理，对人物的把握准确到位。作者用真情演绎了主人公一片痴情。向东对女儿、秀秀对金杰，一片痴情，感地动天，可怜天下父母心。

剧本缺点是，有的章节故事不够紧凑，稍显拖沓，有的前后交接衔接不明，如秀秀对向东电话说金杰在看大彪路上跑了，多多去看时姥爷却浑然不知。

作者在自身身体状况不是很好的情况下，殚精竭虑，笔耕不辍，为我们提供了一个关于家庭、亲情和爱情的蓝本。爱，是一条长长的河，必须用一生来维护，甚至用生命来护卫。它有激流也有漩涡，时而激荡澎湃，时而舒缓平静，不断以情感之水注入和滋润爱的心田，让生命充满活力，永葆青春，让生活充满激情，永不干涸。

心怀感恩

八十年代，外婆村子里的一个男孩，父亲弱智，母亲聋哑，生活之困窘可想而知。但是这个孩子从小聪明而懂事，小小年纪就承担起了生活的重担。贫穷苦难的生活，使他比同龄孩子成熟了很多。五六岁时，当别的同龄的孩子还伏在父亲背上嬉闹，偎在母亲怀里撒娇时，这个孩子已经学会了做饭、洗衣。个子太小够不着灶台，就站在小板凳上炒菜、做饭。村里的幼儿园是一个幼儿教育先进示范园，学校老师和村里都给了他的家庭很多照顾。上幼儿园中班时，省妇联陪同时任中国妇联主席的康克清观摩这个村子的幼教先进典型，这个孩子穿着别人家孩子的旧衣服，脸色黑瘦，但是神态安然，落落大方，回答问题思维敏捷。康主席忍不住抱起这个孩子，直夸聪明可爱。当听到幼儿园老师介绍这个孩子的家庭情况后，康主席不由落下了泪，当场解囊相助，并通过媒体呼吁多关注这个不幸的家庭，和这个不幸而又懂事的孩子。很快，社会送来了关怀，老师和家长们也慷慨地捐款捐物。这个孩子面对大家的赠物，舍不得使用，藏在箱子里。每天打开箱子看到这些赠物，就会想到周围有那么多好心的叔叔阿姨爷爷奶奶的关怀和爱心，心中就会油然而生一种感激之情。这种感激之情促使他战胜困难，坚强自立。这个物质贫苦的孩子，却变成了生活中的富有者。他心怀感恩，发奋学习，最终以优异的成绩考上了大学，现在已成为一位优秀的建筑设计师。

我认识的一位先生，是恢复高考后的第一批大学生。上学时成绩非常优秀，从小养成了孤傲的性格，恃才傲物。在单位上班时，领导器重，同事尊敬，而他却总觉得社会亏待了他，总觉得自己禁锢在单位这方小小的领域，无法施展才能，英雄无用武之地。改革开放之初，在领导同事的挽留声中，他毅然离开单位，高薪应聘到一家外资企业搞技术开发。无奈，外资企业管理严格，这位在原单位被娇宠惯了、作风散漫的高工，完全无法适应这种高效率的管理方法，又是一腔怨气再次辞职。很多人爱其才华，慕名与之合作。就这样，这位技术精英跟人合作开过公司、高薪应聘到私人企业做过管理，但每一次都因无法与人合作，满腹抱怨，拂袖而去。以后干脆回家闭门不出，终日酗酒抽烟，抱怨上苍不公，令其虎落平原。妻子多次规劝，让他踏踏实实找一份工作，以解决起码的生存问题。他却怪妻子不理解，依然牢骚满腹我行我素，最终彻底封闭了自己。一个原本幸福的家庭就这样解体了。就这样，而今已过知天命之年的他，依然居无定所，却从不反省，从来没有从自己身上寻找原因，总是埋怨社会不公、亲人无情。

幸福与不幸福的路有千万条，有时，幸福与否，全在你的一念之间，正所谓性格决定命运。张爱玲的自传体小说《小团圆》，让我们看到了一个冷漠、孤独的影子。对于母亲，她选择了决绝，没有一丝的感恩。少女时代的张爱玲，生活在一个没有爱的家庭氛围中，父母亲离婚，母亲出走，少女张爱玲从小埋下了怨恨、疏离的种子。为此耿耿于怀，从自己开始赚钱，就惦记着还母亲的债，母亲不肯收，流泪说："虎毒不食子。"她硬是把钱推过去，从此两不相欠，从此陌路。甚至在其母亲弥留之际，在母亲的苦苦期盼时，硬是不肯见最后一面。她是要用这种方式来惩罚自己没有得到的爱，隔绝所有的维系，执拗地伤害自己和亲人。以至她在美国寓所去世一周后，才被公寓管理人员发现。一代才女就这样以一种孤零零生活的方式，诀别人间，香消玉殒。"她的沉溺、颓然、沉落，呈现在小说里形成了奇异的审美，但落实在生活里，一定毫无美感。"因为她的心里，有太多的阴霾，已经容不下感恩的存在。

生命的整体是相互依存的，每一样东西都依赖于其他东西而存在。无论是父母的养育,师长的教诲,朋友的鼓励,大自然的恩赐——自从有了人类的生命,每个生命个体都沉浸在这种相互依存、相互恩赐的海洋里;懂得感恩的人,才会获得精神的滋养;懂得感恩的人,才会懂得生活的美好。懂得感恩,才会看到你的身边亦有美景,有亲人与朋友的呵护。

让我们的心安静下来,少一些怨恨,多一些感恩。心态好了,再看看你的世界,就会发现:原来,你的生活,可以这样曼妙而美好。

寻找简单的快乐

其实，每个长大了的人都还保留着一颗童年的心，只是随着时光的流逝，被我们隐藏了、忽略了。然而，因为一个人、一件事，甚至是一只小动物不经意的触碰，我们会重新找回孩子般简单的快乐。

前年春天，一个雨后的下午。女儿从门外跑到我面前，仰起小脸，瞪着一双纯真的眼睛恳切地对我说："妈妈，跟您商量个事，刚才我看到咱家门口趴着一只小猫，被雨水淋湿了，样子很可怜。我可不可以把它抱回家收养啊？"

小猫已经被女儿抱在怀里了，黄白相间的花纹，小小的身子蜷缩成一团，两只大眼睛怯生生地看着我，声音嘶哑又微弱地叫着，那无辜又无助的样子，那瑟瑟发抖又温暖柔软的身体。摸一下，像蜻蜓掠过水面，那么微妙而又真切地触到了我柔软的心底。就这样，我和女儿收留了这个可爱的小生灵。我们特意给小猫起名叫"丢丢"，很有以前人们为了孩子好养，故意起名叫"狗剩"的意思。

"丢丢"在我们家里快乐地生活着，女儿只要在家，便与它形影不离，逛街串门也抱着它。一个星期天，女儿和她的表姐抱着丢丢去外公家玩。说好吃过晚饭回来，可晚饭时间过去很久了，依然不见女儿回家，正在焦急等待中，女儿和她表姐回来了。还没等我开口，女儿已落下泪来，说下午带丢丢在外公家楼下的草坪玩，草坪间有茂密的冬青和月季，丢丢跟她们玩捉迷藏，结果掉进草丛不见了。女儿和表姐围着冬青找了好久，最后垂头丧气地回来了。我听了也很心疼，只好柔声安慰面前这个哭成泪人的小女孩。

挨过夜晚，第二天早上，孩子的外公突然来了，手里拎着一只网兜。听着"喵喵"的叫声，我不敢相信自己的耳朵，难道是丢丢回来了。打开网兜，小猫边叫着边蹭我的裙角，像一个受了委屈的孩子，回来对妈妈诉苦撒娇呢。她外公说，早上起来，听到门外有猫叫的声音，时不时还有房门被拍打的动静，开门一看，丢丢边"喵喵"叫着，边用爪子和尾巴蹭着门，头上身上全是草木碎屑。原来丢丢昨晚自己从冬青丛中突围出来，又跑到孩子外公家门前找主人。

也许是因为恐惧和疲惫，丢丢伸出两只前爪紧紧抓住我的胳膊，惬意地闭上了眼睛。看着躺在怀里的小生灵，我心里不禁想道：它是怎样从冬青丛中挣扎出来，又是怎样找到楼上孩子外公家的呢？这个小精灵，为了寻找主人，历尽千辛万苦，那是一种怎样的信赖和依恋啊！慢慢地，在和女儿与丢丢的相处中，自己感觉心态越来越年轻了，常常在嬉闹中把自己也当成了一个纯真快乐的孩子。

每天出门，丢丢都会把我们送到大门口，而我也会像女儿一样，临走前把丢丢抱在怀里，对它说："我们要去上学了，丢丢在家要乖哦。"下班回家，老远就能听到大门内丢丢欢快的叫声，然后一路撒着欢迎接"放学"的主人。工作烦躁时，想到"放学"回家就可以看到女儿和丢丢这两个可爱的小朋友，就像含了一颗口味醇厚的方糖，慢慢消融，甜丝丝的感觉立刻充盈全身。

我喜欢把每天上下班那熟悉的道路当作风景，喜欢每天像孩子般用好奇的眼睛寻找熟悉中的不同。喜欢走在路上，边走边看，看路上的风景，看风景中的人。被爷爷牵手上幼儿园的双胞胎宝宝，街角儿卖水果的夫妻，一个优雅走过的女子，一位步履蹒跚的老人……我会想象他们是做什么的，想象他们的过去、现在和未来。就在这样的观察和想象中，生活每天都充满了乐趣。

去年夏天去北京遇到一件事，让我感触很深。那天下午的公交车上，人不是很多。我选了一个靠窗的位置坐下，悠闲地观赏着外面的风景，等待开车。突然听到售票员对着我的方向喊了一声："那位女孩儿，车快开了，劳驾您把车窗关上好吗？"邻座是一位男青年，环顾四周，没有年轻的女孩子。疑惑地向售票员看去，售票员正对我点头，微笑着说："谢谢啊，姑娘。"

自从做了母亲，虽然内心也还常有些小儿女的心态，却总是提醒自己成熟，为人处世要克制理智。唯有心底深处仍保留着一点对自己小小的宠爱。好多年没被叫作"女孩"了，几乎忘记了自己曾经也是一个被娇宠着的、简单快乐的小姑娘。

人心本是柔软的，然而生活的磨砺，感情似乎渐渐麻木。就像杯中的茶，几经冲泡后色泽便越来越浅，而茶的香味儿逐渐消失。成年人总是生活在别人的眼光里，在孩子的成长中，在岁月的磨砺下，神态老了，心也渐渐变得苍老了。

但总有一些人，依然眼神清澈，皮肤娇嫩，宛如少女。其实，人的老是相对的，欲望太多，人就会活得太累，心自然容易衰老。内心纯净，容易被生活中一些微小的细节所感动，就会保有一颗细腻而年轻的心。就像作家陈丹燕说的："一样的生活，就是有人能够在湍急肮脏的河流中不沉地盛开，由不得你不对她格外珍视。"

孤芳且共赏　赏者受启迪

——读蒋义海先生诗集《孤芳集》

蒋义海先生又一本诗集《孤芳集》出版发行了。诗集题材广泛，内容涵盖国内外某些事件，与作者的所见、所闻、所感、所悟。在形式上分为新诗和格律诗、古风三大类，以及少部分词与仿日俳句。诗作或写景，或抒情，或歌颂，或讽刺，言真意切，使我看到了诗人倾注心血，以生命进行吟哦，因而能引起共鸣，受到启迪。诸如：诗歌创作要不要生活？灵感来自何处？诗人要不要关注国内外大事？诗人如何书写国事、家事、私人事？诗歌如何民族化、大众化？诗歌如何反映时代，高举现实主义旗帜？传统格律诗与新诗如何相互借鉴，创作具有中国特色的新诗体？诗歌如何继承传统、开创新局，以承前启后？诗人的思想品质对诗歌的决定影响，等等。应当说《孤芳集》直接或间接地给予了我们启迪。本文仅谈以下两点。

（一）灵感源于生活，最好的诗萌发于生活的土壤，文章合时而作，诗歌因情而发。性灵之人，明心见性，即景顿悟，灵感涌动，出口成诗。诗为何物？子曰：诗三百首，一言以蔽之，思无邪。诗言志，即情志。情志包含喜怒思悲恐，故诗可以比、可以兴、可以讽、可以怨，皆情之所至。其灵感来源于社会生活。蒋先生的诗有浓厚的生活气息和动人的感情色彩。从诗中可以看出诗人在诗词上的功力和艺术修养，才情兼具。蒋先生所写都是真情实感，现实中发生的事件，蒋先生有感而发，信手拈来，形诸笔端，赋予诗意。情为诗魂，附庸风雅、无病呻吟的诗华而不实,过目即忘。真正的诗应该是生活中美的升华,是人类内心情感的结晶,诗贴近生活,才有说服力,才能拨动人的心弦,使人受到感染。例如,诗集中反映国事的《玉树地震三首》:"神州伸出支援手,领导运筹众志城";反映民生的《秋风》:"一位买豆浆的老太太/滑倒/呻吟/谁来过问?";鞭挞丑恶的《垃圾桶里》:"里面有/被扔的一只只醉蟹/一团团白米饭/还有数不清的山珍海味/以及大家都关心的勤俭节约/和'浪费是极大犯罪'的箴言";关爱美好的《青春》:"春/毫不吝啬/把绿洒向平原山林/把香撒向百花园/把暖洒向我的心间";励志的《中秋偶感》:"人老/心不老/它是生命的又一开端/不必像今晚的月亮那样/将自己隐埋/显得太累/太没出息/太窝囊/同样有另一种人生的辉煌",以及警示世人的《返祖》:"人返回猴子/只需要一瓶茅台酒/或五粮液/为了贪嘴/从屁股红到脸";反映民间疾苦的《讨薪农民工》:"我去十八层地狱/比站在十八层楼上/还快乐"等一系列诗作。

  蒋先生同样是一位性情中人,一个平凡的人,在怀念母亲的《祭母》《母爱》,悼念早夭儿子的《人间天国情永稠》,以及关心后代成长的《闻小孙女丰羽期考得百分成绩》,和抒发与妻子相濡以沫的《金婚抒怀》中,对家人的亲情与爱溢于笔端。然而诗人所书之情,绝非卿卿我我的私情,而是把这些私情融入对时代、对国家之深情、大情中去。将个人命运与时代、与国家紧紧联系在一起。把个人置于历史的大屏幕里,因而诗作洋溢着浓烈的爱国主义情感,读后令人振奋,令人感恩当今盛世年华。如怀念早夭儿子的《人间天国情永稠》:"——假如你晚生13年/已是改革换日月啊/开放见新天/仙豪绘山河啊/神州处处春/你会与爸妈弟妹/一道过上好日子/而今国泰民安/虎跃龙腾/动地惊天/神州已崛起/全国上下奔小康——"

  (二)品质成就思想,人类文化的发展就是思想的传承。思想是一个人乃至一个民族的灵魂。思想能促进品质的完善,二者相辅相成。文如其人,言为心声,诗歌是诗人心灵的窗口,精神世界的巨人,拥有强大的精神辐射力。蒋先生以自己的思想与精神内涵,与世事融通、悟道,因而往往能在他短短诗行闪放出哲理的光芒。而这,是建立在蒋先生热爱人民，热爱生活，心怀天下，终身追求自己品格的完善，义不容辞承担起艺术家的使命与责任等基础上的。例如，诗集中的《火炬》："真正的艺术家/他的笔管/始终喷发着/创作/创造/创新的火焰！/熊熊的烈焰/永恒/永久/永远/即使他不在人间/它仍在燃烧/将艺术家/鲜明的意向/不屈的意志/坚定的意念/和独立的人格/高尚的品格/伟大的人性/熔化其间/去焚烧社会的积弊/人类的垃圾/世界的黑暗/烈焰啊/变成了擎天的火炬/照亮一切良知/和未来前程"；《学艺随感二则》："1/不要迷恋生活的迹象/不要捞起现实的浮沉/要准确地看穿事物的本质/要扎入生命的深层/这样/你的诗/你的画/你的小说/你的剧本/才有可能/在千百万读者中生根/或刻下永不泯灭的印痕/2/正在流失的美德——/善良/真诚/爱情/值得痛惜的至宝——/自由/民主/尊严/亘古不变的人性/短促而弥珍的生命——/这一切/要去反映/要去表现/这才是真正的/艺术家的/神圣"；以及《你如果》《希望》等，这些诗作都反映了蒋先生高洁的情怀和爱国爱民的思想。

　　蒋先生用自己的诗解读着人生，其生活与经历打上了时代烙印，饱含着一位有良知的诗人的思想情愫。物质的独立容易，精神的独立极难，身处时世繁杂，却保持一份思考和宁静，实属不易。古今中外，那些献身于科学、艺术、哲学的先哲，都是将目光聚焦在对社会对人类的思考，用自己手中的笔，把生命的感喟与人间的图景立体地描绘出来。看得出蒋先生才思敏捷，触景生情，能赋诗句以精彩精华，挥之翰墨，则诗与书画珠联璧合。

　　艺术之路虽漫漫远兮，然贵在不断为求真理而上下左右负戈求索。人民艺术家是真正的艺术家，他的成就来自于人民的认可，又回馈于人民，回报于社会，它代表着一种先进的文化，是集劳动人民智慧之大成。一个品德高尚的艺术家，才会得到人们的推崇和敬仰，才具备拾级而上的底气和高瞻远瞩的勇气。蒋先生可以称得上是这样一位德艺双馨的人民艺术家。

读《观刈麦》有感

端午过后,热风吹来,麦田里泛起了黄色的波浪。农人深秋洒下的希望历经寒冬的磨砺,阳春的滋生,初夏的蓬勃,终于盼来了收获的时刻。看似一切自然,水到渠成,实则含辛茹苦。偶然在网上看到唐朝诗人白居易所写《观刈麦》,读后唏嘘不已,感慨颇多。

这首诗作于唐宪宗元和二年(807),当时诗人36岁,任陕西周至县县尉,主管缉捕盗贼、征收辑税等事。因有感于民生之艰难,映照自己四体不勤却饱食禄米,内心十分惭愧,于是直抒其事,简约磊落地表达了诗人对劳动人民的深切同情,表现了一个有良心的封建官吏的人道主义精神。原文如下。

田家少闲月,五月人倍忙。夜来南风起,小麦覆陇黄。妇姑荷箪食,童稚携壶浆。相随饷田去,丁壮在南冈。足蒸暑土气,背灼炎天光。力尽不知热,但惜夏日长。复有贫妇人,抱子在其旁。右手秉遗穗,左臂悬敝筐。听其相顾言,闻者为悲伤。家田输税尽,拾此充饥肠。今我何功德,曾不事农桑。吏禄三百石,岁晏有余粮。念此私自愧,尽日不能忘。

诗人给我们勾勒了一个栩栩如生的画面,麦收季节,烈日当空,挥汗如雨,男人为抢收到手的庄稼无暇吃饭,女人提着饭,孩子拎着水，送到田间地头。喂奶的女人也不得空闲，抱着孩子拾捡地里遗落的麦穗，因为交完地租税赋后所剩无几，拾穗用以果腹充饥。多么令人心酸的场面，相信每一个有良知的人都会有所触动。

唐朝的县尉，级别类似于现在的副县级，在农忙时节深入农业生产一线，了解民间疾苦，体恤民情，并勇于撰文针砭时弊，为民请愿，在封建社会等级制度森严的情况下难能可贵。说起等级制度，让人想到了人的尊卑，其实人的尊卑不是天生的，也不能永远世袭。秦末的陈胜、吴广就向天发出了"王侯将相，宁有种乎？"的拷问。这句震耳发聩的天问千百年来激励了多少仁人志士通过战场走向了九五之尊的宝座，如刘邦、刘秀、朱元璋等平民皇帝。同样，在隋朝建立科举制度后，也为寒窗苦读的平民知识分子提供了改变命运、实现政治抱负的机会，大成者得以封侯拜相。贵族与平民的身份变幻无常，东汉末年，皇室贵胄、中山靖王玄孙刘备也会破落到摆摊卖草鞋的地步。改朝换代，以皇亲国戚为代表的旧官僚集团往往成为猎猎战旗下的祭品。"城头变幻大王旗"，于是，一个新的贵族阶层产生了。然而，"一将功成万骨枯"，用鲜血浇灌的新政权终究还是逃脱不了历史的周期。中华民族五千年的文明史，始终跳不出这个怪圈，明清以后随着西方自然科学的发展，工业革命让西方资本主义发生了天翻地覆的变化。清朝闭关锁国、腐败昏庸，竟至"国不知有民，民不知有国"的地步，四面楚歌中成了西方列强的盛宴。民主革命先驱孙中山先生提出了"三民主义"和"驱除鞑虏，恢复中华"口号，伴随武昌起义的枪声，清廷轰然倒塌。其后代表封建地主和新兴资产阶级利益的蒋介石民国政权也被以毛泽东为代表的劳苦大众以星星之火化为了灰烬。以史为鉴可以知兴替，暴民之暴源之于暴政，"民不患贫而患不均"，这里的均广义上讲不仅指社会财富，还包括广泛的政治权利、人身权利和社会资源。存在阶级的社会每个人皆有私心，这是由生产力水平决定的，从积极的意义上说它也是保证社会存续和发展的必要，这是小私。然而，当一个主导社会的执政阶层通过权力寻租，恣意挥霍政治资源，抱团徇私时，社会就失去了基本的公平和正义，这是大私，古人云：其身正，不令而从。其身不正，虽令不从。

那么这个政权必然岌岌可危，山雨一来，摧枯拉朽。唐太宗李世民说："水能载舟，亦能覆舟。"他把百姓喻为水，其文韬武略，不愧为人中之杰，水的常态是温柔的，总会给人以惬意与柔情，可是它以柔克刚的力量不容忽视，不仅仅水滴石穿，亦能形成洪流，势如猛兽，能吞噬一切。所以智者近水，仁者近山，中国的传统文化讲"仁义"，仁即二人，心里要有别人，不追求个人利益的最大化，而是个人利益的合理部分。义是什么？人生必架于物，而人在寻物之利时要利取中道，是为义。言归正传，封建官吏白居易因不干农活，领取朝廷俸禄，衣食无忧，看到民生之艰难，心生恻隐而寝食难安，有人也许会说，是庸人自扰，分工不同而已。然恰恰是在他的自愧里，我看到了他为官的节操。得民心者得天下，得民心首先要知民心、解民意。知民心就不能脱离群众，高高在上，主观臆断。

所谓"知屋漏者在宇下，知政失者在朝野。"这首《观刈麦》诗确实值得人深思！

从乡村记忆到城市经验

——王成祥和他的《成长三部曲》

"小说有着很强的辐射功能，它像一尾机智灵活的鱼儿，可以在社会的汪洋中任意穿行，无孔不入，有时还会弄出阵阵水花……"一个偶然的机会，当读到王成祥在其小说集《蛙鸣悠扬》（作家出版社 2008 年 1 月出版）后记中一段关于小说的精辟比喻，我不知不觉记住了这位江苏作家，并开始留意起他的创作。

2012 年冬天，我由于身体出了问题，需住院手术。那段日子，我终日处于焦虑与紧张状态，甚至茶饭不思、夜不能寐。在忧伤与无助中，只有通过阅读小说来分散精力、排遣苦闷，以期寻找一种慰藉。因为我相信，真正切入灵魂的文字，是能够让一颗焦躁不安的心趋于平静的。恰在此时，我从《钟山》"长篇小说专号"上，十分欣喜地看到了王成祥的《譬如朝露》。它如突然造访的心灵密友，静静陪伴我度过刚入院时紧张不安的等待时光。记得那天，我躺在医院的病床上整整看了一天。晚饭后，本想早点休息，可小说中男女主人公悬而未决的情感纠结，如同磁石一般牢牢吸引着我。于是，我打消了睡觉念头，接着往下看，这一看，直至过了凌晨两点，才将这部长篇阅读完毕。那时，整个住院大楼内一片宁静，我呆呆地斜倚在病床上，睡意全无，整个身心依然沉浸在小说所呈现的特殊场景与氛围中。我知道，这部作品准确无误地击中了自己的心房。

后来，我开始收集王成祥的所有作品及相关资料，并陆续读到了之前他在刊物上公开发表的另外两部长篇，它们分别是《记忆之村》和《锦瑟华年》。写童年经历的《记忆之村》、学校经历的《锦瑟华年》和创业、情感经历的《譬如朝露》，十分巧妙地构成了他的长篇小说《成长三部曲》。作家从乡村记忆写到小镇生活，直至拓展到都市题材，写作思路不断开阔，表现手法力求变化，并且每部长篇的不同人物之间，又有着一种极其巧妙的内在关联，进而让人不难看出，王成祥所创作的《成长三部曲》，不啻一代人的成长经历，而且还是当代中国从农耕时代向城市化进程不断迈进的历史见证。只是这种见证，决非一般意义上的国情报告，更非枯燥乏味的社会发展简史，甚至在这三部作品中，读者连许多长篇小说所惯用的所谓"全景式扫描"文字也难觅踪影。王成祥完全从小说家的立场出发，凭借对题材驾轻就熟的把握，时刻注重以生动的情节展开故事、描摹人物，进而产生出令人"欲罢不能"的阅读效果。

一

乡土，是当代众多小说家永远乐此不疲书写的领地，一部中国当代文学史，乡土小说可谓占据了大半壁江山，并且其中涌现出众多至今仍让人耳熟能详的优秀之作。

王成祥最早尝试小说创作，正是从乡土出发的。他出生在长江南岸一个偏僻而遥远的小村庄，并在那片巴掌大的土地上整整生活了18个春秋，因而对故土有着刻骨铭心的记忆。20世纪80年代，正逢中国当代文学迎来了空前繁荣的大好机遇，这使他自然而然地拿起笔，跃跃欲试地做起了"作家梦"。1984年8月，他以家乡为背景的小说处女作《莲子》在《雨花》刊发。此后，他相继发表了《逝去的夏天》《冬雾》《微凉的秋》等一系列颇富水边气息及地域特色的作品。由此不难看出，在乡土领域乐此不疲地耕耘，几乎贯穿他从20世纪80后代到新千年之后的20余年写作生涯，这为他后来创作长篇小说《记忆之村》奠定了坚实基础。

2003年，已做好充分准备的王成祥，终于开始考虑"成长三部曲"第一部《记忆之村》的写作。由于准备充分，这部经过一次又一次精雕细琢的作品得以在2008年第5期《莽原》上顺利刊发。后来，它的单行本不仅荣获第20届全国梁斌文学奖，而且上海《文学报》和日发行量过百万份的江苏《扬子晚报》上，都刊发了有关这本书的评论。

《记忆之村》无疑是部新颖别致的小说，通篇弥漫着乡土气息，它以二十世纪七十年代江南一个名叫"落水"的小村庄为背景，通过童年纯真的视角，生动而又艺术地再现了特定历史时期中国农村的社会风貌和一系列小人物的命运。尤其是村长李玉这个角色，被塑造得十分耐人寻味："这个贯穿全书的重要人物，内心世界始终充满深深的矛盾。在他身上，有善良一面，更有极其邪恶的一面。这个复杂人物，在作家笔下被写活了，以致他每一次活灵活现的表演，既充满个性，又深深打上了那个时代的烙印。"（引自2010年1月19日《扬子晚报》书评《江南乡村也有悲情故事》）

二

1985年夏天，怀揣文学梦想的王成祥大学毕业后被分配到一个远离家乡的小镇工作，从事教书职业，并且时间长达8年之久。对他而言，这无疑是一段寂寞难熬的漫长时光。现实与理想的强烈反差，使他时常会陷入无限的焦虑之中。这种焦虑，几乎是当时一大批出身寒微、毫无家庭背景师范生们的宿命，他们对外面世界的深情向往，以及面对现实的种种无奈，如今的大学生们恐怕很难感同身受。于是，为了改变命运，人们托关系、走后门，甚至不愿在当地轻易恋爱成家。这些发生在他身边的事，为他日后创作"成长三部曲"第二部《锦瑟华年》，提供了大量鲜活的素材。

20年后，当王成祥集中精力开始创作"成长三部曲"第二部《锦瑟华年》时，内心不由得感慨万千。他终于意识到，挫折与磨难,对于一个作家的成长显得多么重要,甚至是一笔弥足珍贵的财富。一旦意识到这一点,当重新回眸那段难以忘怀的小镇生活,他的整个身心开始被一种特殊的温情所笼罩。为了将这种美好的感觉化为永恒,他在小说中,将那个小镇起名叫"爱镇"。

《锦瑟华年》取材于20世纪80年代,它通过怀揣梦想的大学生陈光南步入社会后的一系列遭遇,形象地揭示出美好理想在现实面前的种种无奈与最终妥协。这位来自农村的大学生,让人不由得联想到《记忆之村》中那位名叫黄龙的小男孩。如今,小男孩已经长大,并经过一番上下求索与苦苦等待,终于离开小镇来到县城,且在官场上谋到了一席之地。然而不幸的是,伴随着这一变化,他的人生观与价值观已发生根本改变,往日心存的美好理想,也被抛诸九霄云外。此时,如果我们再重温多年前那个发大水的乡村夜晚,他与父亲在江堤上的一番对话,内心深处,又该会有着怎样的感慨——

……

"没想到我居然当上了代村长,小龙,你高兴吗?"父亲突然开口问道。

"当然高兴。"我几乎不假思索地回答。

父亲听后,笑着拍了拍我的脑袋,然后继续问道:"那你认为我当村长够格吗?"

"当然够格。"

"为什么这么说呀?"

"因为你善良、正直,又有吃苦耐劳的精神。"

"这些可是做人的基本要求。"

"可许多人并不具备。"

"小龙,如果有一天,你发现爸爸身上的这些品行正在消失,一定要及时提醒我。"

"为什么?"

"免得我由好人变成一个坏蛋。"

"好的,我发现后,一定会提醒的。"

"到那时，我宁可不当这个代村长，也要做个好人。你同意吗？"

我听后，高兴地点点头，并趁势将脑袋依偎在父亲宽敞的怀抱里。

……

(引自长篇小说《记忆之村》第198—199页，吉林人民出版社2010年1月出版)

世界在变，人心也在变；我们在改变着时代，时代也在改变着人心。读完《锦瑟华年》，让人不由得发出这样的感慨。这部长篇，可视为王成祥从乡土写作向都市题材转变的过渡之作，虽然作品中主要人物的活动场景是以小镇和县城为主，但作家通过陈光南几次还乡的经历，使得熟悉的乡音和美好的乡情得以在小说中再次生动呈现，使得整部作品依然打上了或深或浅的乡土文学烙印。其次，在创作方法上，它与《记忆之村》所采用的那种片断式结构也迥然有别。在这部长篇中，作家似乎要将许多烂熟于心的故事向读者倾诉，因而始终围绕主人公陈光南这条主线，娓娓道来、环环相扣、一气呵成。尤其是作品中几位外表美丽、性格迥异年轻女性形象的精心塑造，为这部长篇增添了许多新看点。

三

《譬如朝露》的题材与前两部截然不同，写的是两位不满现状的大学毕业生负气离开各自生活的小镇，一个前往梦寐以求的省城南京，一个前往深圳。后来，两人又在南方相见，以特殊而又无可奈何的方式共同致富，但他们的根和内心深处最值得留恋的一段段情感仍遗落在小镇，于是若干年后，当有机会重新踏上故土，他们又试图拯救在财富积聚过程中空荡失落的心灵。这部充满悲悯色彩、能够体现作家人文情怀的现实主义作品，语言表达干净利落，并在写作手法和题材开掘上有着新的突破。作家对时代变迁和城市化进程的把握显得极其巧妙，整个作品没有大段的文字铺陈，往往只是通过人物的一次感悟，或是打上流行色彩的一首歌曲，就能让人心领神会、浮想联翩。其对商界人物及其活动场景的描摹与刻画，同样显得笔力老道，拿捏得当。诚然，小说最能打动人心之处，还是体现在作者对刘鹏飞与陈子墨这两个真实饱满的人物塑造，以及陈子墨与凌云之间那种令人扼腕叹息的关系处理上，从中让人不难看出作者在这些人物身上所倾注的诸多心血和情感。

从乡村记忆到城市经验，是当今许多作家的追求，也是当代中国小说发展的一个轨迹，王成祥以他的《成长三部曲》很好地验证了这一写作转变。这三部容量有58万字的长篇，先后花费他整整8年时间，如今已由江苏文艺出版社出版发行。如果从2003年开始创作第一部算起，《记忆之村》是他对30年前乡村生活的一次全面回眸，《锦瑟华年》是他8年小镇生活的青春纪念，至于《譬如朝露》，乃是那些毫无背景的外乡人置身都市、奋力打拼、屡遭挫折、性格弥坚的文学见证。因此，从这个意义上来看，他的《成长三部曲》，其实也是一部引领向上、充满励志的书，能给读者带来多方启迪。但小说毕竟是一门特殊的文学样式，真正的优秀之作决不会因时代变迁与潮流的嬗变而轻易消亡，这就要求小说家们在具备极其熟练的写作技艺的同时，还要讲究对书写的题材保持一定距离的审视（譬如，素材的积淀与写作时间的把握），因为只有这样，方有可能取得高屋建瓴的审美效果。有着多年创作实践的王成祥可谓深谙此道，况且他还具备值得钦佩的理论素养，不仅在《文艺报》《中国现代当代文学研究》等权威报刊上发表过多篇理论文章，而且出版过理论专集《文字的家园》，这在当今作家中并不多见。凭借这些，我们有理由对他的创作寄予更多的关注。

盛世百花齐放　艺海独领风骚

今年2月，正值大地回春、梅花盛开之际。由当代著名书画家，被誉为"中华一枝梅"的南京名人艺术院院长蒋义海先生创作的《蒋义海咏梅诗三百首》公开出版发行，引发艺坛震动。该书为我国首部个人咏梅诗专集，在我国诗歌史及梅文化史上弥足珍贵。据考，宋代陆游咏梅诗百余首，元代著名画家、诗人王冕曾著咏梅诗140首，清代吴襄百首七律咏梅诗，北宋隐逸诗人林逋、政治家文学家王安石及南朝梁诗人何逊亦流传咏梅诗数首。但仅以梅花为题能创作诗歌三百首，却是前无古人，令人钦慕与好奇。开卷拜读，始惊喜，继称奇，终而叹服不忍释手。

诗，先于文字，源于劳动，盛于汉唐。在我国文学史上雄居主流地位数千年，讲究合辙押韵、抑扬顿挫、朗朗上口、富有美感。孔子曾说过："诗可以兴，可以观，可以群，可以怨。迩之事父，远之事君，多识于鸟兽草木之名。"用现在的话就是："诗可以激发情志，可以观察社会，可以交往朋友，可以怨刺不平。近可以侍奉父母，远可以侍奉君王，还可以知道不少鸟兽草木的名称。"这是对诗歌的社会作用最高度的赞颂。就是说，诗能够作用于社会回馈社会。数千年来，诗人灿若繁星，给我们留下了浩如烟海的诗文宝库，让我们有机会跨越时空去体验诗人的情感世界。关于诗的创作，中国诗学一向重视"情"与"景"的关系，"心"与"物"的关系，"神"与"形"

的关系,中国诗人作诗,十分讲究含蓄、凝练。抒情时往往不是情感的直接流露,也不是思想的直接灌输,而是言在此意在彼,写景则借景抒情,或热爱、或憎恶、或赞美、或思念、或快乐、或悲伤;咏物则托物言志,或感情、或志向、或情操、或爱好、或愿望、或要求,从而达到诗人的主观情思与客观景物相交融浑然成一体的意境。如杜甫《绝句》:"两个黄鹂鸣翠柳,一行白鹭上青天。窗含西岭千秋雪,门泊东吴万里船。"此诗动景有黄鹂鸣,白鹭上青天,静景有千秋雪,泊船,一片赏心悦目美景,但却是言在此而意在彼,诗人正沉浸在"青春做伴好还乡"的喜悦心情中呢。再看刘禹锡的《乌衣巷》:"朱雀桥边野草花,乌衣巷口夕阳斜。旧时王谢堂前燕,飞入寻常百姓家。"诗人通过将其抽象的对物是人非的感叹寄托于具体的景物之中,使情思得到鲜明生动的表达。如果诗人不是将一腔情思蕴涵于野草丛生、夕阳残照,尤其是燕子归巢不见故人故居这一场景之中,而是直接感叹"谢安王导今安在?荣华富贵终化烟",那此诗早就湮灭于诗史长河中了。

诗,又是思绪和语言的风景。祖国的山河大地,永远都是深爱着它的赤子心灵的牵挂与寄托,哪怕是片山寸土,一草一木,都分外关情,这也给我们留下了无数的千古佳句,如璀璨繁星熠熠发光,千百年来传诵不衰。好的文章,好的诗词,都是作者激情勃发,灵感如潮时,真情流露化为妙语佳句。佳句是文章的灵魂,是作者深厚的学养、广博的知识、深刻的思想和扎实的文笔水到渠成、锤炼推敲而成。它不仅反映了作者的博学多才、艺术造诣、生活阅历、思想境界,还可以陶冶人的情操,甚至会影响人类社会思想进步的历程,具有教育性、思想性、流传性、哲理性和警示性。王维的《使之塞上》:"大漠孤烟直,长河落日圆。"塞外荒漠,无边无际,以致烽火台升起的一股浓烟就格外的引人注目;九曲黄河,横亘大漠,红通通的落日挂在长河之上显得又大又圆。这里的一"直"一"圆",颇有意味:"直"字表现出孤烟的劲强、挺拔、坚毅之美;落日本易引人伤感,一个"圆"字,却又带给人以亲切温暖而又苍茫的感觉。诗人以粗犷雄健的线条勾勒出塞外独特壮美的风光,画面开阔,意境深远。唐岑参《白雪歌送武判官归京》："忽如一夜春风来，千树万树梨花开"，此二句堪称是写雪名句当中的佳句。诗人用盛开的梨花来比喻满树的雪花，为读者描绘了一幅壮丽的北国冰雪风光图画。一个"忽"字，准确地传达出诗人的惊喜之情：荒凉的北国，经过一夜的银装素裹，让早起赏雪的诗人仿佛置身于梨花盛开的江南一样愉悦、惊喜！这两句诗想象神奇，情感起伏跌宕，给人留下无穷的回味与想象。杜甫《春望》："感时花溅泪，恨别鸟惊心"。此二句主要是写离乱之感。春天的花、鸟本是娱人之物，但是想到国破的时事，想到离别的悲哀，花也仿佛为之"溅泪"，鸟也似乎为之"惊心"，自己更是伤怀落泪了。这里作者运用移觉的手法，触景生情，然后又移情于花鸟，使得诗中表达的情感与眼前之景交融起来，真正达到令人悲痛欲绝的境界。诗人也通过吟诗托物言志，表明心迹，以及对人生的态度和对人生的感悟。"粉身碎骨浑不怕，要留清白在人间"（于谦《石灰吟》），"零落成泥碾作尘，只有香如故"，（陆游《卜算子·咏梅》）诗人写"石灰""梅花"的目的就是言志，表现自己的高洁情操。王安石《梅花》："遥知不是雪，为有暗香来。"诗句既写出了梅花的因风布远，又含蓄地表现了梅花的纯净洁白，收到了香色俱佳的艺术效果。元人王冕《墨梅》："不要人夸颜色好，只留清气满乾坤。"是以冰清玉洁的梅花反映自己不愿同流合污的品质，言浅而意深。

　　盛唐之后，出现了词、曲、散文等文艺形式，虽然现存宋诗数量远超唐诗、清朝再现创作繁荣期，但诗在文学中已难现昨日辉煌。"五四"之后，中国诗人开始对"新诗"进行探讨，颠覆传统之后却未能继承与创新。新诗发展到现在，已经黯然失色。但近些年，传统意义上的诗并未像一般人理解的那样衰落了，我们从许多流行的东西里面都能够寻觅其踪迹。比如张艺谋、陈凯歌的电影，比如一些散文，里面的画面和语言，充满着一种诗意；还比如当下祝词、顺口溜和流行歌曲的歌词，越来越多地具有诗的韵味。就在当前诗歌创作低迷时期，《蒋义海咏梅诗三百首》犹如梅花凌寒绽放，给诗坛带来一股清香。

蒋义海先生出生于南京风景秀美的燕子矶，自中学起就踏上了艺术求索之路。他创作过漫画，画过油画、国画，从20世纪60年代起就有诗、文、评论见诸报刊。他对梅的喜爱始于孩童时庭院中的几株梅，随着年龄既长阅历渐增，对梅的品骨认识得越发深刻，对梅的喜爱也就越发深浓。梅，花中四君子之首，在严寒中最先开放，引领烂漫百花的芳香，为文人墨客所景仰和赞颂。古代文人雅士庭院书房，常可见梅：老干偃盖，苔藓封枝，盘根错节，横斜疏瘦、苍劲淡雅，疏花点点。他不屑与凡桃俗李在春光中争艳，而在万木瑟瑟的冰天雪地上绽放，幽幽冷香，随风袭人。那种"凌寒独自开"的孤傲气质、倔强的性格和高洁的品质，深深折服了蒋义海先生。南京作为六朝古都，六朝时植梅已盛，现在的梅花山、玄武湖、雨花台、溧水傅家边、中山植物园和古林公园，远及祖国各地梅盛之处，都留下了蒋先生驻足赏梅品梅的身影。通过观察和感悟梅姿、梅型、花态、花韵，寻找灵感，饱蘸笔墨，把现实中的梅花表现成艺术的梅花，创作了大量的梅花画作和诗篇。他的画，或五彩悦目，千姿诱人，或梅骨铮铮，傲然绽放；他的诗，赏景抒怀，清新隽永，或讽或颂，引人深思。他对梅毫不隐瞒自己的偏爱。眼见得寒秋时节，"乾高坤爽漫殊香，冬至菊残梅始芳"（《早梅》）：菊花，晚秋开放，诗人用一个"残"字反证了气候环境的恶劣和严酷，耐寒的菊花都被摧残，其他草木更难脱枯萎衰败的结局，这时节"梅始芳"，周围一片肃杀气氛中给人带来清新气息，诗句与"岁寒，然后知松柏之后凋也"有异曲同工之妙。梅初蕴蓓蕾，即已潜送暗香："素娟蓓蕾行将放，乍嗅玲珑玉暗香"（《窗外梅花》），"府月台边香漫远，影娥池里映嫣颜"（《画梅》），"无名草木藉丹彩，玉女放香清扫埃"（《红梅与白梅》），"朵朵梅花开淡墨，气清溢纸馥满堂"（《独树堂主画墨梅》），"闲剪一枝和雪嗅，惊婪阵阵野清香"（《江梅》），"漫山遍野疑为雪，闻得暗香流宇间"（《赴溧水赏梅胜地傅家边口占一绝》）。这时节，有"素娟"给"无名草木"添"丹彩"、溢清香，这份高洁清冽的品质感染着诗人，滋养着诗人的肺腑。风拂花枝，花枝摇曳，在诗人面前"片片鹅毛飘絮落，仙姬颜上粉脂着"（《雪化梅在》），"丽妃为见拥来客，巧抹胭脂腮粉红"

(《红梅》），如清丽的红粉佳人，俄而梅花又如轻灵的花仙子长袖善舞，轻盈娟秀，"风骚独领百花苑，烂漫多姿耀宇间"（《俏不傲春》），引起诗人惊疑："我向宋时明月问，斯梅可是隐逋妻？"（中国五大古梅咏之五浙江杭州市超山宋梅》）。梅花的风姿，让诗人产生"我且狎昵欲销魂"（《销魂》）之感，忍不住"驻足耳语与梅云"（《知音》），越赏越认定梅花"不同桃杏招人眼"（《酬酒》），对梅酌酒，"斟酒观神女，诗成画意生"（《古隐士画梅》），目睹万芳百态，心中不禁"我求身化千千万，朵朵有人心细观"（《化身》），情到深处，"醉酒依床悠品赏，梅花乎我我乎梅"（《梅我乎》）。蒋先生赏景赋诗，诗风清新自然，诗景梅色梅香，相映生辉，展现给读者一幅幅精美生动的画面。

蒋先生痴迷梅花，为梅而醉，但他的诗情画意绝非风花雪月。凡人食五谷杂粮，都有七情六欲，他也会见善则喜，见恶而怒，为社会进步而振奋，见社会不平而拔剑。诗人所历也多，所见也广，虽经过霜雪，却依然坚守洁傲天真的本心。"洁傲天真从不改，犹鹰风举胜棚鸡"（《不改天真》），这两句诗，直指本心，表明自己的志趣高洁，傲骨不改。犹如鹰翔九天，志在高远，全然不屑鸡寄窝棚的浑浑噩噩。任他世事令人眼花缭乱，我自心中岿然，不受外界诱动。哪怕是"周曹如秽染，瑶水雪无歇"（《梅品》），诗人誓愿"不与浊流共地阴，舒眸坐爱看天云"（《梅颂之二》），"休入俗园名钓利，孤梅独赏守纯真"（《哀赝品充塞书市场》），因为诗人心中自有"灿灿贞姿炫玉琅，凛凛正色藐寒霜"（《劝梅》），"素香寒色显天真，不寂玄崖宅有神"（《美梅》）。读者从中清晰地看到诗人旷达高洁的君子之风。蒋先生做人，却并非是独善其身、清高自傲，他的诗中常见众生百态和社会万象。蒋先生曾历"文革"运动，无法一心做学问和搞研究，遭受了非人折磨和不公平待遇。回顾那个年代，先生有感而作："玉姿不为莺歌唱，常见杂华众蝶闻"（《为梅不平》），"叹观枝玉纷纷落，树下闲听二月愁"（《忆"文革"期间观梅》），为这些饱学之士被"闲"置只是"愁寂郁郁遭诽谤，东风不到未能开"（《忆二十世纪六十年代有才学者被埋没》）而鸣屈抱憾。诗人

"透牖外探长叹谢,盼能花艳再春来"(《朱明惜春》),相信云雾散去是天晴,知识分子终得重见天日,诗人乐见"东风无愧拂天籁,香雪携春一道来"(《咏春》)。现在,祖国踏上振兴之路,社会事业焕发出勃勃生机,诗人欣喜地感慨,"华夏共欢百族融,眼前皆是桂香浓。来年春日红梅放,更是薰风共向荣"(《丁丑国庆有感之二》),"博爱尘寰齐共乐,牧童谐曲笛横吹"(《和谐颂》),我们的祖国健康发展,天上、地下、城乡、田野,祖国处处洋溢着一片欢乐、和谐、蓬勃向上的气氛。作为热血诗人,蒋先生关注民生、重情重义,他的诗歌颂美好,鞭挞丑恶。听闻某男痴恋患癌女友,不离不弃,感其情感之挚:"白雪无尘情圣洁,红梅有信誓坚贞"(《闻某郎与身患癌症女结婚》),诗人游园赏梅时,见到爱梅之男女,无视周围人群的批判目光,堂而皇之地采摘梅花,对此,诗人苦笑调侃"有树堪折花要摘,无需空手返回城"(《郊外梅园偶见》)。高洁的梅花,竟成"爱花者"摧折的对象,真是莫大的讽刺啊!"纤手频折随意占,游人瞠目竞羞颜"(《讽私折梅枝女》),诗人听到有清洁工遭人殴打之事,愤然质问,"试问当今何世道,琼梅怎比杂花低"(《闻某清洁工被殴》),怒斥打人者这粒"杂花"品质低劣,痛惜世间黑白颠倒的丑恶。诗人痛心的不只是个别文明素质方面的恶习,对于社会不正之风更是深恶痛绝。针对买官跑官现象,诗人痛责其行为之蠢笨,嗤之以鼻,买官者注定没有善缘不得善终:"买了官衔成范进,贿金贿色在当今。伯夷泉下如知晓,嗤蠢无缘梅品心。(《笑买官衔》)"还有一些官员,为外界灯红酒绿所迷惑,放弃高尚目标,钩心斗角,追名逐利,失去本色。"未与冰霜守粹贞,只同桃杏竞残春。朱颜强傅追俗去,惊叹失真拄丈人。(《红梅哀》)"诗人为之而扼腕叹息,忧思流于笔端。社会蛀虫和毒瘤不除,社稷危矣!危难之际,有反腐卫士拔剑而起,高举反腐倡廉大旗,不惧权贵,拉贪腐落马,邪恶风气得到遏制,诗人顿觉尘污涤荡而去,整个人神清气爽:"三冬梅绽春来早,万里香遥雪洗尘。(《梅绽》)""傲霜斗雪迎寒放,扬善惩邪耀九州。(《梅香满乾坤》)""为保中华敢献身,催开花蕊报春音。未因浊世伤梅骨,不受淫风晦气侵。(《英雄赞》）"诗风雄健豪迈，格调昂扬明快。

　　蒋先生是画家、书法家，更是诗人，他爱家、爱国、也爱自然。作为一位艺术家，他位卑未敢忘忧国，对祖国就像对自己生身母亲一样，始终怀着炽热、深沉的爱，洋溢着强烈的爱国主义精神。他憧憬社会和谐，更期待祖国早日统一。1994年，台湾蒋纬国将军收到友人捎去的蒋先生所画红梅图，回信阐发梅花要义，期望"结合两岸爱梅人士，以加速中国之统一"，蒋先生心潮澎湃："手捧瑶函情激涌，爱梅期'统'乃君公"（《忆甲戌蒋纬国来函》）。2009年2月，大陆与台湾梅花书画作品展在南京举办，诗人出席，有感于炎黄子孙，文化同根，传承同宗："海峡深处云霭远，秋波望断色一青"（《海峡两岸》），渴望祖国早日实现统一。在他看来，"梅魂本是我国英，两岸相期一统成。共唱炎黄福祉曲，复兴华夏绣前程。（《梅魂》）"寻根溯源，展望前景，期待两岸一统，合力共图中华民族的伟大复兴。诗人以诗道出心愿，这又何尝不是炎黄子孙的共同心声？

　　诗品即人品。蒋先生人梅合一，一身清风傲骨，行走艺坛和人间。他的成就，归因于勤奋、坚持，无论顺境逆境，坚守心中的那份纯真。"功业终归勤奋逞，前程惟赖打拼成"（《梅香苦寒》），"梅王霜里放，精细聚泓流"（《子夜》），追求艺术，敢于争先勇于尝试，"孤玉香先至，百花随后开"《迎春》，"怒放百花梅最先，人生短暂快着鞭。从来不喜为牛后，且让争春跃马前"（《梅占先》），"人生苦多欢乐少，敷腴更惜盛年豪"（《惋红》）。他秉承了文人传统道德，"做人未必人中杰，堪可高贞留后芳"（《留后芳》），既以此自勉，也以此告诫世人。

　　看过去，蒋先生画声显、掩诗名。他画画，中学时崭露头角，多年不懈学习创作，博采他人精华，终成大家。诗画联根同质，蒋先生诗歌创作，亦始于中学时期。中国有悠久的文化传承和底蕴，蒋先生从童年起就受到古代各种典籍的熏陶，随着对诗兴趣愈浓，他研读许多中外著名诗人的诗，细心揣摩李白、杜甫、白居易、何其芳、艾青、郭小川、徐志摩的歌吟，心中常被激起浪花，产生共鸣；苏联马雅可夫斯基的诗至今还震撼着他的心灵。他博览群书，从历史中得到教益，汲取他人的精华，用心创作诗词，他的艺术修养不断加强，他的诗能够更好地反映时代和现实。本次出版的《蒋义海咏梅诗三百首》，除个别为五言或七言古风外，绝大部分为五言或七言绝句。评价诗的优劣，通常从四个层面来看：一曰诗之体；二曰诗之音；三曰诗之象；四曰诗之意。蒋先生的诗，诗体格律严谨，诗音韵律和谐，意象动人，意境悠远。蒋先生的《怜梅》："屈子幽情浸墨池，岛郊风骨入题诗。"这两句七言律诗，从对仗上看，两句诗对仗严谨工整，屈子对岛郊、幽情对风骨、浸对入、墨池对题诗；从韵律上看，节奏明快、朗朗上口；从意象上看，诗人将屈原、贾岛、孟郊的品骨精神、风格融入诗画，给读者生动悠远的意境，让人感受到诗人"寂然凝虑，思接千载，悄焉动容，视通万里"的独到深思。"疏影临渊尘不染，虬枝挺秀鹤常来"（《引鹤》）：梅影映潭中，水暗影疏；梅枝挺潭沿，秀颀舒展，吸引高洁的仙鹤常来做伴。这两句诗，韵律抑扬顿挫、节奏鲜明；画面静中飘忽动影，以风景清丽的表象，反映诗人心境清明、志趣高洁的实质。通读诗集，这样对仗工整、意境幽远的佳句还有许多，如"灿灿贞姿炫玉琅，凛凛正色貌寒霜"（《劝梅》），"傲雪欺霜甘寂寞，迎春斗艳盖繁华"（《净世》）等许多脍炙人口可以传诵的佳句警言，是先生用画家的慧眼写诗，用诗人的慧质作画的真实写照。蒋先生有深厚的文化艺术功力，崇尚梅花傲骨之风，保持冰清玉洁本色，"我素我行成我真，癖痴梅性品超尘"（《吐丝》）；他作诗充满激情，达到忘我境界，梅我合一，"画到入神全忘画，梅魂化作我之情"（《画配梅诗之二》）；他厌恶无病呻吟为诗而诗，践行真情表露，"画妙书精留艺史，诗如梅雪不沾尘"（《自勉》），因此，他的诗时时引起读者深沉的忧思与共鸣。

　　《蒋义海咏梅诗三百首》，可谓"梅花留美韵，诗气壮山河"。中国作家协会副主席蒋子龙评价说："这简直创造了一门'梅学'"，它"极大地丰富了美的蕴含及其文化上的象征意义"，使人从诗中感受到了"梅的品骨和精神"，"我当收藏此书，可做梅的教科书用。"江苏省文联名誉主席、著名词作家顾浩认为："该诗集梅花题材、数量超越古今，具诗句短小精干、诗情浓郁芬芳等特点，咏梅的诗句作品弥漫着诗情画意。"江苏省作协副主席赵本夫则用"很震动"来描述这本诗集。他感慨当今书画家缺乏"文学功底",而蒋义海则在诗书画上皆取得成绩,实属罕见。老诗人俞律也说,现在像林散之、高二适、胡小石那样懂文学、会写诗的书家、画家很少,而该咏梅诗集的出书,证明蒋义海先生登临绝顶已成峰。

蒋先生是一位成绩卓著的艺术家,他画梅,被誉为"梅王""中华一枝梅";他咏梅,《咏梅诗三百首》甫出,震动诗坛。蒋先生出版过大型精美画册《蒋义海》《蒋义海梅画集》《蒋义海选集·诗歌卷》《蒋义海选集·传记卷》等个人专著,也主编过大型工具书《画海》《漫画知识辞典》等书,新诗《孤芳集》亦即将付梓问世。诗词与国画是中国特有的艺术表现形式,号称姊妹艺术。蒋先生对于绘画中融入诗书的执着信念,既传承了中国传统文化的艺术脉络,也成就了他艺术个性的辉煌。正如蒋先生所云:"'诗中有画,画中有诗',佳也;诗中无画,画中无诗,劣也;诗人有画家的眼力,画家有诗人的激情,其作品,善哉。"古往今来,真正的艺术家无不苦心着力于人格和作品的双重修养,具备人格的真善美,艺术的高雅。正如蒋先生座右铭"平生最爱诗书画,素质惟求美善真"。中国的诗词品味,即诗人品位的体现。先生写诗,借鉴学习于先贤,用诗意来营养丹青翰墨,闪耀出人生价值和社会现实的异彩。难怪易苏民博士惊叹"蒋侯才气冠群贤"。

台湾作家罗兰曾经说:"你的爱好就是你的方向,你的兴趣就是你的资本,你的性情就是你的命运。"联想到蒋先生成就的取得,外在是国泰民安,文艺昌盛,内在是先生对艺术的执着热爱、蓬勃的创作激情、充沛的过人精力、严谨勤奋的态度和一触即发的才情、开阔的艺术视野及高尚的人格魅力,造就了先生这样一位具有浓厚古典文学素养、渊博知识结构的学者型书画家。

如今的蒋义海先生,仍在笔墨丹青中耕耘不辍。他在《七旬抒怀》中表明了他的艺术态度:"揽辔功名书画诗,乍觉驹过挂鬓丝。遥观霞晚更绚美,峰顶琼梅为我师"。他的咏梅诗已达前无古人的高度,在我国诗坛上传为佳话,在诗史上必留清芳。老骥伏枥,志在千里,我们期待蒋义海大师为文坛艺界带来更多的惊喜。

让生命和写作成为一棵树

2013年,是我生命中不平凡的一年。这一年,我赢得了人生的丰收,获得了累累硕果。

与文学结缘,始于童年。我的整个童年至少年时代是与书为伴度过的。小时候因为体弱多病,没有上幼儿园。每天陪伴我的,就是书籍和半导体收音机。那时候,每天中午十二点半,我会准时收听长篇小说连播,《保尔·柯察金》《一江春水向东流》《青春之歌》等小说至今记忆犹新。当时家里有很多藏书,使我从小得以生活在浓郁的书香氛围之中。那时自己认不得几个字,读书总是半认半猜,却没有丝毫减少读书的兴致。记得每天晚上入睡前,是我最开心的时刻,无论做法官的父亲还是做教师的母亲多么劳累,工作多么繁忙,下班回来吃过晚饭,总要给年幼的我读一段书。《格林童话选》《安徒生童话选》等书籍都是在那个时期阅读的。就这样,每天晚上,我都会伴着书香甜甜睡去,梦里仍沉浸在书的意境中,就是以这样的方式接受了文学的启蒙与熏陶。

初中毕业那年的暑假,我突然萌生了给杂志投稿的念头。于是,我寄出了人生中的第一篇稿件《令我苦恼的性格》。没想到两个月后,在《中学生之友》上发表了,爸爸骑自行车跑了三十里路给我送来样刊。我至今依然记得,拿到刊物后心情激动万分,一种幸福感溢满了心头,也成了我写作的强大动力。从中学时代开始至踏上工作岗位之初,我已经写了十几万字,陆续有文章发表。写了青春的记忆，成长的历程。写了珍珠般温润的童年和夏日般多雨的少年，写情怀如诗的少女岁月，写青春期的魅力与危险……

"每一个人的一生都是一条路，每一条路的一生都铭刻着一个座右铭。"我把那些青春的文字结集整理，起名为《夏日的云》。自己整理分类，配画插图，设计封面，并在扉页上写上："愿我的蹒跚步履，能踏出一条彩虹的路。"

就在我对文学梦满怀憧憬时，碰上了人生中两次重大的挫折。1995年，刚刚退休的母亲不幸患病去世。祸不单行，随之而来的是1998年，我所在单位实行改制，我在产假之中又遭遇下岗。尚未结婚失去母亲，刚刚生育遭遇下岗。失母之伤，失业之痛，两年多的时间，人生的厄运几乎击垮了青涩单纯的自己。为了生活，为了养育年幼的女儿，照顾年迈的父亲，只有顽强地与命运抗争。我给人打过工，却遭遇工资拖欠；自己投资做生意，却没有资金，四处借贷；没有项目，四处找寻工程；工程款被长期拖欠，强打精神一遍遍去催讨……疲惫之余，常常为赚到一个月的饭钱而窃喜，也常常为接下来的生活而愁闷。那个闪耀着灿烂金光的作家梦，也只能放下了。然而，每当拖着一天的疲惫和苦痛进入梦乡，梦中的我却总是在读书和写作，醒来仍沉浸其中、意犹未尽。想到第二天仍要为生存去奔波，没有时间静下心来读书写作，常常流下泪来。此后经年，我为生存疲于奔命，渐渐远离了我的文学梦。然而，那颗蛰伏于内心的种子却不肯沉寂，悄悄萌芽。于是，历经生活的多重变故，终于又开始笨拙地回归我的天空，生锈的笔尖再次吐出一篇篇文字。在文字的王国里，如驰骋疆场的大将军，信马由缰，纵横捭阖。在那里，没有喧嚣，没有浮躁，面对的只是文字，那种文字的清香，那种心情的愉悦。缱绻温暖，深邃明亮。

我看到了自己，获得了生命力，渴望在寻找内心的过程中体现生命的价值，于是再一次融入书中。我发现，只有写作才是最能让自己感到幸福的一件事，它能够在心情最黯淡的时候为自己带来信心。对于心理压力与生活压力过重的生命来说，生存绝非易事。在艰难之中，只有反复追寻生命的意义，把痛苦和希望输入文字之中，使之丰富充盈，才能够借以摆脱坎坷艰难的命运。因着与文字的不解之缘，我对文字的喜爱达到了如饥似渴的程度。除了吃饭睡觉，几乎所有时间都是在与文字的亲密接触中度过的。连续三四年来，我没有一个晚上在12点以前入睡过。除了上下班和购买必要的生活品，我已经三年没出门逛街了。每天睁开眼，眼前充满的是文字，手里捧的是书。甚至在梦中，依然不离不弃，像一位忠实的恋人，会夜夜带着它特有的温馨，与我约会。一个喜欢读书的人，内心都有一个宏大的世界。当你沉浸于书中时，那些琐碎的不快、那些尘世的哀伤，就会在瞬间忘却，进入另一个只属于你，和你的书的世界。一旦自己内心强大了，那么这个世界就没有什么可以打倒你。

记得大作家巴尔扎克说过，苦难是人生的垫脚石。苦难能将一个人压垮，也可以成就一个人。我就是在苦难中一步步前行着，这些年，经历了独自育儿的辛苦，创业的艰难，事业的失意，生活的困窘。长时间艰辛的生活，精神的压抑，以及物质的匮乏，我终于被疾病打倒了。在罹患疾病十余年已无法坚持之后，终于选择了手术。术后休养的日子，成了我生命中一段难得的身心滋养的时光。病中的我再次重温史铁生的散文集《灵魂的事》，那些富有哲理和智慧并不乏幽默的语言，囊括了他对生命、爱情和信仰的哲思，唤起了我对自身境遇的警醒和关怀，心灵宁静了很多。生病也是一种生活体验，甚或算得一项别开生面的游历。在家休养的日子里，我仍没有放下手中的笔。写下了《生病也是生活体验之一种》《温暖的斑马线》《生命的歌者》《心怀感恩》等近二十篇散文。手术之后，感觉身体好了很多。经历过诸多磨难却意志弥坚，深信曾经的苦难、曾经的噩梦，都会随着疾病一起消失，我依然在痴迷地追逐着文学梦。梅花香自苦寒来，多年的辛勤耕耘，终于结出了丰硕的果实。近几年来，我已在《文艺报》《人民文学》《中国文化报》《雨花》《芒种》《青春》《海燕》《散文选刊》《时代文学》等全国50多家报刊发表作品百万字。我的第二本散文集亦已整理完毕，即将付梓出版。经过不断地学习探索，我的文字风格也由以前的唯美精致转而变得绵密结实、深刻洞微，以期得到更多读者的认可和喜爱。

散文集《尘埃里的花》的出版引起了社会各方面广泛关注。多位资深学者、作家对我的作品给予了肯定,撰写了10余篇评论文章。《山东青年报》《山东工人报》《职工天地》《烟台晚报》等十几家媒体做了相关报道。这是一本关于生活与读书的散文集,感性从容,典雅蕴藉。文章既有对俗世生活琐碎的记录,更多的则是感悟阅读与写作。写人间烟火,生命之悲苦和禅意,优雅灵性,娓娓道来,弥漫着一种淡淡的忧伤。

希望今后的我和我的文字,能得到更多人的认可,实现自己的夙愿。我愿在痴爱的文字里取暖,相伴终生。在目力可及的生命长河中,尽可能挖掘人生的宽度和深度,让生命和写作变成一棵树,永远生存下去。